# TORTUGA
## VALERIO EVANGELISTI

# 1

## Convocado a contragosto

Rogério de Campos achou que sua hora havia chegado. O convés do *Rey de Reyes* parecia o assoalho de um matadouro. O sangue escorria em regatos e se expandia em manchas entre os mastros abatidos, os feixes de velas e os emaranhados de cordame decepado. Alguns moribundos e mutilados ainda se lamentavam, ou então gritavam, invocando Jesus ou a Virgem Maria. Os piratas circulavam entre os corpos, cortando com frieza a garganta dos sobreviventes e lançando os cadáveres ao mar, mesmo quando se tratava de camaradas seus sem esperança de recuperação. Varriam do convés os pés de corvo – pregos a quatro pontas lançados no momento do ataque. O cheiro de sangue era tão penetrante que superava o da maresia, e atordoava.

Com uma pistola carregada numa mão e uma curta adaga na outra, o homem louro de pele morena que havia dirigido a abordagem olhou os sobreviventes, cerca de vinte ao todo.

— Qual de vocês é bombardeiro? — perguntou, em mau espanhol.

Depois de alguma hesitação, quatro homens levantaram a mão.

— Muito bem. Podem escolher entre virar comida de tubarão ou vir conosco. — Apontou com a adaga o bergantim alinhado ao galeão, com os mastros intactos, exceto o de mezena, levemente danificado. — Quem de vocês se habilita?

Quatro braços trêmulos se levantaram.

— Eu diria que fizeram a escolha certa — disse rindo o mulato de cabeleira loura. — Bem-vindos à confraria dos Irmãos da Costa. Passem para o *Neptune*. — O homem cuspiu por cima da amurada de estibordo. — Agora, passemos aos oficiais e suboficiais. Há algum entre os senhores?

Não houve resposta. O medo paralisava as línguas. Rogério temia morrer a qualquer momento, tamanho era o terror que sentia. Seu coração batia forte e irregular. Respirava com dificuldade. Notou apenas os bombardeiros que se dirigiam à amurada, rumo ao bergantim de bandeira preta, tangidos por piratas musculosos e sujos de sangue. Enquanto isso, os guindastes rangiam e erguiam as redes que transladariam a mercadoria do galeão para a embarcação adjacente.

— Eu fiz uma pergunta — disse o mulato, impaciente, agitando sua adaga. — Ficaram mudos? Ainda não mandei cortar-lhes a língua, mas posso providenciar isso em breve. Onde está o capitão?

— Morreu em combate — decidiu responder o carpinteiro.

— E os oficiais?

— Morreram também. — Adiantando-se um pouco, ele apontou Rogério. — Só restou o contramestre.

Rogério encheu-se de ódio, mas havia pouco o que fazer. Baixou a cabeça, como se assim pudesse encolher e tornar-se invisível.

— Ah, um contramestre! — exclamou o comandante pirata com interesse. — No *Neptune* já tenho um, mas sei que o capitão De Grammont perdeu o seu. Está procurando outro.

Rogério, sempre encurvado, viu aparecer à sua frente um par de botas bufantes com as solas sujas de sangue, calças cinza e a fralda de uma túnica da mesma cor, além da bainha de uma espada muito longa, diferente dos punhais e das adagas curtas usados na abordagem.

— Olhe para mim, idiota — ordenou o pirata, brutalmente, mas sem cólera. — Você é espanhol? Quantos anos tem?

Rogério pôs a mão na cabeça para não deixar seu chapelão cair. Encontrou voz para responder:

— Sou português, senhor, e súdito devoto de Pedro II, rei da minha terra. Navego há cinco anos. De fato, eu servia no *Rey de Reyes* como contramestre. Fiz 32 anos há um mês.

As últimas palavras Rogério teve quase que gritar. O barulho havia se tornado infernal. Aos lamentos, às exclamações e aos rangidos do cordame agora se juntava um som peculiar que vinha do *Neptune*. Sobre o castelo do bergantim havia se postado uma pequena orquestra, formada por quatro caixeiros, dois trombeteiros e um violinista. Os sete homens tocavam uma espécie de hino marcial, talvez um canto de vitória ou de trabalho. O rufar dos tambores prevalecia sobre os outros instrumentos. O fato é que a música pareceu dar nova energia aos piratas empenhados no translado. Rogério entendeu de onde vinha a marcha lânguida e macabra que precedera a abordagem do seu galeão. Meses depois descobriria que ela se chamava *regaine*, cantiga. Por causa do vento contrário, pareceu ter origens remotas.

Aqueles sons não perturbaram o mulato, que prosseguiu:

— Como um português podia estar a serviço dos piores inimigos do seu país?

A pergunta não prometia nada de bom. Rogério esforçou-se para ser convincente.

— Meu pai foi deportado para Sevilha quando Portugal pertencia à Espanha. Nasci lá, mas me sinto português. — Havia pouca verdade naquilo, mas parecia plausível.

— Há quanto tempo é contramestre?

— Há cerca de um ano.

— Não é muito tempo, mas De Grammont terá que se contentar. Passe para o *Neptune*.

Só então Rogério ousou olhar o capitão da nau inimiga dos pés à cabeça. Ele era bem alto, magro, com um fino bigode, costeletas e uma longa cabeleira loura. Tinha olhos azuis móveis e vivos, num estranho contraste com o tom da pele. Apesar das brutalidades que estava cometendo, havia uma certa elegância tanto nos traços do seu rosto moreno quanto em seus movimentos. Sua voz era rouca e dura, mas com um misterioso fundo de gentileza natural.

O capitão estava falando com os prisioneiros, dos quais restavam uns quinze ao todo, após a deserção dos quatro bombardeiros:

— Serei piedoso e deixarei que vivam. Alistamentos à força não são do meu feitio. Do *Rey de Reyes* restou, quase intacto, somente o mastro principal. Vou mandar derrubá-lo e travar o timão. Depois disso, se serão resgatados à deriva, vai depender das suas preces e do poder do seu Papa.

— Está nos condenando à morte! — choramingou o carpinteiro. — O senhor nos tomou a água e os mantimentos!

— Vocês já estão mortos. Estou lhes concedendo alguns dias a mais. Agradeçam por não os fazer afundar.

O corpulento pirata com um corte na testa pingando sangue, que estava empurrando Rogério para a amurada de estibordo, comentou:

— Nunca vi o capitão Lorencillo tão generoso. Eles não sabem a sorte que têm. Em geral, nos navios espanhóis que captura, ele não deixa sobreviventes. Antigamente não era assim, mas agora virou costume.

— Lorencillo?

— Nós o chamamos assim, mas seu verdadeiro nome é Laurens de Graaf. Talvez você se lembre dele.

Rogério teve um sobressalto. Laurens de Graaf era conhecido por todos no Mar do Caribe. Estava entre os chacais mais impiedosos que se escondiam na faixa de mar entre Hispaniola e a Isla de la Tortuga (La Tortue para os franceses que a governavam). Em 1683, dois anos antes, De Graaf havia tomado Veracruz junto com seu mentor na época, o misterioso cavaleiro De Grammont. Foi uma orgia de crueldade que durou semanas. Os habitantes da cidade, abastados ou a serviço dos poderosos, presos numa catedral minada, experimentaram toda forma de suplício. O objetivo era fazê-los confessar onde haviam escondido suas riquezas ou as dos patrões. As freiras, que Lorencillo detestava por ser luterano, e De Grammont por ser ateu, tiveram a pior sorte: serem estupradas por chusmas de piratas e confinadas num lazareto, em contato com os leprosos. Chegado o momento, os Irmãos da Costa haviam zarpado de Veracruz, deixando às suas costas uma centena de mortos e outros tantos moribundos.

— Espere — disse o acompanhante de Rogério. — Passados os negros, nós também vamos.

O *Rey de Reyes* e o *Neptune*, mais baixo, eram mantidos juntos, além dos ganchos de abordagem, por cordas, passarelas precárias e feixes de escadas de corda cortados e usados como pontes. Sobre essas bases nada seguras faziam-se passar os negros escravizados desentocados das estivas do galeão. Eram uma das mercadorias mais cobiçadas pelos piratas, que normalmente desprezavam o que não fosse dinheiro em espécie, barras de ouro ou rolos de tecidos refinados.

Os escravos, nus ou seminus, cambaleavam sobre as passarelas ou arrastavam-se pelas cordas, tomados de evidente terror. Aqueles que olhavam para baixo, para a faixa de mar que separava as duas embarcações perfiladas, decerto notavam as barbatanas dos tubarões atraídos pelo excesso de sangue derramado na água.

— Tem umas negras também! — riu o guia de Rogério. — Quando chegarmos em Tortuga, vamos nos divertir! — Ele fez uma pausa, depois tirou as mãos da amurada. — Aí está o último dos escravos. Eu esperava que tivesse mais. Siga-me, contramestre. Vamos embarcar no *Neptune*.

Eles engatinharam sobre dois feixes de cordame enrolado estendidos entre os veleiros. Enquanto isso, sobre as cabeças, outros piratas, ágeis como macacos, passavam pendurados nas cordas ou, simplesmente, após tomar alguma distância, saltavam de um convés ao outro, arriscando-se a cair no mar ou quebrar as pernas.

Rogério, acostumado aos comportamentos formais das marinhas espanholas mercante e de guerra, estava amedrontado e, ao mesmo tempo, fascinado pela animalidade dos fora da lei. Pôs os pés no *Neptune* enquanto a pequena orquestra ainda fazia rufar os tambores e tocava marchinhas. Foi como pisar num novo mundo.

Nada no bergantim de três mastros lhe fazia lembrar qualquer coisa a que estivesse acostumado. Sobre o convés reinava a mais absoluta confusão de homens e objetos. Barris rolavam de uma amurada à outra a cada onda, piratas velhos demais para a abordagem fumavam longos cachimbos, sentados nas vergas, e apreciavam o espetáculo da tomada do galeão, como se estivessem no teatro. Havia sujeira por todo lado. No castelo de popa, no espaço normalmente reservado aos oficiais, estavam parados cinco indivíduos sombrios, vestidos de peles, com fuzis tão altos quanto eles mesmos. Apoiavam-se nas armas como se fossem muletas. Suas calças curtas e pernas nuas e peludas eram a única concessão ao calor escaldante. Rodeavam o timoneiro, um rapaz louro de semblante infantil. Seus tiros haviam causado as primeiras baixas entre os defensores do *Rey de Reyes*.

Rogério, já abalado, para não dizer apavorado, ergueu os olhos para o mastaréu. Dele esvoaçava a *Jolie Rouge*, um símbolo conhecido, chamado pelos ingleses de *Jolly Roger*. Era uma bandeira de cor vermelha ou, naquele caso, preta, exibida no momento do ataque (após uma profusão de insígnias fajutas) para amedrontar a presa. Cada *filibustero*[1] tinha a sua. Naquele caso, o tecido era preto, e nele estava costurada uma caveira sobre duas tíbias cruzadas, com uma pequena ampulheta abaixo delas. O emblema demonstrava o pertencimento aos Irmãos da Costa, piratas fiéis ao rei da França. A ampulheta queria dizer: "Cuidado, sua hora chegou". Ou algo do gênero.

O homem com a testa ensanguentada disse:

— Fique aqui, nos vemos mais tarde. Também já fui contramestre de Michel Le Basque, anos atrás. Me chamo Henri Du Val. Posso dar bons conselhos.

Antes que Rogério tivesse tempo de responder, o pirata se agarrou a uma corda pendurada e, tomando alguma distância, saltou para o convés do galeão. Mais uma vez, o português ficou estarrecido – melhor dizendo, admirado – com a agilidade animal de que davam prova os piratas. Perguntou-se se não seria essa uma das chaves do seu sucesso.

Ele foi agarrado pelo braço por um jovem já enrugado, que usava na cabeça o grande lenço que todos os marinheiros traziam sob o chapéu para estancar o suor. Naquele caso, porém, faltava o chapéu.

— Você é um prisioneiro, não? Venha para as bombas. Precisamos de gente nas bombas — disse o pirata em francês.

Rogério enrijeceu-se um pouco.

— Sou o contramestre. Seu capitão me alistou como tal.

---

1 N.T.: Termo usado para designar os piratas, derivado do holandês *urijbuiter*, literalmente, "saqueador livre".

— E daí? — O marinheiro riu na cara dele, sem alegria. — Contramestre, desça comigo e não me faça perder a paciência! Maldito demônio! O *Neptune* precisa voltar ao mar. Vai me seguir ou prefere que eu abra a sua barriga?

Rogério notou que o bergantim resistira menos aos bombardeios do *Rey de Reyes* do que ele pensava. O mastro de mezena, rachado na base, pendia para estibordo. Sob o peso do cordame, ia se partir em breve, e uma dezena de homens tentavam endireitá-lo. Parte da amurada havia desaparecido, a bombordo da proa. Lá embaixo, os danos deviam ter sido maiores.

— Vamos — disse o marinheiro. — E prepare-se para nadar. A bomba está quase submersa.

O pirata enfiou-se numa escotilha e desceu pela escada de corda. Rogério o seguiu. Viu-se numa espécie de inferno.

# 2

# No porão

Rogério supunha que os piratas feridos na abordagem do *Rey de Reyes* tivessem sido muitos, mas não imaginava o número. Descendo ao porão, respirou mais uma vez o desagradável odor do sangue. Chegavam-lhe aos ouvidos gritos sufocados e lamentos fracos, parecendo balidos. Sob o baixo pé-direito do longo corredor que abrigava os canhões, havia sido montado um hospital improvisado. Um homem de peruca, sem dúvida o cirurgião de bordo, caminhava encurvado entre os leitos (simples sacos de juta), seguido por um carpinteiro armado de serra e trépano. Provavelmente, o médico estava averiguando se havia membros a amputar para prevenir uma gangrena.

— Não fique aí parado. Vamos descer mais um piso — disse o pirata que servia de guia para Rogério.

Os dois desceram por outra escada de corda e chegaram ao seu destino. Uma estiva fedendo a alcatrão na qual a água borbulhava, enchendo o espaço até meia altura. Mesas, cestos, fios de palha, pedaços de madeira boiavam por todo lado. Um segundo carpinteiro, ajudado por alguns marinheiros, tentava consertar os numerosos buracos da amurada. Outros homens, submersos até a altura do peito, acionavam a bomba. Um grupo de escravos ajudava a esvaziar o casco alagado com baldes. Corriam, velozes e encharcados, para os degraus da escotilha que se abria entre o castelo e o traquete.

— Aquele é o seu lugar — anunciou o guia, apontando o cabo da bomba, enquanto a espuma oleosa envolvia seus pés descalços.

— Aqui está o novo contramestre de De Grammont, amigos! Seu nome é Rogério.

— Você traz um espanhol aqui, Jean-Baptiste Renard? — perguntou um dos homens, hostil e bufando.

— Não, François, ele é português. Lorencillo o nomeou contramestre para o cavaleiro, e se eles querem assim... — Jean-Baptiste dirigiu-se a Rogério e lhe apontou o longo cabo, ao qual já estavam aferrados dois marinheiros de um lado e três do outro. — Agarre-se aí e use os músculos. Certos cargos, entre nós, precisam ser conquistados.

Assim que o pirata se afastou, Rogério deu-se conta do quanto a tarefa era difícil. Já estava enregelado pelo frio do oceano e extenuado pelo cansaço do combate. Agora precisava enfiar a cabeça na água, puxando para si um braço móvel que opunha o máximo possível de resistência, para depois emergir, quando fosse a vez do outro grupo, com a boca cheia de líquido salgado e os cabelos empastados de óleo.

Ninguém falava. Pela quilha ressoavam apenas as imprecações do carpinteiro e o som dos martelos com os quais seus ajudantes pregavam as tábuas. Se havia um carpinteiro-mestre a bordo, devia estar no convés, ajudando o cirurgião na amputação de braços e pernas, ou projetando os reparos.

— Uma estopa! — Berrava o carpinteiro. — Preciso de uma estopa!

— Aqui está! — alguém respondia.

— Este buraco está reparado. Falta um. Mas o que os escravos estão fazendo? E esses poltrões das bombas?

— Vá pro inferno, Dickson! — respondeu François, cansado demais, na verdade, para estar enfurecido. Uma mancha flutuante de betume havia pintado seu rosto de preto até a ponta dos cabelos.

— Não vê que a água está baixando?

— Baixando uma ova, papista de uma figa!

— Está baixando, estou dizendo!

De fato, o nível da água estava baixando, isso logo ficou aparente. Mérito da bomba, mas também dos remendos nas amuradas operados pelo carpinteiro e do esforço dos escravos. Quando suas botas estavam quase no seco, François finalmente soltou a engenhoca que acionara até aquele momento. Com o antebraço, limpou como podia a sujeira, a água e o suor que escorriam de sua testa. Ordenou aos companheiros que soltassem a bomba e então enquadrou Rogério.

— Jean-Baptiste disse que você seria o contramestre a serviço de De Grammont. Sabe quem sou eu?

— Não faço ideia — respondeu Rogério com o fio de voz que conseguiu emitir. Seus pulmões doíam, qualquer espasmo muscular lhe causava uma pontada intolerável.

— Sou François Le Bon, contramestre do *Neptune*. Agora olhe para mim e para você. Considera-se adequado para fazer o mesmo trabalho que eu?

De fato, nenhuma comparação entre os dois homens era possível. O que Rogério tinha de miúdo, Le Bon tinha de colossal. Não era alto, não. Porém o seu porte impressionava. Era evidenciado pelo peito hirsuto, pelo rosto barbado e brutal, com olhos duros debaixo de sobrancelhas negras por causa do alcatrão, mas talvez originalmente grisalhas, como o cabelo. Sua idade era indefinível, entre cinquenta e sessenta anos.

Não muito diferentes pareciam os outros aventureiros (em breve Rogério descobriria que os piratas definiam uns aos outros assim) que, ainda arfantes, rodeavam o suboficial. Tampouco pareciam diferentes o carpinteiro e seus ajudantes, sentados entre as últimas poças d'água, recuperando o fôlego. Ensopados e trêmulos, tinham o aspecto de simples brutos, com suas vestes talvez elegantes na origem, mas agora encharcadas e manchadas. Musculaturas anormais, barbas exageradamente longas, cenhos perversos, cabeleiras que mesmo antes do banho involuntário deviam estar sebosas. Brigavam por uma das poucas bolsas de tabaco inatingidas pela umidade.

Com o andar característico dos marinheiros, François Le Bon trotou até ficar a um palmo de Rogério. Parecia sorrir.

— Bem, de qualquer forma, acho que, mesmo sendo magrelo, você tenha sido escolhido por algum motivo. Em geral, é preferível ser contramestre de Lorencillo do que do cavaleiro De Grammont.

Aquele homem dá calafrios em todos. Talvez você se adapte. — Ele estendeu a mão. — Bem-vindo a bordo, colega! Bem-vindo aos Irmãos da Costa!

Rogério tinha uma ideia ainda vaga de quem fossem aqueles Irmãos da Costa que ele ouvia mencionados continuamente, mas retribuiu o aperto de mão e não gemeu quando o outro quase esmigalhou seus dedos.

Poucos minutos depois, seguindo Le Bon, ele voltou para o convés. O galeão e o bergantim continuavam oscilando juntos, unidos pelos ganchos e guindastes, mas as operações de carga já estavam terminando. A orquestra havia parado de tocar. No alto, os marinheiros do *Neptune* encarregados das manobras desfraldavam as velas, enquanto, no convés, seus companheiros erguiam das vergas as velas de vante e de mezena, agarrados às mantas em grupos de três ou quatro. Cantavam uma canção em espanhol, lenta, sincopada, que, daquele momento em diante, Rogério ouviria mil vezes:

> *Para subir al cielo*
> *Para subir al cielo*
> *Se necesita*
> *Una escalera grande*
> *Una escalera grande*
> *Y otra chiquita*
> *Ay arriba y arriba*
> *Y arriba y arriba*
> *Arriba iré...*[2]

Lorencillo, de pé no castelo de popa, parecia muito irritado.

— Está entendendo, Philippe? — gritava, dirigindo-se a um homem alto e de rosto aristocrático, talvez o imediato. — Só 47 libras

---

2 N.T.: "Para subir ao céu / Para subir ao céu / É necessária / Uma escada grande / Uma escada grande / E outra pequena / Ai, para cima e para cima / E para cima e para cima / Para cima irei...", em tradução livre.

de ouro e, em compensação, uma quantidade impressionante de quinino! A quem vamos vender todo esse quinino? Tantas perdas para lotar o *Neptune* com uma merda para cirurgiões!

Rogério não pôde ouvir a resposta pacata do oficial. Ouviu, porém, a réplica irada de Lorencillo.

— Também sei disso. Mas não podemos navegar toda a costa à procura de doentes de malária. — Em seguida, a voz do comandante se acalmou um pouco. — Está bem — resmungou. — Vamos voltar para Tortuga. Vou tentar fazer o governador comprar a carga, embora só a parte que lhe cabe já seja suficiente para curar doentes por cem anos. Depois, vamos torcer por uma bela epidemia.

— E por que não passamos por Cuba? — perguntou o imediato. — Ali, a malária é uma praga constante.

Lorencillo pareceu impactado.

— Não está de todo errado, Philippe. Em Cuba, o quinino venderá feito pão fresco. Complete o translado também para os outros navios e dê ordem para zarpar. Destino: Havana.

Outros navios? Rogério olhou ao seu redor e viu que, de fato, tinham aparecido dois bergantins sem insígnias, que mantinham distância. Enquanto isso, no *Rey de Reyes*, os poucos sobreviventes estavam agrupados na proa, de olhos arregalados, incertos quanto ao próprio destino. Mas os piratas não pareciam notar os derrotados. Estavam mais interessados em despojar o galeão de tudo o que lhes fosse útil, de barris de pólvora a garrafas de rum, passando pelos candelabros que antes decoravam o refeitório dos oficiais, pelos utensílios de carpintaria e pelo cordame. Transferiam os objetos mais pesados usando os guindastes, ou então saltavam de um veleiro ao outro agarrados com uma mão só ao cordame cortado, segurando o produto da pilhagem contra o peito com a outra. A tolda do *Neptune* era uma exposição de mercadorias disparatadas, incluindo imagens sacras, gaiolas com frangos cacarejantes e montes de pistolas e arcabuzes.

— Chega! — gritou o imediato. — É hora de abrir as velas! Todos a bordo!

— Mas, senhor! — objetou um marinheiro um tanto ancião, recém-
-pousado no convés. Estava com um maço de talheres de prata na
cintura. — Ainda tem muita coisa útil no navio espanhol!

— Sim, mas já estamos sobrecarregados, Pepe. Não vai querer
que afundemos por excesso de ganância?

Rogério ficou estupefato. Não pela frase insignificante, mas pelo
fato de um oficial responder diretamente à objeção de um homem de
baixa patente. Na marinha militar espanhola – e, ao que lhe constava,
nas marinhas de todo o mundo – os oficiais eram terminantemente
proibidos de se comunicar com a tripulação. Isso só podia acontecer
mediante o contramestre ou outros suboficiais. Quem transgredia
essa regra arriscava-se a morrer debaixo de chibatadas.

Rogério perguntou-se que tipo de vida social o esperava. Seus
presságios não eram reconfortantes. Já tinha abandonado havia seis
anos a existência no mosteiro, mas o dia a dia marítimo lhe garantira,
com seu rigor, uma disciplina análoga. Estava acostumado a seguir
regras férreas, a ser prestativo com os chefes e firme com os subal-
ternos, e a cumprir ordens sem pestanejar. Normalmente, falava em
voz baixa e guardava seus pensamentos para si. Parecia-lhe que os
piratas seguiam regras opostas, e isso o perturbava tanto quanto o
gelo que ainda sentia nos ossos, apesar do sol a pino.

Quando François Le Bon bateu em suas costas, teve um sobressalto. Virou num instante. O outro sorria.

— Você fez sua parte, meu jovem colega — disse o contramestre
do *Neptune*. — Siga-me, vou mostrar onde fica o seu catre lá embaixo.
Vai poder dormir ao menos três horas, mas fique sabendo que nem
sempre terá esse luxo a bordo. Todos precisam se ocupar até o limite
de suas forças. Seja como for, console-se: com De Grammont, sua vida
será muito pior. Aquele é um demônio feito de carne.

— Tem mesmo certeza de que De Grammont vai me querer? —
balbuciou Rogério.

— Sim. Entre os Irmãos da Costa, escasseiam capitães, oficiais e
suboficiais decentes. Navegamos como podemos. Por isso, um contramestre com alguma experiência é uma mercadoria preciosa. Agora

venha. Só espero que você seja indiferente às pulgas e aos piolhos, porque lá embaixo tem uma fartura disso.

Antes de se afastar, Rogério deu uma última olhada ao *Rey de Reyes*, agora quase livre das cordas que o mantinham ligado ao *Neptune*. Com os mastros centrais abatidos, o timão travado e os flancos arrombados, não chegaria muito longe. No entanto, os sobreviventes pareciam aliviados. Alguns até agitavam o chapéu em sinal de despedida e gratidão. Do convés do galeão continuavam escorrendo regatos de sangue.

Um dos homens silenciosos, vestidos com peles, que se mantinham eretos ao lado do timoneiro, posicionou o fuzil sobre o tripé e mirou. A cabeça de um dos espanhóis que se despediam explodiu como uma melancia golpeada com um martelo. A tripulação do *Neptune* irrompeu numa gargalhada coletiva.

Livre dos ganchos, o *Rey de Reyes* ganhou lentamente o mar.

# 3
# Vida a bordo

A semana seguinte ao seu alistamento forçado no *Neptune* reservou a Rogério de Campos muitas surpresas. A primeira foi que a tripulação o acolheu com indiferença e, em alguns casos, com cordialidade. O mesmo aconteceu com os bombardeiros espanhóis, que ninguém tratou como inimigos.

De resto, havia outros espanhóis a bordo, tornados apátridas contra a vontade, mas resignados à sua nova condição. O porquê disso Rogério entendeu ao ouvir o marinheiro de nome Pepe Canseco falando com um grupelho de concidadãos.

— Não é possível voltar atrás. Para a Espanha, somos renegados. Se nos recapturarem, vão nos submeter à sorte reservada aos traidores: seremos feitos em pedaços, esquartejados. Em Tortuga, todos ainda lembram o caso de Juan Venturate, que facilitou a tomada de Campeche há quase um século. Uivou por horas debaixo das tenazes em brasa. As penas não mudaram para nós, "renegados". Melhor nos considerarmos cidadãos de um mundo diverso.

Essa "diversidade" não era difícil de perceber. O dia a dia a bordo do *Neptune* era extenuante e frenético como em qualquer outro veleiro do mundo. Do amanhecer ao cair da noite, os aventureiros viam-se às voltas com o velame, que precisava ser enrolado ou desfraldado de acordo com a impetuosidade do vento e o ângulo em que soprava. Carpinteiros, o carpinteiro-mestre e a mão de obra às suas ordens reparavam as partes do casco danificadas durante o último abalroamento. No piso inferior, os artilheiros azeitavam as bocas de fogo, limpavam os canos e os fixavam com amarras firmes. Outros artilheiros preparavam os pacotes de pólvora: os maiores para os canhões e os menores para pistolas, arcabuzes e fuzis.

A única pausa durante o dia era a do almoço, às dez da manhã, servido por um cozinheiro bretão, Auguste Le Braz. O menu era sempre o mesmo: carne de vaca ou de porco salgada, acompanhada por biscoitos, além de uma dose de vinho ou de rum. Mais rum era servido à noite, em quantidade um pouco mais abundante. O bastante para que os homens da tripulação, encolhidos em seus catres ou deitados em esteiras, dormissem sem se importar com o assédio de baratas e ratos, que, aliás, mantinham distância. Sobretudo se o cheiro de álcool fosse muito pungente, diziam.

Isso acontecia também nos galeões espanhóis, exceto pela alternância – aplicada às vezes, porém com relutância, pelos piratas – de quatro horas de atividade e quatro de repouso, marcadas por uma sineta. O elemento diferente era outro. Rogério perguntou o motivo a François Le Bon, um dia em que se encontravam juntos travando os guindastes, atividade delicada reservada aos contramestres.

— Ontem à noite, o capitão Lorencillo assumiu a tarefa da guarda noturna. O senhor sabe o motivo?

— Que pergunta! Queria nos deixar descansar, depois da abordagem de quatro dias atrás. Você vem da marinha militar?

— Sim, por quê?

— Quase todos nós viemos de lá. A maioria da França, outros da Inglaterra, da Holanda e de nações variadas. Aqui, as regras são completamente diferentes. O capitão, muitas vezes, é eleito pela tripulação e, se não se mostrar à altura, pode ser destituído do cargo. Em casos muito graves, a tripulação pode decidir deixá-lo em alguma ilha com mantimentos, água e uma pistola, abandonando-o ao seu destino. Isso faz com que a relação com seus homens seja mais próxima do que nos navios de guerra ou mercantes.

Rogério não disfarçou a estupefação.

— Isso vale para *todos* os capitães? — perguntou, enquanto passava uma aderiça por um complicado sistema de carretilhas.

— Não, não para todos — admitiu Le Bon. — A regra não vale para os mais famosos, como são hoje Lorencillo e De Grammont, e já foram no passado L'Olonnais, Montauban e o canalha do Henry Morgan, maldito seja por Deus. Quando um capitão se torna ilustre, é ele que escolhe, na multidão, a tripulação com que gostaria de navegar sob seu comando. Porém, até os aventureiros mais amados têm limitações em seus poderes, que em navios "normais" não seriam toleradas.

— Por exemplo?

— Por exemplo, não podem infligir punições como bem entendem. Entre os Irmãos da Costa, só para dar um exemplo, as chibatadas são consideradas um castigo humilhante. O capitão não pode ordená-lo sem um acordo unânime da tripulação. Um só voto contrário impede a aplicação da pena.

Nos galeões, Rogério havia assistido a centenas de fustigações, às vezes motivadas por infrações muito leves. Em um par de casos, o marinheiro morrera, depois de ser condenado a mais de cinquenta chibatadas por capitães que faziam questão de mostrar-se inflexíveis e dar o "exemplo". O fato era que as tripulações, em grande parte recrutadas à força nas tavernas, se mostravam relutantes a obedecer de início. O exemplo na verdade servia para discipliná-las desde o princípio da navegação. Às vezes, o pretexto era mínimo: o roubo de um pão, a demora na execução de uma ordem, ter dirigido a palavra a um oficial sem ter sido interpelado.

Pelas palavras de Le Bon, a perspectiva de Rogério parecia ser de um futuro paradisíaco; todavia, algo o induzia a duvidar disso. Ele olhou melhor o seu interlocutor. Precocemente envelhecido, com a pele do rosto parecendo um couro estriado por rugas profundas, os olhos pequenos e azuis, cabelos grisalhos que caíam em cachos por baixo do tricorne puído, um lenço vermelho amarrado sobre o crânio.

— O senhor parece feliz com a vida que leva.

O outro arqueou as sobrancelhas.

— Feliz? O que significa "feliz"? Eu navego porque não tenho dinheiro e quero ter.

— Com os saques que faz...

— Meu jovem amigo, os aventureiros não sabem quanto tempo vão viver. Aqueles que morrem na cama podem ser contados nos dedos de uma mão. Por isso, gasta-se tudo o que se tem, no menor tempo possível. Tome o capitão De Grammont, tão rígido na aparência. Nos tempos áureos, antes que a gota o fizesse sofrer demais, quando estava em terra, pagava uma puta por dia. Às vezes duas ou três. Depois, vendo-se sem um tostão, ganhava o mar para recuperar o dinheiro perdido em suas esbórnias. É assim que se vive na costa, entre Tortuga, Hispaniola, as Ilhas Sotavento e a Jamaica.

O ex-jesuíta que dormitava dentro de Rogério teve um ímpeto de repulsa.

— Não vejo motivos de prazer em viver assim.

— Ah, mas existem. — Le Bon piscou para ele. — O prazer maior, você mesmo vai descobrir. Não quero antecipá-lo.

Logo depois, o contramestre do *Neptune* se calou e fingiu não ouvir as perguntas que Rogério lhe dirigia.

Uns dias depois, o português voltou a interrogar Le Bon. Não havia um sopro de vento, e eles estavam descendo ao mar um bote para que, ainda que devagar, arrastasse o veleiro. Eram ajudados por seis marinheiros, que serviriam de remadores. Também os outros dois bergantins, bem distantes da nau capitânia, estavam executando a mesma operação.

Arfando, Rogério apontou as enigmáticas personagens vestidas de peles que, perenemente mudas, apareciam de vez em quando no castelo de popa, empunhando sempre seus longos e pesadíssimos fuzis.

— E eles, por que não trabalham?

— Está brincando? — respondeu Le Bon. — São bucaneiros. Quando chega a vez deles, trabalham e trabalham bem.

— Bucaneiros?

— Sim. O nome vem do *boucan*, o forno onde é cozida a carne. Originalmente, caçavam bisões, javalis e carneiros na costa norte de Hispaniola. Os espanhóis quiseram livrar-se deles e exterminaram seus rebanhos e a caça. Assim, os bucaneiros foram obrigados a emigrar para Tortuga. São exímios atiradores, e os capitães tentam ter sempre alguns a bordo.

— Não falam com ninguém.

— Porque ninguém iria entendê-los. Eles se comunicam num inglês abastardado, misturado com palavras francesas estropiadas e outras de origem indígena.

Rogério refletiu um pouco.

— Impressionam, mas parecem uns miseráveis.

Um dos marinheiros ocupados em erguer o bote caiu na risada.

— Não confie nas aparências, português! Em Tortuga não há um só bucaneiro que não possua ao menos dez ou quinze escravos. São eles que caçam as presas para o dono e as cozinham no *boucan*. Ter boa mira rende bem.

Le Bon especificou:

— Ter bucaneiros a bordo é indispensável durante a abordagem. Enquanto as naves se perfilam, os fuzileiros, com a arma sobre o tripé, dão uma varrida no convés inimigo. Depois, saltar para o galeão se torna muito mais fácil.

Rogério observou mais uma vez os cinco bucaneiros. Pareciam estátuas. Mantinham-se imóveis, como se fossem insensíveis ao balouçar das ondas. Olhavam para longe. Eram um ser só com seus fuzis.

— Fale-me do capitão De Grammont — disse Rogério a Le Bon, também para fugir à curiosa sensação de "estranhamento" que o estava acometendo. Uma sensação frequente, naqueles dias, capaz de lhe causar desconforto. — Como ele é?

Le Bon saiu de sua mudez.

— Talvez o melhor capitão que temos em Tortuga neste momento — respondeu, sem tirar os olhos do trabalho. — O mais amado, mais respeitado, até mais do que Lorencillo. Falei certo, rapazes?

Os outros piratas, já prontos para erguer o bote, concordaram.

— Sim, é verdade.

— No entanto, ele tem grandes defeitos — prosseguiu Le Bon. — Está sempre emburrado por causa da gota que o faz sofrer e de certas tragédias pessoais que viveu, como a morte de uma irmã a quem era muito apegado. Não tem respeito pela religião. É o único capitão que blasfema contra o nome de Deus, de Jesus, de Nossa Senhora e dos santos. L'Olonnais, por exemplo, nunca blasfemava, apesar de ser uma espécie de demônio. Além disso, De Grammont não é um verdadeiro homem do mar. É um combatente de terra, e em terra firme ninguém está à sua altura.

— O que quer dizer? Ele não sabe navegar?

— Ele se vira bem, nada mais. Originalmente, De Grammont era um oficial do exército de Sua Majestade Luís XIV. Dizem que se alistou porque, aos 14 anos, matou um homem num duelo. Ele embarcou, tornou-se capitão de fragata, mas preferiu juntar-se aos aventureiros em Tortuga. Foi ele quem tomou Veracruz, junto com Lorencillo e Nikolas van Hoorn, dois anos atrás.

— Sim, ouvi falar desse saque — disse Rogério, tentando reunir os farrapos de histórias que lhe contaram. — Veracruz era considerada inexpugnável.

— Não esperavam um ataque por via terrestre. Os canhões da fortaleza de San Juan de Ulúa estavam todos apontados para o mar. De Grammont nos fez desembarcar abaixo da cidade e nos guiou numa marcha pela floresta que se tornaria memorável. Caímos em cima dos espanhóis antes que pudessem preparar qualquer defesa. Foi um massacre.

Um dos piratas riu:

— Conte a ele o que aconteceu na catedral, François.

— Depois, depois.

Fazendo ranger as serviolas, o bote bateu na água com um baque surdo. Dali a pouco, Rogério estava no mar, remando, tentando rebocar o *Neptune*. O mesmo acontecia com os outros dois navios, o *Mutine* e o *Intrépide*, comandados – descobriu o contramestre – pelos capitães Michel Andrieszoon e Jan Willems. Três minúsculos peixes-piloto guiavam seus tubarões, porém, arrastando-os. O esforço era imenso, considerando também o calor. Sob um sol impiedoso, o oceano assumia um tom dourado, que feria os olhos e queimava a pele.

Não havia um sopro de vento, a superfície da água apresentava apenas mínimas ondas de espuma. Um grande silêncio pesava como uma manta, interrompido unicamente pela batida dos remos.

Depois veio o vento. De improviso. Violentíssimo. Perverso. Sabe-se lá por quê, Rogério o interpretou como um presságio do seu futuro próximo.

# 4

## Uma perseguição

Não começou uma tempestade de fato, apenas algumas pancadas de chuva. Mas o ímpeto do vento foi tamanho que empurrou os navios, mesmo com o velame reduzido ao mínimo. O pior momento foi o início, quando as lufadas repentinas encheram o bote de água e ameaçaram afundá-lo. Não foi fácil remar furiosamente até alcançar o flanco de estibordo do *Neptune*, que, ainda com as velas principais desfraldadas, corria sobre as ondas e balançava pavorosamente. Ainda menos fácil foi içar-se a bordo com as escadas de corda lançadas pelos companheiros. Quando conseguiu agarrar uma e subir alguns degraus, Rogério, magro e leve, viu-se esvoaçando no ar como um graveto. Felizmente, erguido na horizontal e empurrado contra um lado da proa, pôde agarrar-se a ele e saltar a amurada. Tremia de frio, estava atordoado e exausto. Não tinha acabado. Era preciso enrolar as velas com urgência. Parte do trabalho já estava feito. Mas ainda faltavam as contramezenas e as velas de vante.

Lorencillo havia se incumbido pessoalmente do leme.

— Contramestre, as contramezenas! — gritou.

— Sim, capitão! — respondeu Le Bon. — Português, siga-me!

Rogério percebeu que seus ex-companheiros de bote já estavam todos a bordo, e em melhores condições do que ele. Ninguém no bergantim, porém, trajava-se melhor. Os marinheiros não tiveram tempo de vestir os encerados e, encharcados, estavam expostos às ondas que varriam o convés. De quando em quando, alguém, submerso pela espuma, rolava pelo convés, arriscando-se a ir parar no mar ou quebrar os ossos contra a amurada. Apesar disso, toda a tripulação permanecia no convés, empenhada em executar o melhor que podia as ordens de Lorencillo ou de Philippe Callois, o imediato.

Subir pelas escadas de corda com um vento tão forte parecia impossível, e ainda mais arrastar-se pelas vergas para rizar as velas. Rogério pensou – sem terror, apenas resignação – que jamais iria conseguir. Em vez disso, ele e seu pequeno grupo de homens guiados por Le Bon lograram, sabe-se lá como, queimar os dedos no emaranhado de cordas até rizar tudo. De repente, o *Neptune* recobrou uma certa estabilidade.

Quando voltaram para o convés, Le Bon deu um tapinha no ombro de Rogério.

— Muito bem, você será um bom contramestre. — Depois virou-se para Lorencillo e gritou: — Capitão, essa não é uma tormenta normal! O diabo está metido nisso!

Lorencillo, turvo, empenhado com o imediato em trazer à obediência um timão rebelde, urrou para seus homens:

— Alguém aí conhece uma oração inteira? Que seja válida tanto para católicos quanto para huguenotes?

Como ninguém disse nada, Rogério encontrou a coragem para responder:

— Eu conheço uma, capitão!

— Então reze-a em alto e bom latim!

Rogério, que se agarrava com força a uma enxárcia e tinha as costas expostas às ondas, começou a declamar, com todo o fôlego que tinha:

— *Miserere mei, Deu, et exaudi orationem meam. Miserere mei, Domine, quoniam infirmus sum: sana me...*[3]

Durante a prece, os homens continuaram suas atividades como se nada fosse. No fim, porém, vários deles disseram: "Amém!" O que aconteceu então, Rogério realmente não esperava. O vento cessou de

---

3 N.T.: "Tende piedade de mim, Deus, e ouvi minha oração. Tende piedade de mim, Senhor, porque estou enfermo: curai-me..." Em latim no original.

repente, as nuvens carregadas de chuva pararam de cruzar o céu, o mar se aplacou. Ficou só uma brisa leve e constante, ideal para uma boa navegação.

Lorencillo fitou Rogério com curiosidade, mas também com uma certa admiração.

— Você é um tipo interessante, português. Por acaso é padre?

— Já fui jesuíta, senhor.

— Entendo. Talvez seja melhor não contar para De Grammont quando o encontrar. Eu não vou contar. — Virou para o imediato, que havia devolvido o leme a um timoneiro. — Seria preciso desfraldar as velas, mas imagino que os homens estejam cansados demais.

— Exato — respondeu Philippe Callois, que acrescentou: — Não sei se o senhor percebeu que perdemos de vista as embarcações de Andrieszoon e Willems.

— Percebi, sim. O vento deve tê-las arrastado sabe-se lá para onde. Agora vou ter que procurá-las. — Lorencillo se agarrou ao balaústre do castelo e discursou para a tripulação: — Homens, sei que estão cansados e concedo uma hora e meia de descanso para que troquem de roupa, se enxuguem e se recuperem. Mas se algum gajeiro tiver vontade de soltar as velas, depois terá direito a duas horas de descanso e uma dose extra de rum.

Rogério jamais teria acreditado que tantos aceitariam a oferta. Ele, porém, não se sentia disposto: tremia dos pés à cabeça e temia estar com febre. Desceu para a cabine que abrigava os catres da tripulação. Não tinha roupas para trocar, nem trapos para se enxugar: havia deixado seu saco a bordo do *Rey de Reyes*. Estava para deitar melancolicamente no catre quando sentiu que alguém tocava seu braço.

Era um pirata forte e de pele muito clara que Rogério sabia se chamar Wilhelm Klaagen, talvez dos Países Baixos. Estava lhe entregando um camisão de lona, calças e vários trapos.

— Vista isso, jesuíta — o homenzarrão disse. — Obrigado, em nome de todos.

— Obrigado por quê? — perguntou Rogério.

— Você sabe. Por ter afugentado o diabo.

Em volta, de seus catres ou ainda se trocando, os homens que haviam optado pelo turno de descanso concordaram.

— Muito bem.

— Muito bem, jesuíta.

— Você foi sensacional.

Rogério ficou um pouco encabulado e, ao mesmo tempo, lisonjeado. Temera, num canto de sua mente, até ser acusado, como novato a bordo, de ter sido a causa do vento misterioso. Intuiu que daquele momento em diante iria gozar de uma posição de peculiar respeito.

Uma hora de descanso não era muito e, quando a sineta da mudança de turno tocou, Rogério ainda sentia seus ossos doendo. Felizmente, não estava mais com frio; pelo contrário, quando saiu para o convés, foi atingido pelo calor intenso de uma tarde tropical, temperado pela brisa constante.

O *Neptune*, com dois terços das velas desfraldadas, singrava veloz e, embora não fosse um navio muito potente, parecia quase majestoso. Devia haver alguma dúvida quanto à localização, porque diante do pedestal da bússola, Lorencillo e Callois discutiam animadamente. O cozinheiro bretão, Auguste Le Braz, com a ajuda de um escravo chamado Bamba, trouxera da cozinha um grande tacho e o colocara ao pé do mastro principal. Distribuía, em substituição ao almoço das dez, cancelado por causa da tormenta, pedaços de carne salgada. Os homens pegavam os pedaços e os mordiam, para depois voltar de imediato às suas ocupações. O verdadeiro jantar aconteceria depois do cair da noite.

Rogério, com sua fatia de carne na mão, aproximou-se de Le Bon, que estava descendo para descansar.

— O senhor tem ordens para mim?

— Me chame de você — resmungou o outro. — Não tem muito o que fazer além de ser o contramestre até eu voltar. Portanto, é ao imediato que você deve pedir ordens.

Rogério dirigiu-se ao castelo. Quando o viu, Callois sorriu.

— Ah, o jesuíta!

— Sim, senhor — respondeu Rogério, que começava a temer que aquele apelido pegasse. — Tem ordens a me dar, senhor?

Callois abriu mais o sorriso. Talvez achasse divertido o fraseado do português, formal como nos navios militares e mercantes.

— Jesuíta, a estiva onde dormem os escravos está fazendo água. Mande os carpinteiros lá para baixo. Depois verifique bem os depósitos de pólvora. Pareciam secos, mas nunca se sabe. Depois...

Naquele momento, do cesto do traquete, uma voz gritou:

— Lenho à vista à frente!

Lorencillo desceu do castelo e foi até o pé do mastro. Olhou para cima.

— É uma das nossas?

— Ainda não sei. Está na linha do horizonte. Navega sotavento como nós, talvez mais para o oeste.

— Velocidade?

— Eu diria que estamos ganhando terreno sobre eles, mas muito lentamente.

Lorencillo deu uma olhada nos mastros.

— Temos poucas velas úteis a desfraldar. Talvez o velacho e o joanete, mas não ajudariam muito. Não, vamos continuar assim. — Voltou para o castelo e instruiu ao timoneiro: — Rota oeste.

Philippe Callois observava o mar.

— Agora também estou vendo alguma coisa. Navega veloz, mas não tanto quanto nós, por enquanto.

— É melhor não acelerarmos — respondeu Lorencillo. — A tripulação está cansada. Precisa jantar em paz e dormir bem esta noite. Aliás, é melhor diminuirmos um pouco a marcha, assim alcançaremos esse vaso, seja ele amigo ou inimigo, pouco antes do amanhecer.

— Certo. — Com um gesto, Callois fez Rogério, que permanecia imóvel à espera de ordens, se aproximar. — Jesuíta, mande algum homem rizar os joanetes da grande e de proa. Diga a Le Bon, quando o turno dele acabar, que organize a vigia noturna no convés com o dobro de homens. Mande trazer para o convés duas ou três lanternas cegas; o carpinteiro-chefe sabe onde estão. Ao raiar do dia, os canhões, os arcabuzes e as armas de fogo devem estar carregados e prontos para atirar. Os *patareros* devem ser carregados com metralha.

— O que são *patareros*? — perguntou Rogério.

— Os canhõezinhos giratórios. Vai lembrar tudo, jesuíta?

— Sim, senhor!

Do cesto veio um novo grito.

— Capitão, não parece um bergantim. Tem a popa muito alta, como a dos galeões.

— Se fosse verdade! — exclamou Lorencillo. — Parece espanhol?

— Ainda está longe demais, capitão. E a luz está acabando.

Lorencillo estava tão alegre que saltitou num passo de dança.

— O jesuíta fez um duplo milagre. Primeiro o santo que o protege acalmou a tormenta e talvez agora esteja nos presenteando com uma presa inesperada!

Ouvindo o próprio nome, Rogério, que estava prestes a correr e executar as ordens recebidas, parou. O resultado foi que Callois dirigiu-se a ele em tom ríspido.

— O que faz aí parado, jesuíta? Está com cãibra no pé?

Lorencillo interveio, conciliador.

— Não há pressa, Philippe. Será uma perseguição calma. Temos muitas horas pela frente, antes da festa.

Pelo sim, pelo não, Rogério correu para procurar os gajeiros para que reduzissem o velame do mastro de mezena, diminuindo assim a velocidade. Tarefa nada fácil essa, já que a bordo do *Neptune* os papéis se confundiam: vez por outra, um marinheiro podia ser gajeiro, artilheiro ou qualquer outra coisa. Mas ele não sentia falta da ordem nem da hierarquia dos navios de guerra espanhóis ou franceses. Nem um pouco.

# 5

# Noite de espera

Quando Rogério conseguiu chegar ao seu catre, que, como o de Le Bon, ficava um pouco afastado dos demais, alguns piratas já dormiam, enquanto outros tagarelavam em voz baixa e fumavam longos cachimbos. Le Bon não estava: fora chamado ao convés para o primeiro turno de guarda. Ele aceitara sem protestar. Era incrível a energia daquele homem que já avançava nos anos. Igualava-se à de Lorencillo e de Callois, ainda de pé, apesar de um dia tão cansativo.

Rogério estava sentado a cavalo no catre quando ouviu que o chamavam.

— Senhor contramestre!

— Sim?

Era um grumete de bordo que os homens chamavam de Minou, como se fosse um gatinho. O rapazinho tinha uns 13 anos, era louro e, ao que tudo indicava, frágil, muito tímido. Havia dois outros garotos no *Neptune*, também com apelidos curiosos: Filou e Tapis. Todos da mesma idade, e todos com as mesmas características: uma timidez inata e um eterno temor nos olhos. Rogério já conhecera alguns assim na marinha espanhola, mas outros eram desaforados e sempre alegres, apesar dos esforços a que eram submetidos. Essa segunda espécie, no bergantim pirata, parecia não existir.

— Senhor contramestre, o dr. Ravenau de Lussan, o médico de bordo, pergunta se antes de dormir o senhor gostaria de fumar cachimbo com ele, em seu alojamento. Ele ficaria honrado.

Rogério estava sonolento, mas o cirurgião o deixava curioso. Era muito raro vê-lo no convés. Em geral, ficava na própria cabine, nos alojamentos da popa: a mais externa, adjacente à cozinha. As poucas vezes que saía de lá, estava vestido como um nobre da corte, desde a peruca empoada até as fivelas de prata. Passeava até o gurupés e demorava-se ali observando o mar; depois voltava. Não dirigia a palavra a ninguém, com exceção de Lorencillo e do imediato. A tripulação, que nutria por ele um grande respeito, o cumprimentava, mesmo sabendo que o médico não responderia.

Rogério, com um suspiro, desceu do catre.

— Está certo, eu vou. Venha comigo.

Do fundo da cabine irrompeu o vozeirão de Henri Du Val.

— Olha só, Minou está aí! Venha aqui, menino! Preciso muito de você!

O grumete teve um sobressalto visível.

— Não posso. Preciso ir ver o doutor.

— Está doente? Eu curo você! — gargalhou Du Val.

Dos catres surgiram protestos.

— Quer calar a boca, Henri?

— Pare com isso!

— Esqueceu que amanhã combatemos?

Rogério havia chegado ao pé da escada de corda. Minou o pegou pelo braço.

— Não precisa subir ao convés. Podemos passar por ali — disse, indicando uma portinhola bem baixa.

Ela dava para o longo corredor dos canhões. Os artilheiros roncavam, apoiados aos carrinhos, prontos para entrar em ação no momento do embate. As bolas estavam empilhadas em pequenos montes cônicos; os projéteis duplos, ligados por correntes, estavam alinhados com cuidado junto aos invólucros de metralha, que continham pregos e fragmentos de metal. Atravessado o ambiente, era preciso subir ao convés para ter acesso aos alojamentos.

O *Neptune* singrava silencioso, com as velas infladas pelo vento que não diminuíra de intensidade por um momento. Do convés, a visibilidade era escassa: as lanternas cegas iluminavam só o necessário. Rogério viu ao longe as silhuetas escuras de Le Bon e de três outros homens que caminhavam de um lado para outro para manter-se acordados. A noite sem luar era calmíssima.

Minou o conduziu até o castelo de onde se descia para os alojamentos do capitão, do médico e dos dois oficiais (ainda que no *Neptune* só houvesse um). Apontou para a porta de Ravenau de Lussan.

— Bata na porta, ele o espera. — Fez menção de ir embora.

— Onde vocês grumetes dormem? — perguntou Rogério.

— Numa estiva da proa, onde os carpinteiros guardam as ferramentas.

— Estranho. Normalmente, os grumetes dormem com a tripulação.

Minou não respondeu e se afastou.

Rogério balançou a cabeça e deu uma leve batida na porta.

De Lussan veio abrir.

— Ah, que bom que o senhor veio! — exclamou. — Queria tanto conhecê-lo. Entre, entre!

A cabine do cirurgião, iluminada por um candelabro, era pequena e mobiliada com simplicidade. Continha uma pequena cama, uma mesinha central com duas cadeiras, uma escrivaninha cheia de portinholas de madeira marchetada e um grande baú. Alguns instrumentos cirúrgicos de uso frequente estavam pendurados em ganchos presos às paredes: serrotes de vários comprimentos, facas, pinças grandes e pequenas. Duas estantes, uma continha livros, a outra, potes identificados pelos nomes em latim das substâncias medicinais que continham.

De Lussan apontou para a mesinha.

— Como vê, fiz o possível para lhe assegurar uma acolhida decorosa. Nas taças há caldo de galinha, e, por essa raridade, devemos agradecer aos frangos do galeão a bordo do qual o senhor estava. Espero que ainda esteja quente. Nos copos há rum da Martinica. Infelizmente, o comandante trancou à chave todas as garrafas de vinho de Rioja. Os cachimbos já estão acesos. O tabaco vem de Tortuga, e garanto que é um dos melhores do continente.

Rogério estava constrangido.

— Agradeço, doutor, pela generosidade. A que se deve?

— Não é tão fácil ter a oportunidade de conversar com um membro da Companhia de Jesus. Em geral, é garantia de uma troca inteligente de ideias... Mas sente-se, sente-se.

Rogério obedeceu. O médico, que naquele momento estava sem peruca e vestia uma simples camisa de seda branca, sentou-se de frente para ele e lhe ofereceu um longo cachimbo com o fornilho marchetado. O português deu um trago e, baforando, sorveu um pouco de caldo. Estava delicioso, e ainda morno.

— Doutor, deixei a Companhia há seis anos. Não sei se conservo as características do jesuíta, a começar pelo grau de cultura.

— Deve conservar, imagino, as convicções básicas.

— Muitas, sim, mas vezes demais me afastei do caminho da Igreja para manter um elo com o meu passado. Não poderia me definir um bom cristão.

— Um elo, pelo menos, permaneceu: o senhor fala elegantemente, ainda por cima num idioma que não é o seu. Algo bastante insólito a bordo do *Neptune*. — De Lussan sorveu sua taça de caldo até a última gota, depois enxugou os lábios com um lencinho bordado. — Muitos jesuítas que vêm para o Novo Mundo são movidos por uma convicção, para mim, bizarra: a de que todos os homens são bons por natureza.

— Por que "bizarra"? O homem foi feito à imagem e semelhança de Deus, portanto, ao nascer, é necessariamente bom.

De Lussan deu uma risadinha.

— Consegue ver alguém, nesta embarcação, que se assemelhe a Deus de alguma forma?

Antes de responder, Rogério terminou seu caldo. Enquanto isso, organizou as ideias.

— Eu falava de bondade ao nascer — disse. — Depois, o dom do livre-arbítrio consente inclusive escolher o mal e afastar-se da imagem divina.

— Caro amigo, por essa, de alguém como o senhor, que estudou teologia, eu não esperava mesmo — replicou De Lussan, em tom irônico, ainda que bonachão. — O senhor se refere ao nascimento e se esquece do pecado original. Qualquer recém-nascido é um pecador e, portanto, diferente de Deus.

Rogério começava a se perguntar aonde o cirurgião queria chegar. Levou aos lábios o copo de rum que o outro enchera. O licor transparente era áspero e forte, e queimava o paladar muito mais do que o rum âmbar em geral servido à tripulação.

— O pecado original é lavado pelo batismo.

— Vale dizer, por um ato exterior, não por livre escolha. Ou seja, nascemos maus e em nada semelhantes a Deus. Não por acaso a Igreja condena ao castigo eterno as crianças que morrem antes de serem batizadas. Isso porque não as considera de forma alguma naturalmente boas.

Uma certa irritação começava a tomar conta de Rogério, provocada também pelo tabaco, ao qual não estava acostumado, e pelo rum inebriante. Contra a vontade, falou em tom cortês, porém um tanto agressivo.

— Parece-me que o senhor tem uma ideia própria, doutor. Gostaria de apresentá-la, de modo que eu saiba melhor do que estamos falando?

De Lussan, que bebia e fumava, caiu na gargalhada.

— Não está errado, senhor contramestre! Sim, tenho uma ideia própria, mas antes de explicitá-la, quero que veja com seus olhos o que as pessoas deste navio são capazes de fazer. Alguma coisa o senhor já vislumbrou ou intuiu, mas não o suficiente. Somente depois estará em condições de compreender em profundidade minhas ideias acerca da verdadeira natureza do ser humano.

Rogério refletiu.

— Vi ações ferozes sendo empreendidas, mas isso, de certa forma, é normal em tempos de guerra.

— O senhor ainda não viu nada, meu amigo. — De Lussan cerrou as pálpebras e afastou-se um pouco da mesinha. — Acredite. Nada de nada.

Rogério reprimiu um arrepio e não soube o que responder. Refugiou-se em seu copo. Começava a sentir-se desconfortável.

Como o outro se calou e se limitou a observá-lo dissimuladamente, foi obrigado a improvisar uma pergunta qualquer.

— Pareço deduzir, doutor, que o *Neptune* e sua tripulação não lhe agradam muito. Estou errado?

— Sim, está — respondeu De Lussan à queima-roupa. — O *Neptune* é uma síntese brutal e, portanto, verdadeira, não hipócrita, daquilo que o mundo é em seu conjunto. Isso vale, óbvio, também para o *Mutine*, para o *Intrépide* e para toda a Tortuga, como o senhor verá quando puser os pés nela. Nesse sentido, ela é um posto de observação extraordinário para quem quiser refletir sobre a condição humana. Não sei se consegue seguir meu raciocínio...

— Apenas em parte, doutor. — Era verdade. Rogério intuía alguma coisa, mas não tudo, e o que vislumbrava lhe parecia assustadoramente ímpio.

— Outra vantagem de estar no *Neptune* é ter como capitão um homem extraordinário: Laurens de Graaf, Lorencillo.

— Gosta muito dele?

— O senhor não imagina quanto. Ele e De Grammont, mais ainda, são os arautos de uma nova raça de chefes, capazes de conduzir bandos de canalhas de toda sorte rumo a um destino luminoso.

Rogério ficou estupefato. Terminou seu rum e perguntou:

— Que destino? A redenção, a glória? A honra? A liberdade?

— Oh, não — disse Lussan, rindo. — A barbárie mais absoluta.

— Houve um novo silêncio, que o cirurgião interrompeu perguntando: — Quer mais rum?

— Não, obrigado. — Rogério soltou o cachimbo e se levantou. Sentia-se um pouco zonzo. — Amanhã talvez combatamos, e preciso de algumas horas de sono.

De Lussan o acompanhou até a porta.

— Foi uma conversa agradável, senhor contramestre. Espero que possamos continuá-la.

— Com muito prazer, doutor — mentiu Rogério.

— Posso lhe fazer uma última pergunta?

— Claro.

— Por que motivo o senhor abandonou a Companhia de Jesus?

Nunca, jamais Rogério revelaria qualquer coisa sobre esse assunto. E alinhavou uma resposta plausível.

— Eu sentia que não tinha uma vocação verdadeira, e a vida militar me atraía.

De Lussan sorriu.

— Vejo que está reticente e, ademais, é seu direito. Até amanhã.

O convés do *Neptune* estava envolto pela escuridão, enquanto no fundo da noite brilhavam as luzes da nau perseguida.

# 6

## Atacar!

Quando amanheceu, o veleiro desconhecido já estava a menos de uma milha. Não era um galeão coisa nenhuma, como parecera por causa da popa alta. Lembrava mais uma fragata de casco atarracado, pintada de preto e com três mastros. Decerto já devia ter avistado o *Neptune* fazia tempo, como o demonstravam todas as suas velas ao vento, mas não conseguia se afastar do perseguidor. A culpa com certeza era da carga: em geral, os navios desse tipo eram muito mais velozes.

— Aposto um olho como é um lenho mercante inglês — disse Philippe Callois, ereto no castelo, ao lado do capitão.

Lorencillo imprecou.

— Saímos da rota para alcançar uma presa inútil! Só perdemos tempo!

— Capitão, no passado, atacamos navios espanhóis mesmo sem "cartas de mandato", quando a França e a Espanha estavam em paz.

— Não podemos fazer isso com os ingleses! Maldito demônio! Precisamos continuar amigos dos aventureiros da Jamaica se quisermos controlar estes mares. Além disso, o governador de Tortuga pode fazer vista grossa para os ataques aos espanhóis, mas não nos perdoaria jamais se criássemos problemas com o governador Lynch, seu amigo.

Lorencillo, como era seu costume, cuspiu por cima da amurada, depois gritou, furioso:

— Onde está o imbecil do jesuíta?

Rogério estava fazendo suas necessidades – com certeza estimuladas pelo rum da noite anterior – no flanco da proa, a cavalo da trave destinada a esse fim, que se debruçava um pouco sobre o mar e tinha um buraco. A exclamação de Lorencillo o alcançou no momento menos oportuno. Rapidamente, ele pisou na esteira de enxárcias do gurupés e vestiu a calça.

Quando se viu diante dele, o capitão o apontou com o indicador e gritou, encolerizado:

— Jesuíta duma figa, pode ter nos salvado do vento, mas sua prece não nos garantiu uma boa presa. Como explica isso?

Estava claro que não havia nenhuma explicação possível. Rogério entendeu que Lorencillo precisava descarregar a raiva em alguém. Aceitou cabisbaixo o ocaso de sua efêmera glória.

— Saia daqui, papa-hóstias! — concluiu o capitão. — Volte ao trabalho. Depois acerto as contas com você.

Na verdade, naquele momento não havia nenhum trabalho em particular a fazer, a não ser preparar-se para um combate improvável. Toda a tripulação estava empenhada em carregar pistolas, armar mosquetes, amolar o fio das baionetas e enfiar adagas e punhais em seus largos cintos coloridos. Faziam-no sem vontade, desconfiando ser perda de tempo.

No castelo de popa, apareceram os cinco bucaneiros, com tripés e arcabuzes, e com eles, Ravenau de Lussan. Lorencillo dirigiu-se a este último.

— Doutor, que bandeira o senhor aconselha?

— A fragata é inglesa, não?

— É muito provável, infelizmente.

— Então serve também a bandeira francesa.

— Estamos certos de que a França e a Inglaterra não estão em guerra? De Lussan deu de ombros.

— Como ter certeza? Aqui, as notícias chegam com seis meses de atraso. Ficaram por muito tempo em paz, e imagino que ainda estejam.

Rogério havia alcançado Le Bon, que estava controlando o cano de um *patarero*, enquanto o grumete Tapis verificava se a pólvora estava seca. Quando viu o colega chegando, o contramestre disse:

— Não fique chateado, jesuíta, Lorencillo não está furioso com você, na verdade. Se estivesse, você perceberia não pelas palavras, mas pelos fatos… Diga, o que acha de fazer um pacto de irmandade?

— Como assim?

— Nós, aventureiros, costumamos formar duplas, de modo que, se um morrer, o outro herda seus bens e sua parte da pilhagem. Tem interesse?

— Claro, ainda que eu não tenha nada.

— Vai me deixar um crucifixo. — Le Bon estendeu a mão calejada e dura como couro. — Assim que possível, faremos o pacto por escrito. Por enquanto, vamos nos contentar com a palavra. Tapis, você é testemunha. Eu e o jesuíta estamos irmanados.

Naquele momento, a bandeira branca com os lírios subia rangendo até o contrapico, enquanto o sol despontava, dissipando as últimas sombras e incendiando o mar. A fragata estava a menos de meia milha. Ela também hasteou sua bandeira. Como previam, era inglesa.

— Fique a postos — disse Le Bon. — Quando estivermos emparelhados, os dois capitães vão querer conversar.

Rogério conhecia bem esse tipo de operação. As conversas entre veleiros aconteciam na proa, com os dois navios um de frente para o outro. Tratava-se, portanto, de baixar a maior parte das velas e rizar as outras, para pegar o vento atravessado; depois se cambava de popa. Os comandantes dialogavam sobre proas que se erguiam e baixavam como cabeças de bois no bebedouro.

Meia hora mais tarde, o bergantim e a fragata navegavam em paralelo. O navio inglês revelava agora todos os seus detalhes, a começar pelo nome, pintado na popa: *The Sea Master*. Era uma bela embarcação, apesar da sua forma atarracada e da linha de água muito alta: toda preta, mas cheia de detalhes dourados e com um golfinho prateado como figura de proa. A mastreação era elegante, ainda que indicasse vários sinais de consertos, evidentes mesmo a distância.

— Pode ser um navio mercante, mas combateu recentemente e não conseguiu fazer uma escala para substituir os mastros — observou Le Bon. — De resto, tem sete canhões no flanco de estibordo, portanto, 14 ao todo. Um bom armamento.

— O senhor duvida que seja um navio mercante?

— Não, com certeza é. Uma fragata de guerra não teria um casco tão redondo. Só digo que esse lenho viajou muito e teve suas desventuras.

Do castelo, o imediato gritou:

— Le Bon, venha aqui!

O contramestre disse:

— Aqui estou, senhor! — E para Rogério: — Vamos diminuir a marcha. Você, jesuíta, reúna os gajeiros, enquanto isso. Que eles estejam prontos para as manobras.

Pouco depois, tanto *The Sea Master* quanto o *Neptune* reduziam, quase simultaneamente, o velame e começavam a cambada convergente. A nau inglesa folgou a vela de vante. Quando se encontraram proa contra proa, Lorencillo foi até o gurupés e abraçou a base do mastro. Antes, porém, sussurrou no ouvido de Callois uma ordem que este cochichou a Le Bon. As ordens circularam em voz baixa.

— Fiquem alertas. Mantenham prontas as armas e os ganchos de abordagem. Preparem-se para erguer novamente as velas. Homens, às escadas, bombardeiros, aos canhões.

Quando Le Bon comunicou a ordem, Rogério ficou estupefato.

— O que o capitão está tramando? Atacar os ingleses?

— Não, mas Lorencillo é um homem prudente. Por isso ainda está vivo.

Rogério, que trazia três pistolas carregadas no cinto, penduradas por fitas fáceis de desamarrar, e uma curta espada no flanco, posicionou-se no *patarero* da proa, servido pelo espanhol Pepe Canseco e pelo grumete Filou. De lá pôde ouvir o diálogo entre os dois capitães.

O comandante da fragata era um homem corpulento, de peruca, bengala e uma farda com reluzentes botões de ouro. Foi o primeiro a falar, em inglês.

— Salve, capitão. Estou feliz de encontrar o expoente de uma nação amiga. Meu nome é William Thorne e venho de Port Royal, com uma carga de açúcar para ser levada até Liverpool.

O inglês de Lorencillo era muito melhor do que seu espanhol.

— Saudações ao senhor. A amizade entre o rei James e o rei Luís não se romperá jamais. Sou Jacques Brosselet — mentiu —, da marinha mercante francesa, e venho de Hispaniola. Estava escoltando uma carga de trigo, mas uma lufada repentina de vento, uma bossa, me separou do outro navio e me fez perder a rota. Sabem onde nos encontramos?

— Ao sul de Cuba. A latitude exata não sei dizer, porque já há duas noites o céu está sem estrelas. — De repente, o capitão inglês mudou de idioma e de tom. Disse, agitado: — *Monsieur, garde-à-vous, c'est une piège! Les espagnols ont capturé ce navire et nous tiennent prisonniers! Délivres-nous, je vous en...*[4]

Ele não conseguiu completar a frase. Às suas costas ecoou um tiro de pistola, e o inglês caiu, ceifado, de rosto no chão. Enquanto isso, dos canhões giratórios do *Sea Master* partiu uma ruidosa descarga de metralha. Lorencillo foi rápido em abrigar-se atrás do gurupés, mas o efeito da nuvem de lascas de metal foi arrasador. Uma dezena de piratas caiu esguichando sangue e se contorcendo, o traquete rachou na base.

De trás da amurada do *Sea Master* despontaram dezenas de fuzileiros, e a bordo do *Neptune*, outros morreram. A reação, porém, foi prontíssima. Ao lado de Rogério, Pepe teve o braço esquerdo inteiro decepado e, grotescamente, enlouquecido pela dor, tentava recolhê-lo. Rogério pegou a estopa acesa que Filou lhe estendeu e a encostou no cano do *patarero*. A nau inimiga também foi varrida pela metralha. Enquanto isso, os piratas respondiam ao fogo com os mosquetes e subiam velozes pelas escadas de corda para fugir de uma segunda descarga dos canhões giratórios.

Lorencillo, descendo para o convés com um salto, correu ao castelo saltando sobre mortos e feridos. Gritou:

— Quem puder, abra alguma vela! Vamos abalroá-lo de lado!

Callois nem precisou repetir a ordem. Indiferentes aos projéteis que choviam, os gajeiros, já prontos, correram para obedecer. Numa

---

4 N.T.: Em francês, "Senhor, cuidado, é uma cilada! Os espanhóis capturaram este navio e nos fizeram prisioneiros! Liberte-nos, eu im[ploro]..."

fração de segundo, cinco ou seis velas foram desfraldadas. O vento as inflou, e o *Neptune* ganhou ímpeto.

Atordoado pela fumaça, pelos gritos, pelos tiros, Rogério assistiu estarrecido ao que se seguiu. Apesar do alvoroço, alguém se dera ao trabalho de descer a bandeira francesa e hastear a *Jolie Rouge*. Diante do castelo apareceu a pequena orquestra, batendo freneticamente os tambores em ritmo de batalha. Tinha todo o ar de um ritual de guerra.

Quando a proa do *Neptune* rasgou com estrondo a amura de proa do *Sea Master* e nela ficou presa, o abalo foi tamanho que Rogério quase foi arremessado ao mar.

Logo ecoou a voz possante de Lorencillo.

— Irmãos da Costa, atacar! *Vive le Roy!*[5]

— *Vive le Roy!* — repetiram os piratas. — Viva a Filibusta![6]

Os ganchos choveram, cravando-se no *Sea Master*, e os homens pendurados nas enxárcias lançaram-se em cachos para o convés inimigo. Rogério viu Lorencillo voar acima de sua cabeça, agarrado a uma corda, e foi invadido por uma necessidade incontrolável de combater, de participar daquele festim sangrento.

Ele puxou a espada e correu até o gurupés partido do *Neptune*, agarrou-se nele com a mão esquerda e saltou para a fragata. Um soldado espanhol precipitou-se ao encontro dele armado com uma lança, outro apontou uma pistola na sua direção.

O primeiro tropeçou num emaranhado de cordas e caiu, o segundo foi abatido por um projétil que lhe perfurou a testa. Rogério virou-se e viu um bucaneiro que erguia o fuzil da forquilha para recarregá-lo. Agradeceu com um gesto, depois correu até o espanhol que se debatia nas enxárcias e plantou-lhe a espada nas costas.

---

5 N.T.: Em francês, "Viva o rei!".

6 N.T.: Termo derivado de *filibustero*, que designa o conjunto dos piratas.

# 7

## Os prisioneiros ingleses

Rogério, protegido pela serviola que segurava um dos dois botes de bordo do *Sea Master*, empunhou a última de suas pistolas. Rasgou com os dentes o invólucro de papel que continha a pólvora e a despejou no cano, depois socou pólvora e projétil com a haste. Mirou no soldado espanhol mais próximo, puxou o cão e apertou o gatilho. As fagulhas da pederneira queimaram-lhe os dedos. A explosão foi ruidosa e liberou uma nuvem de fumaça. O soldado pareceu cair, mas Rogério não teve certeza. A fuligem negra que pairava em espirais fez arder os olhos e lhe impediu a visão.

Ele jogou longe a pistola, como havia feito com as outras, e voltou a empunhar a espada. O êxito do combate era mais incerto do que parecera após o primeiro impacto. O capitão espanhol tivera tempo de organizar bem seus homens. Dois canhões giratórios, no castelo de popa, carregados com pregos, abriam lacunas entre os piratas. Diante do castelo estavam dispostas três filas de fuzileiros, e enquanto uma atirava, as outras duas recarregavam as armas. Das escotilhas haviam sido removidas as escadas de corda, e sob as aberturas haviam sido colocados tachos de água fervente, de forma que não era possível descer para os passadiços inferiores. Os soldados com armas brancas e pistolas estavam postados ao redor do castelo. Recuavam, sim, mas muito devagar.

Todavia, era evidente que os espanhóis estavam apavorados. Treinados para a guerra convencional, não estavam preparados para a forma de combater dos piratas, que saltavam entre as enxárcias, agarravam-se às vergas, jogavam-se para a frente com total indiferença pela própria integridade. Alguns lançavam urros guturais, improvisavam danças grotescas, esquartejavam os cadáveres. Um pirata chamado Marcel Rouff, ao ver um espanhol ferido que gemia apoiado no mastro de traquete, abriu seu ventre com a adaga, arrancou uma parte dos intestinos que se espalhavam e avançou contra os inimigos.

Em meio ao estardalhaço infernal, marcado pelo ritmo obsessivo dos tambores do *Neptune*, ouviu-se a voz enfurecida de Lorencillo.

— Agora chega de brincadeiras! Bucaneiros, esqueceram como se atira? Callois, fogo sobre o castelo! Avante, avante!

Os bucaneiros tinham levado seus fuzis até o castelo de proa do *Sea Master*. De lá, alvejaram os artilheiros, dizimando suas três fileiras com a precisão do tiro esportivo: a cada disparo, uma baixa. Quanto aos outros piratas, investiram contra os defensores do castelo com toda a fúria de que eram capazes. Rogério foi ferido no braço, mas quase não percebeu; em vez disso, rachou a cabeça de um soldado que havia perdido o capacete e tentava recolhê-lo. O cheiro do sangue, que ele normalmente considerava repulsivo, agora o inebriava. Ele viu um espanhol corpulento, arfando apoiado à amurada, e permitiu-se o prazer de cravar-lhe a espada bem no meio da barriga. Tinha em mente a imagem de um barril esguichando vinho tinto. Achou divertido torná-la real.

A melhor arma que restava aos espanhóis, os canhões giratórios, àquela altura era inútil. A refrega era densa, e os artilheiros corriam o risco de atingir seus concidadãos. Por outro lado, Callois abrira a golpes de espada um corredor, seguido pelo escravo da cozinha, Bamba, armado com um dardo incendiário. Depois de uma parábola precisa da arma, uma parte do castelo inimigo pegou fogo. Quando o incêndio se alastrou, os pequenos canhões foram abandonados.

O êxito do corpo a corpo era certo. Diante do castelo de popa, sobre pranchas que pareciam o assoalho de um matadouro, os últimos espasmos cessaram. Lorencillo estava em toda parte. Incitava, imprecava, empalava, espumava.

— Irmãos da Costa, matem esses cães! Avante, avante, a Filibusta!
— A bordo do *Neptune*, os tambores haviam diminuído o ritmo, que se tornara solene, em uma marcha fúnebre.

Os espanhóis se defendiam valorosamente, mas estava claro que o faziam, mais do que por convicção, por terror do que lhes aconteceria caso cedessem. Por fim, uma voz aguda gritou:

— Chega, chega! Que este massacre acabe! Nós nos rendemos!

Por alguns instantes, as armas continuaram a se chocar, até que Lorencillo se impôs sobre os seus.

— Parados, meus soldados fiéis! O navio é nosso!

Rogério, que estava prestes a matar um espanhol que rolara aos seus pés, parou com a espada no ar. Das fileiras dos sobreviventes surgiu um cavalheiro de expressão aterrada, usando chapéu emplumado e colete de aço. Até aquele instante, alguns oficiais o haviam encoberto. Os combatentes se afastaram.

A figura marchou até Lorencillo e fez uma reverência, descrevendo um arco elaborado com o chapéu. Depois, sacou sua espada e a entregou, segurando-a com ambas as mãos.

— Senhor, sou o capitão Lope Pacheco de Castro — ele anunciou, muito emocionado. — Aceite esta espada como homenagem ao seu valor, e como sinal de intercessão pela vida dos meus homens.

Lorencillo, que suava em bicas e estava com os trajes empapados de sangue alheio, passou para Callois a espada que empunhava, depois curvou-se numa mesura exagerada. Quando se endireitou, tomou a espada do espanhol e disse, compungido:

— Aceito a arma que me oferece em nome do meu rei, Luís XIV de França... — Observou por um instante a espada, e então a arremessou ao mar, fazendo-a girar. — ... E a entrego aos peixes, com certeza mais dignos de empunhá-la do que um covarde miserável como o senhor!

Todos os piratas irromperam numa grande gargalhada.

O espanhol empalideceu mais ainda, se é que isso era possível. Conseguiu apenas murmurar:

— Mas, senhor...

Lorencillo o atacou com raiva.

— O senhor matou um inglês, seu prisioneiro, atirando nele pelas costas. Esqueceu? Bem, eu não... Agora me diga imediatamente onde estão os outros prisioneiros. É a única possibilidade que lhe resta de salvar sua pele.

Dom Lope murmurou:

— Estão no passadiço inferior.

Suas palavras foram realçadas de forma curiosa, porque um dos canhões do *Sea Master* disparou, o que era absurdo, pois estavam os dois navios travados de tal maneira que seu armamento era inútil.

— Le Bon, vá ver que diabos está acontecendo no corredor dos canhões — ordenou Lorencillo.

O contramestre, ele também todo sujo de sangue, chamou três homens e fez menção de executar a ordem. No entanto, da escotilha mais próxima saíram as mãos e a cabeça loura de um homem que se ergueu para o convés. Outros o seguiram, alguns dos quais usando o clássico chapéu redondo da marinha militar britânica, e os restantes, o uniforme vermelho dos soldados da rainha.

O homem louro olhou em volta, não sem estupefação, depois foi até Lorencillo e estufou o peito.

— Primeiro-tenente de fragata Nathaniel Westlake, senhor — apresentou-se em inglês. Ele olhou para Dom Lope com desprezo. — O oficial mais graduado do *Sea Master*, depois que esse aí matou o nosso capitão.

Lorencillo respondeu na mesma língua.

— Sou Laurens de Graaf, talvez tenha ouvido falar de mim. Foi o senhor que deu um tiro de canhão?

— Aproveitando o combate, subjugamos os artilheiros, senhor. O tiro saiu acidentalmente durante a refrega.

— Bem, tenente, esta fragata é de novo sua. — Lorencillo ignorou o frêmito de descontentamento dos seus homens, que temiam perder os bens pilhados. As frases seguintes os reconfortaram um pouco. — Pode ficar com sua carga de açúcar. Reivindico, porém, todo o ouro e o dinheiro em espécie que tiverem a bordo, como ressarcimento pelas perdas sofridas na sua libertação.

— Isso lhes é devido, senhor.

— Vejo que nos entendemos. Agora precisamos separar nossos navios e... — Lorencillo interrompeu-se de repente. — Quem diabos é esse?

Ele se referia a um civil corpulento, o último a sair da escotilha, que se aproximava. Parecia horrorizado pelo sangue que escorria no convés e pelos gemidos dos feridos e mutilados. Apesar de sua perturbação, o homem tirou respeitosamente o tricorne da cabeça. Suas mãos tremiam.

— Capitão De Graaf, me chamo Diego Maquet, sou comerciante em Port Royal. Vim da Europa no *Ruby* antes de passar para o *Sea Master*. Sou o portador de uma carta para o senhor, de parte da sua esposa.

— Petroníla! — exclamou Lorencillo, estarrecido.

— Sim, senhor — replicou o comerciante. — *Doña* Petroníla de Guzmán.

Rogério inclinou-se para Le Bon, que estava perto dele.

— Não imaginava que Lorencillo fosse casado.

— Ele é, com uma dama espanhola que mora nas Ilhas Canárias. Por que o espanto? Quase todos temos esposas.

Enquanto isso, o comerciante estendeu uma carta bem lacrada que trazia dentro do colete. Lorencillo contemplou-a por um instante e a guardou nervosamente no cinto. Chamou Callois.

— Já folgamos demais. É hora de trabalhar.

O imediato se dirigiu a Le Bon.

— Contramestre! Volte com o jesuíta para o *Neptune* e acorde aqueles carpinteiros poltrões. Vejam o que é preciso para reparar o nosso navio.

Os resultados do exame não foram encorajadores. A fragata inglesa havia sofrido os danos maiores, mas o bergantim também não saíra incólume do abalroamento. O gurupés estava quebrado, a quilha tinha grandes buracos e fazia água, e o traquete, com a base arruinada, era sustentado apenas por frangalhos de velame.

— Tem coisa pior — anunciou o carpinteiro Dickson, que, com seu colega Clicquet e o carpinteiro-chefe Burton, estava fazendo o possível para evitar que o *Neptune* fosse a pique ao ser separado do *Sea Master*. — No choque, a estiva dos escravos foi alagada. Todos morreram afogados, menos Bamba, que participou da abordagem.

Le Bon praguejou.

— Não só o produto deste saque foi ridículo, mas perdemos até o que já tínhamos! Agora Lorencillo vai nos manter no mar até compensar o prejuízo!

Rogério sentiu uma pontinha de piedade pelos desventurados negros fechados num cubículo asfixiante e acorrentados uns aos outros, mortos como ratos. Um século antes, a Igreja ainda excomungava quem praticava o escravagismo, tanto que os índios do Novo Mundo eram postos em servidão mediante formas contratuais de fachada, como a chamada *encomienda*, para não incorrer em pecado. Mas os tempos tinham mudado, e Sevilha se tornara o maior mercado de carne humana da Europa. Algum escrúpulo, porém, ainda se fazia sentir num ex-jesuíta.

O desconforto de Rogério, todavia, tinha também outra origem obscura. Quem se encarregou de trazê-la à luz foi Ravenau de Lussan, que vigiava o translado dos feridos de um navio ao outro.

— Vamos, não me diga que não gostou — sussurrou o cirurgião, enquanto se preparava para descer e começar com as amputações e medicações.

— Do quê?

— De matar, não?

Rogério se calou. De Lussan endereçou-lhe um sorriso cúmplice e se afastou.

# 8

# Uma festa no mar

Foram necessários três dias para que o *Sea Master* e o *Neptune* retornassem às condições adequadas para navegar. Durante todo esse tempo, Lorencillo proibiu que festejassem a vitória: a tripulação precisava se empenhar nos consertos da aurora ao anoitecer e ajudar os ingleses, em número muito pequeno, nas atividades.

As relações entre os piratas e os homens do tenente Westlake eram boas, ainda que os marinheiros do *Neptune* de origem britânica não quisessem ter nenhuma relação com seus compatriotas. O motivo era: eles eram desertores das Marinhas inglesas, a mercante ou a militar, e a lembrança do que haviam sofrido nos navios de Sua Majestade, depois do alistamento forçado, continuava para eles um pesadelo. Mantinham-se distantes de tudo o que pudesse trazer-lhes à mente esse passado.

Em duas ocasiões, Lorencillo teve com Westlake motivos de dissabor. A primeira vez foi quando descobriu que a bordo do *Sea Master* não havia nem ouro nem prata, e que o dinheiro em espécie totalizava 20 mil escudos e 3.500 *jacobi*, a moeda inglesa. Esperava muito mais. De início, achou que o tenente quisesse enganá-lo, mas depois se convenceu de sua boa-fé e se conformou.

A segunda altercação foi sobre o destino dos prisioneiros e, em particular, de Dom Lope Pacheco de Castro, jogado na estiva onde os ingleses definharam.

— Não vejo a hora de enforcar aquele pilantra — anunciou Lorencillo. — Assim que os navios estiverem em ordem, vou pendurá-lo numa corda.

— Senhor, rogo para que não o enforque — disse o tenente.

— Tem razão, é muito pouco. Melhor aplicar ao canalha a punição que Montbars reservava aos espanhóis. Corta-se a barriga e puxa-se uma ponta das vísceras, que é pregada a um pau. Depois obrigamos o prisioneiro a correr em volta do pau até que suas tripas fiquem enroladas nele. Garanto que é muito divertido.

Westlake empalideceu.

— Capitão, peço que deixe Lope Pacheco viver. Quero que ele seja julgado por um tribunal inglês.

Lorencillo, encolerizado, apoiou os dois punhos na cintura.

— Meu caro tenentezinho, o senhor esquece que para devolver sua fragata eu tive 22 mortos e não sei quantos feridos.

— E o senhor, capitão, com todo o respeito, esquece que quem sofreu mais com os malfeitos de Pacheco fomos nós. — Apesar da palidez, o oficial inglês revelava grande determinação no rosto sardento. — Garanto que a justiça britânica não será mais branda com esse criminoso do que o senhor seria.

Rogério não ouviu o resto da conversa. A descrição da "punição de Montbars" o obrigara, depois de uma breve resistência à náusea, a correr até a amurada para vomitar no mar. O fato é que o inglês, ao fim da controvérsia, levou a melhor, e Dom Lope permaneceu na estiva do *Sea Master* à espera de seu destino.

As primeiras horas dos consertos reservaram para Rogério uma surpresa. Assim que pisou de novo no *Neptune*, onde a pequena orquestra executava uma melodia alegre, foi abordado por John Burton, o carpinteiro-mestre: um homem de ombros absurdamente largos e mãos capazes de estrangular um boi, porém de boa índole, às vezes quase doce.

— Jesuíta — disse Burton —, estou tentando drenar a estiva onde estavam os escravos. Está com um buraco muito grande e inundada.

— Eu sei. Os negros morreram todos.

— Eu também achava, mas parece que uma escrava ainda está viva.

— Como assim, "parece"? Está viva ou não?

— Acho que está respirando, apesar de toda a água que bebeu. Com certeza está mais pra lá do que pra cá. Quer vir dar uma olhada?

Rogério deu de ombros.

— E quer que eu me importe? São assuntos que dizem respeito ao dr. De Lussan, que, aliás, agora tem mais o que fazer. Se a negra está mal posta, jogue-a no mar com os cadáveres de seus companheiros.

Burton parecia titubear muito.

— Eu faria isso, mas trata-se de um caso realmente particular. Não quero que Lorencillo se zangue, caso eu me livre da mulher. Venha ver e me diga o que acha.

Rogério, que estava exausto e pensava no trabalho que o esperava, bufou.

— Está bem. Mas vamos logo.

A estiva estava sendo esvaziada à mão, por meio de baldes carregados por homens que subiam e desciam pela escada de corda, com os sinais da batalha recém-concluída nos trajes e rostos. O local estava longe de ter sido drenado, embora o rasgo no casco tivesse sido razoavelmente reparado com pranchas, lona e alcatrão. Os corpos amontoados dos escravos, cerca de vinte, mal afloravam à superfície.

A mulher, nua em pelo, fora apoiada ao corrimão, nos degraus mais baixos, em posição quase ereta, com água acima dos joelhos. Os braços e a cabeça pendiam para trás. De sua boca aberta, a baba escorria.

Rogério ficou impactado pela harmonia e beleza dos seus traços. Perguntou-se se seria aquele o motivo que levara Burton a considerá-la um caso especial. Em parte, era.

— Uma escrava assim, em Tortuga ou Hispaniola, poderia ser vendida até por quinhentos escudos — explicou o carpinteiro-mestre. — Cinco vezes o preço de um escravo normal. Além disso, tem bons dentes, pode-se ver, e é robusta, visto que ainda não morreu... Mas vai sobreviver?

Rogério observou o peito da escrava.

— De fato, ela ainda respira, embora fracamente. A única maneira de lhe dar uma possibilidade de sobreviver é tirá-la daqui e colocá-la num lugar seco... A despensa dos grumetes está alagada?

— Não. Entrou água, mas não muita.

— Então leve-a para lá e jogue-lhe um cobertor. Se o destino decidiu que ela vai viver, ela vai viver.

— O destino ou Deus? — perguntou Burton, irônico.

Rogério deu de ombros.

— Deus não se interessa por negros — respondeu, e retomou a descida.

Quando o *Neptune* ficou em condições de voltar a navegar, Lorencillo, enfim, autorizou a festa que todos esperavam. Foi servida uma dupla dose de rum na proa e, como jantar, o que os piratas consideravam uma iguaria: o *salmigondis*, uma mistura dos alimentos que havia a bordo de um navio, macerados no vinho. A cozinha do *Sea Master*, particularmente bem estocada, contribuiu para a elaboração do prato. Foram parar assim, na mesma gororoba, carnes salgadas de vaca e de ovelha, anchovas na salmoura, pedacinhos de coco, presunto, banha, azeitonas, farinha de milho, peixe fresco e outras coisas, tudo temperado com azeite e pimenta-do-reino.

A pequena orquestra começou a executar seu repertório menos sombrio, e os piratas abandonaram-se à dança, risonhos e felizes como crianças. Quando cansaram, apenas o negro da cozinha, o colossal Bamba, continuou dançando. Girava os braços a esmo, mas o movimento dos pés era feito de saltos mais graciosos que a sua imponência fazia parecerem possíveis. Os presentes o incentivavam aos gritos cadenciados de *"Baila, Bamba! Baila, Bamba!"*.

Rogério, que, depois de uma reação inicial de repulsa, havia começado a apreciar – com moderação – o *salmigondis*, dirigiu-se ao pirata sentado ao seu lado sobre as vergas de vante. Tratava-se de Pepe Canseco. De Lussan cortara o restante do braço esquerdo do espanhol e cauterizara o coto. Apesar da dor inimaginável que sofrera e da febre que se seguira, Pepe estava de excelente humor.

— Por que esse Bamba goza de tamanha liberdade? — perguntou Rogério. — E como compreende o espanhol, diferentemente dos outros escravos, que só dizem coisas incompreensíveis?

Pepe pousou a tigela de metal, tomou um gole de rum do copo que mantinha entre os pés e começou a acender seu cachimbo, arranjando-se só com a mão direita.

— Bamba não é escravo, na verdade. Está conosco desde quando Lorencillo, De Grammont e o finado Nikolas van Hoorn tomaram Veracruz, há 12 anos. Você já deve ter ouvido falar dessa empreitada extraordinária.

— Sim, mas não conheço os detalhes.

— Prendemos os ricaços da cidade, com todos os seus serviçais, na catedral. Tão apinhados que muitos morreram sufocados. De vez em quando, passávamos lá para pegar uma daquelas damas espanholas enjoadas e carregadas de joias e aproveitá-la à nossa maneira, para induzir os maridos e filhos a nos dizer onde haviam escondido suas riquezas. Os prisioneiros idealizaram um plano de fuga. Era necessária uma escada muito alta para chegar a um balcão, depois uma escada menor para chegar a um orifício que se abria no centro da cúpula... Lembra algo?

— O que eu deveria lembrar?

Pepe sorriu.

— Ouça a letra da canção que os companheiros estão cantando para fazer Bamba dançar. A mesma que cantamos quando subimos nas vergas. Diz que, para subir, são necessárias uma escada grande e uma pequena.

— A canção se refere a esse episódio?

— Sim, e traz o que o cavaleiro De Grammont disse quando deu a ordem de atacar Veracruz por terra: *"Yo no soy marinero, soy capitán"*, isto é, capitão do exército... Voltando à catedral, Bamba estava entre os prisioneiros, porque era escravo de um espanhol muito poderoso, que o açoitava continuamente. Quando os reclusos de fato conseguiram, sabe-se lá como, fabricar duas escadas, uma grande e uma pequena, Bamba veio nos contar, e a evasão foi evitada. Desde então, Lorencillo o mantém consigo e não deixou mais que ele fosse vendido.

Rogério também acendeu o seu cachimbo.

— Pepe — disse, após o primeiro trago —, você perdeu um braço e não parece lamentar nada. Não se queixa, está sempre pronto a brincar. A ferida não dói?

— Sinto dores tremendas, e ainda não passou a da cauterização — respondeu o espanhol. — Mas penso naquilo que ganhei, graças ao meu braço, e me consolo.

— O que você ganhou? — perguntou Rogério, surpreso.

— O pacto de partida, o *chasse-partie*, prevê como ressarcimento, para quem perde o braço esquerdo, cem escudos ou um escravo. Os *filibusteros*, no momento da partida, sempre assinam pactos assim, com compensações para todo tipo de mutilação. Eu gostaria de um escravo, mas como todos se afogaram, vou me contentar com os cem escudos. Poderei comprar um em Tortuga.

O pensamento de Rogério foi levado para a escrava belíssima que sobrevivera. Evidentemente, a notícia ainda não havia sido divulgada. Sabe-se lá por quê, sentiu-se grato ao carpinteiro-mestre Burton pela discrição. A ideia de Pepe abiscoitando a mulher o incomodava. Pior: lhe repugnava.

Uma explosão de "hurras" e risadas interrompeu a dança de Bamba e a festa dos piratas, já quase bêbados. Henri Du Val tinha aparecido, segurando com os braços musculosos Minou e Filou, cada um sobre um ombro, como dois tapetes enrolados. Minou chorava e se debatia. Filou, ao contrário, estava passivo e com o olhar vidrado, sem expressão.

— Estavam escondidos, os malandrinhos! — riu Du Val, enquanto descarregava os dois fardos humanos em meio aos companheiros. — Não queriam participar da festa! Que ingratos: recusam a honra de serem o prato mais delicioso!

Seguiram-se risos esganiçados.

— Mas onde está Tapis? — alguém perguntou.

— Estava escondido no bote. Eu o derrubei com um soco. Mais tarde vou pegá-lo. — Du Val ergueu uma mão para acalmar a empolgação geral. — Agora precisamos decidir os turnos, como bons irmãos da Filibusta. Está claro que eu, que desentoquei os safados, vou descer primeiro. Escolho o belo Minou. Quem quer Filou?

— Eu! Eu! Eu! — muitos gritaram.

Pepe levantou-se da verga de vante e agitou o cachimbo.

— Eu tenho direito, perdi um braço!

— Por esse critério, a preferência seria de Roland-le-Rat — replicou um pirata chamado Haans van der Laan. — Ele perdeu os dois olhos.

— Não — rebateu Du Val. — Roland não acharia nem o buraco para meter. Pode ser Pepe.

Ninguém protestou. Antes de se afastar, Pepe sussurrou para Rogério, bonachão:

— Tente ser um dos primeiros, ou então espere Tapis acordar. Depois de cinco ou seis trepadas, os moleques não prestam mais.

Rogério, que de início não compreendera o que estava acontecendo, ficou atônito. Viu os dois moços erguidos como sacos e arrastados para baixo por Du Val e Pepe, que puxava Filou com o único braço que tinha. Os presentes aplaudiam e gritavam frases chulas. A pequena orquestra voltou a tocar, e Bamba, a dançar.

Rogério foi resgatado do atordoamento em que caíra – um misto de repulsa, incredulidade e horror –, além de uma pitada inconfessável de excitação, quando viu Le Bon vindo da popa ao seu encontro.

— Jesuíta, querem você nos alojamentos dos oficiais — disse o contramestre do *Neptune*.

— Mas lá está acontecendo o jantar que Lorencillo ofereceu aos oficiais ingleses — argumentou Rogério.

— Sim, mas o capitão mandou chamar você. É melhor ir logo.

# 9

## Notícias de terra firme

A pequena sala que continha o refeitório dos oficiais havia sido decorada por Lorencillo para dar uma ideia de elegância. Uma cortina de veludo vermelho, subtraída de alguma mansão durante uma incursão em terra, escondia os janelões que davam para o "jardinzinho", o estreito balcão na popa do *Neptune*. Sobre a mesa, coberta com uma toalha bordada, tendo ao centro um grande candelabro de ouro, estavam pratos, talheres, saleiros e taças de prata, além de garrafas empoeiradas de vinho e bandejas cheias de frutas. Quem servia era o cozinheiro em pessoa, Auguste Le Braz, obrigado a trajar uma espécie de libré. Não fossem as medidas reduzidas do recinto e o balouçar monótono do navio, seria possível sentir-se na sala de jantar de algum poderoso da Espanha, só que um pouco decaído.

Quando viu Rogério entrar, acompanhado por Le Bon, Lorencillo, com o rosto ruborizado pelas libações, dirigiu-se em inglês aos comensais.

— Senhores, permitam-me apresentar um homem precioso: Rogério de Campos, ex-jesuíta português e futuro contramestre do meu grande amigo, o cavaleiro De Grammont!

A qualificação de "jesuíta" não pareceu bem recebida por alguns dos convivas. Se De Lussan limitou-se a sorrir, e Nathaniel Westlake dirigiu ao recém-chegado um frio gesto de saudação, os outros ingleses presentes enrijeceram. O único sinal de cordialidade veio na mesura de Diego Maquet, o comerciante.

Lorencillo não prestou a mínima atenção à atitude dos comensais. Apontou para Le Bon e Rogério duas das cadeiras vacantes ao redor da mesa, depois olhou para o português.

— Jesuíta, fui injusto com você. Suas preces funcionaram de novo. Alguma mercadoria passou para as nossas estivas, ainda que pouquíssima. — Ele fitou os ingleses com severidade. — Você só precisa rezar mais. Quem diabos é o Papa, agora?

Rogério realmente não sabia. Foi Maquet quem respondeu.

— Chama-se Inocêncio XI. Ou, pelo menos, era ele quando parti da Espanha.

— Ora, ora, o mesmo Papa de que eu me lembrava! Devem estar vivendo mais! — riu Lorencillo. — Jesuíta, anote o nome. O que foi, De Lussan?

O cirurgião, que se agitava na cadeira, respondeu:

— O Papa Inocêncio, meu capitão, intimou o nosso rei, Luís XIV, a ser indulgente com os huguenotes. No mínimo a não os matar nem vetar nas profissões liberais, como foi feito na França até agora.

— E daí? Isso escandaliza o senhor? Temos muitíssimos seguidores de Lutero nas nossas fileiras.

De Lussan levantou o queixo, em sua costumeira exibição de cinismo.

— É exatamente essa a questão. Menos homens irão para Tortuga, e sobretudo, teremos menos cirurgiões capazes. Quase todos aqueles que temos foram banidos da cirurgia em suas pátrias por serem huguenotes.

— Mas o senhor, não — observou Lorencillo, com um toque de malícia.

— Não, eu fugi da França por causa de dívidas — admitiu De Lussan com desenvoltura. — E nem médico eu era, como o senhor sabe. Tornei-me um.

— Graças ao dr. Exquemeling, o cirurgião de De Grammont.

— Sim, mas também graças ao fato de que gosto de retalhar as pessoas e ouvi-las gritar. Uma paixão que temos em comum, capitão.

Lorencillo caiu numa gargalhada tão forte que precisou sopitar sua hilariedade numa taça de vinho. Seus hóspedes não pareciam igualmente entretidos. Alguns deles engoliram em seco. Quem estava ao lado de De Lussan afastou o corpo involuntariamente.

Rogério não acompanhava o diálogo. Pensava em outras coisas. Lorencillo, apesar das vulgaridades ocasionais, como as risadas fragorosas demais, tinha o gestual de um cavalheiro das antigas. Se tinha mesmo sido serviçal, devia ter aprendido muito com os patrões: via-se pelo modo como usava o garfo e levava o guardanapo aos lábios após quase todo bocado.

Rogério se perguntou se aquele homem, no fundo fino, estava a par do que, naquele exato momento, estava acontecendo com os moços. Mas uma segunda pergunta se sobrepôs, irresistível, à primeira. Lorencillo fora informado de que uma escrava continuava viva? O português quase desejava isso. Pensar que ela permanecia nas mãos de De Lussan, que, como ele mesmo admitira, comprazia-se com o sofrimento alheio, dava-lhe calafrios.

Ele não conseguia explicar esses sentimentos. Tratava-se de uma negra: bela, sim, mas dentro dos limites de sua raça. Ele experimentava uma necessidade irresistível de revê-la. Justificou isso para si mesmo com um senso genérico de humanidade.

Lorencillo o distraiu dessas fantasias, dirigindo-se diretamente a ele.

— Jesuíta, quis que você viesse porque o comerciante Diego Maquet, aqui presente, apesar do nome, tem nacionalidade portuguesa. Fala francês, espanhol e inglês, porém muito mal. Preciso de um tradutor.

— Às suas ordens, capitão.

— A carta de minha esposa, Petroníla, que ele me entregou, diz que o rei de Espanha vai me conceder o indulto se eu me submeter e combater por ele. Pergunte ao sr. Maquet, em português, se minha esposa lhe parecia estar em boas condições de saúde e em plena posse de suas faculdades mentais.

Rogério obedeceu, depois relatou a resposta.

— Não resta dúvida disso. *Doña* Petroníla falava em total liberdade, rodeada apenas por todos os seus familiares.

Lorencillo pareceu meditar e, por fim, perguntou:

— Haverá uma expressão em português análoga ao espanhol *"vete a la mierda"*, em inglês, *"fuck you"*?

— Há, meu capitão.

— Bem, se o sr. Maquet encontrar de novo a minha senhora, que diga isso a ela.

Westlake aproveitou-se daquela crise nas relações entre a Filibusta e a Espanha, uma crise ancestral, aliás.

— Capitão De Graaf, se eu for mediador, posso adquirir para o senhor o perdão do rei Carlos II de Habsburgo, soberano dos espanhóis. Basta que o senhor peça a cidadania inglesa e compre uma plantação na Jamaica, ainda que minúscula. Desse momento em diante, viveria livre e tranquilo.

Lorencillo, já quase bêbado, ergueu sua taça reabastecida na direção de De Lussan.

— Bela perspectiva, não é mesmo? De aventureiro a camponês, sob a bandeira da Inglaterra. Tipo aquele *jean-foutre*[7] do Henry Morgan. O que acha, meu amigo?

De Lussan, por sua vez, ergueu sua taça.

— Acho que estamos totalmente de acordo, meu capitão. Viver pouco, mas bem, e morrer em combate. Francamente, não vejo o senhor cultivando legumes e tabaco.

— Nem eu — Lorencillo cuspiu no chão, depois disse aos ingleses: — Oferta recusada. Os senhores acham que somos simples mercenários. Na realidade, aderimos a um estilo de vida governado de baixo para cima. Em um dos seus navios, eu passaria meu tempo lavando os passadiços. Não, obrigado. Em Tortuga jogamos, bebemos e aproveitamos a vida. O mesmo em Port Royal. Só um louco voltaria para a sociedade inglesa, ou para a caricatura que dela fizeram nestes mares.

Westlake tentou uma última objeção.

— Estou lhe propondo uma esperança concreta, capitão De Graaf. Renda, escravos, lucro garantido. O senhor não luta por isso?

---

7 N.T.: Em francês, sujeito desprezível, inútil.

— De modo algum — respondeu Lorencillo. — Luto pelo contrário. Dinheiro para gastar de imediato, a morte na esquina, gozar de todos os prazeres da vida. Não sei como vou cair, mas com certeza estarei de espada em punho... Falei bem, De Lussan?

O cirurgião piscou para ele.

— Muito bem, capitão.

— Aí está, até um cientista confirmou... Mas que cheiro é esse? Agora entendi, chegaram os assados.

O corpulento Auguste Le Braz, de fato, estava entrando com uma travessa que segurava com ambas as mãos. Colocou-a sobre a mesa e tirou a tampa. Molho e especiarias cobriam fatias de carne, provavelmente de porco e de gado selvagem. Vinham, sem dúvida, da despensa do *Sea Master*; a do *Neptune* estava muito menos abastecida.

Lorencillo empunhou uma faca e fez um gesto cortês.

— Os convidados podem se servir primeiro. O senhor também, sr. Maquet. Auguste, traga dois pratos para Le Bon e o jesuíta; talheres e taças também.

Enquanto o cozinheiro cumpria a ordem, o pirata lançou um olhar malicioso para Westlake.

— Tenente, já ouviu falar de um lendário aventureiro apelidado Roc Brasileiro?

— Não, nunca.

— O senhor era jovem demais, assim como eu... Bem, o famoso Roc pregou uma bela peça num grupo de espanhóis capturados em Campeche. Mandou assar metade deles num forno e os regou com vários molhos. Em seguida, obrigou seus companheiros a comê-los.

Westlake, que estava se servindo de carne da travessa, teve um frêmito de repulsa e deixou cair o garfo. Os outros ingleses também não esconderam sua repugnância. Já Rogério ficou indiferente. Estava perdido em seus pensamentos. Além disso, percebera, já fazia algum tempo, que Lorencillo se divertia escandalizando os súditos britânicos com episódios revoltantes, rigorosamente verídicos, aliás.

Também dessa vez o capitão caiu na risada, imitado por De Lussan.

— Ora, não faça essa cara, tenente Westlake! Não cozinhei espanhóis para vocês! — Serviu-se de mais vinho e ergueu a taça, como que num brinde. — Contei isso apenas para demonstrar que na Filibusta fazemos o que queremos, e não obedecemos a nenhuma lei. Não é verdade, doutor?

De Lussan assentiu.

— Em Tortuga, cada um segue sua própria natureza. Às vezes amigável, às vezes feroz.

Westlake reagiu com agressividade excessiva, temperada apenas pelo falar cortês, talvez encarada como troça.

— Capitão, sua sociedade ideal está para acabar. O sr. Maquet trouxe da Europa outras notícias, além daquelas da sua esposa. Notícias de política.

— Ah, sim? E quais seriam? — Lorencillo franziu o cenho. — Jesuíta, pergunte ao seu patrício sobre as novidades.

Um instante depois, Rogério traduziu a resposta do comerciante.

— A França está novamente em guerra com a Espanha...

— Um anúncio longe de ser negativo — comentou Lorencillo.

— Mas o rei Luís decidiu que a pirataria não é um ato bélico decente e mandou algumas fragatas, sob o comando do sr. De Cussy, para assumir o governo de Tortuga e desmantelar a Filibusta de uma vez por todas.

Houve um silêncio prolongado, interrompido quando Lorencillo atirou a faca que tinha na mão contra a parede, onde ela se cravou.

— *Mort Dieu!*[8] — urrou.

Era a primeira vez que Rogério o ouvia blasfemar contra alguém que não fosse o diabo.

— Estamos aqui nos empa3nturrando com esses *maricones* ingleses enquanto nossa casa está ameaçada!

Ele se levantou de supetão, tanto que jogou no chão o vinho e a travessa dos assados.

— Todos para fora! Rota para Tortuga!

---

8 N.T.: Em francês, literalmente "Deus está morto". Uma blasfêmia.

— Não sabemos nossa posição, meu capitão — objetou Callois.

— Satanás vai nos mostrar. Que aquela cambada de beberrões lá fora volte ao trabalho. Quero velas desfraldadas, não importa se é noite. Como se chama essa florzinha?

A pergunta era dirigida a Westlake, que tentava limpar com um guardanapo o vinho que manchara seu uniforme.

— Quem? — perguntou o inglês, perdido.

— O impostor que pretende ser o novo governador de Tortuga.

— Ele se chama De Cussy.

— Precisamos chegar antes dele. Melhor ainda: interceptá-lo e afundar seu navio.

— Mas o rei de França...

— O rei já aceitou várias vezes um fato consumado. Vai aceitar mais um.

# 10

# Longe de Tortuga

Chegar ao reino da Filibusta não seria assim tão fácil, mas Rogério ainda não sabia disso. Teve, porém, um pressentimento no momento em que pôs os pés no convés. O mar estava revolto, o vento soprava forte. Os piratas, cambaleando pela embriaguez, saíam em enxames para o tombadilho. Potentes jatos de água jorravam dos escovéns.

— Uma tormenta se aproxima — anunciou Callois, pacato como sempre. — Desta vez, precisamos evitá-la. Abram as velas de vante e de mezena! — gritou com toda a voz que tinha na garganta. — Cacem as escotas! Estiquem-nas! Vamos, força, ou seremos esmagados como baratas!

Os homens esqueceram a embriaguez e num instante soltaram as velas dobradas. Os sebos que brilhavam nas lanternas do *Neptune* iluminaram um formigueiro de corpos. Entre eles, Rogério conseguiu discernir os moços nus, saindo aos prantos do alçapão da proa. Corriam para cá e para lá, sem saber aonde ir. Um deles sangrava.

Rogério sabia que não era o melhor momento, mas, mesmo assim, apertou o antebraço de Le Bon, que estava ao seu lado, fremente com a ideia de entrar em ação.

— Aqueles meninos... — disse a ele, emocionado.

O outro olhou para ele, irritado.

— E daí? O que têm?

— Foram obrigados a sofrer... nem ouso dizê-lo.

Le Bon deu de ombros.

— Na Marinha regular, arrancam os grumetes dos orfanatos e os transformam em marujos a golpes de chicote. Entre os Irmãos da Costa, os grumetes são as mulheres de bordo. Todos sabem disso, inclusive eles.

— Não é de forma alguma consensual!

— É que eles não esperavam que a clientela fosse tão numerosa. Isso acontece quando faltam escravas negras. Esqueça, temos mais no que pensar.

Para confirmar, Callois foi para cima deles.

— Muito bem. Dois contramestres, um verdadeiro e outro futuro, mergulhados numa conversa agradável. Precisei desfraldar pessoalmente a vela de traquete. Agora seria preciso dobrar a contramezena. Posso pedir que se ocupem disso ou têm mais o que fazer?

Rogério e Le Bon pularam. Pouco depois, o português, a cavalo da verga, já podia gritar triunfante:

— Borda a sotavento!

Todo o *Neptune*, que até aquele momento navegara de bolina, obedeceu e deslizou para fora da tempestade incumbente. A noite voltou a ser tranquila, e o mar, calmo. Até que um dos vigias que vinham do cesto pôs-se diante de Lorencillo, que estava de braços cruzados ao lado do timoneiro.

— Capitão, acho que um homem se jogou no mar!

— E quem seria?

— Minou, um dos grumetes. Não consigo vê-lo, mas ouvi gritos. Está para se afogar.

Lorencillo deu de ombros.

— Temos outros, não?

— Sim, mais dois.

— Bastam para a tripulação. É inútil perder tempo. — Ele bocejou. — Está tarde. É minha hora de dormir.

Sobre o suicídio não se disse nada nos dias seguintes. Rogério soube apenas, com desgosto, ter sido parcialmente responsável. Os três moços barricavam-se à noite para fugir das violências dos piratas, na estiva de proa, adjacente à dos negros. O mesmo cubículo onde ele mandara colocar a escrava sobrevivente. Despejados de seu esconderijo, os meninos foram obrigados a procurar outro, sem sucesso.

Assim, a tripulação pudera desafogar sobre eles as vontades cultivadas desde o embarque, assim que o álcool as deflagrara.

Os pensamentos recorrentes de Rogério visitavam a prisioneira. Não tinha notícias dela, tampouco ousava perguntar. Aquele silêncio, por algum motivo obscuro, o angustiava. A tripulação, à parte o carpinteiro-mestre, ignorava que a garota estivesse viva. Estavam a par, sem dúvida alguma, o capitão, De Lussan e talvez Callois. Nenhum dos três dava sinal disso.

Finalmente, quem explicou os motivos desse silêncio, três dias depois da festa, foi De Lussan em pessoa, numa das suas raríssimas aparições no convés. Ele saíra para se despedir do *Sea Master*, que se afastava rumo à Jamaica, depois que uma noite estrelada e clara tinha permitido determinar a latitude com suficiente exatidão. A fragata carregava todos os sinais de suas travessias, no entanto, ganhava o mar com elegância. Tinha içado mais uma vez, festiva, a bandeira inglesa na altura do contrapique.

— Lembra a escrava que o senhor e John Burton encontraram ainda viva? — perguntou o cirurgião a Rogério. Ambos estavam com os cotovelos apoiados à amurada.

— Sim, claro — respondeu o português. Esforçou-se para não deixar transparecer o quanto a questão era importante para ele.

— Bem, aos poucos, ela sarou. Acho que o mérito foi do Aloe vera, que cresce em todos os cantos de Tortuga. Tenho um estoque abundante da sua seiva. É particularmente adequada quando no doente prevalecem os humores fleumáticos, ao passo que é quase ineficaz com os biliosos.

Rogério fingiu indiferença.

— Fico feliz. Mas a tripulação sabe que ela está viva? Imagino que não.

— Não sabe por decisão de Lorencillo. É uma mulher belíssima para a sua raça. Não quer cedê-la a um mutilado qualquer, porque pode ganhar com ela pelo menos duzentas peças de oito. Ou seja, 1.600 *reales* espanhóis, ou 200 escudos franceses. O dobro do preço de um escravo comum.

— Não é uma grande cifra para Lorencillo.

— De fato, não. Acredito que ele queira dar a escrava de presente ao cavaleiro De Grammont, que tem uma verdadeira paixão pelas mulheres, sejam elas negras ou brancas. — Algo devia ter-se alterado no rosto de Rogério, porque o cirurgião o encarou. — O que acontece com o senhor, meu amigo? Não estará nutrindo uma paixãozinha por aquela espécie de macaca?

— Não, não, o que está dizendo! — A reação de Rogério foi de escândalo. — Acha que enlouqueci?

Os olhos do cirurgião faiscavam com malícia.

— Não, me desculpe. Expressei-me mal. De qualquer forma, se quiser ir vê-la, procure o carpinteiro-chefe. Só ele está autorizado a descer lá.

Não era tão fácil. Depois que deixaram o *Sea Master* à própria sorte, entre John Burton e Lorencillo havia um bate-boca contínuo. O carpinteiro-chefe, apoiado pelos carpinteiros, sustentava que o *Neptune* precisava de uma revisão do casco. Havia sofrido golpes demais, estava todo remendado. Novos buracos podiam se abrir a qualquer momento, e um deles podia resultar fatal. Além disso, moluscos de mais estavam incrustados no casco, e escavavam pacientemente suas galerias na madeira.

Lorencillo não queria nem saber e insistia para rumar de imediato a Tortuga. Se fosse um navio espanhol ou inglês, ele prevaleceria com um simples comando. A bordo de um bergantim dos Irmãos da Costa, não. Era preciso discutir. No fim, a opinião de Burton levou a melhor. Já que estavam provavelmente perto da Isla de los Pinos, ao sul de Cuba, o bergantim seria reformado ali. Isso significava arrastá-lo para a margem e virá-lo de lado, depois esperar que o carpinteiro-chefe e seus homens reparassem o casco, passando alcatrão e arrancando os moluscos de seus ninhos.

Antes que chegassem a Los Pinos, Rogério por fim encontrou a ocasião para falar com Burton longe de ouvidos indiscretos. Foi numa noite estrelada, enquanto Rogério estava agachado ao lado do timoneiro. Substituía o oficial de guarda, Philippe Callois, que estava ocupado com o jantar. Como era a tradição, Rogério também comia.

A regra ditava que, nos alojamentos da popa, o capitão em pessoa cortasse as fatias de carne mais suculentas e as destinasse ao contramestre.

Normalmente, era um grumete que levava as refeições. Daquela vez fora Burton.

— Quero ver a escrava — disse Rogério, sem meias-palavras.

— A "princesa"? Eu a chamo assim. Lorencillo mandou que ninguém se aproximasse dela.

— Isso não vale nem para você, nem para mim, que a resgatamos. A intenção do capitão é mantê-la a salvo da tripulação. Conosco ela não corre nenhum perigo.

O carpinteiro-chefe pareceu refletir, depois disse:

— Você me convenceu, jesuíta. Termine de comer e me siga.

— Vou agora. — Rogério largou a tigela de estanho e se levantou. — Não estou com muita fome esta noite.

Burton foi procurar uma vela. Quando voltou, guiou Rogério pelos degraus íngremes da escadinha de corda do alçapão da proa, entre o mastro principal e o de mezena. A estiva onde encontraram refúgio os grumetes, enquanto puderam, era incrivelmente úmida. Um aglomerado de baratas se dispersou com os passos dos visitantes. A escrava, ainda nua, estava deitada numa esteira de palha muito larga. Pela temperatura externa, não passava frio, mas tremia mesmo assim. Arregalou os olhos, assustada. A atmosfera era irrespirável, por causa do montinho de excrementos acumulados num canto. No assoalho, a urina escorria de um sulco a outro a cada movimento do bergantim.

— O que dão para ela comer? — perguntou Rogério com voz áspera.

— Sobras. O que tiver.

— Deixei minha carne na tigela. Traga-a aqui.

Burton, que enfiara a vela num suporte na parede, levantou uma sobrancelha.

— Aquilo é comida que vem dos alojamentos dos oficiais. Talvez você devesse pedir permissão a Lorencillo, ou então a Callois.

— Traga a tigela, já disse.

Quando o carpinteiro-chefe saiu, Rogério sentou-se na borda da esteira. A jovem estava cabisbaixa e encolhida, como se temesse sabe--se lá qual violência. O português a segurou pelo queixo e levantou seu rosto. Mais uma vez, ficou encantado com a delicadeza daqueles traços, apesar do nariz largo e dos lábios volumosos. Somente os olhos, muito escuros, demonstravam um medo tresloucado.

— Não tema — disse Rogério —, fui eu que salvei você. Como se chama?

Não houve resposta. As pupilas da jovem continham apenas terror em estado puro.

Rogério falou com ela com doçura.

— Seu medo é injustificado, pequena. Ninguém quer lhe fazer mal. Logo você terá também toda a comida de que precisa.

Um bater de botas nos degraus da escada anunciou o retorno de Burton. O carpinteiro-chefe trazia uma tigela.

— Querem você no convés, jesuíta.

Rogério pôs-se prontamente de pé.

— O que está acontecendo?

— Nada de especial. Los Pinos está à vista. Logo atracaremos.

Rogério passou os dedos no rosto da escrava.

— Fique tranquila, tenha paciência. Logo nos veremos de novo.

# 11

# A Isla de los Pinos

Reformar o casco de um bergantim era uma operação difícil e extremamente exaustiva. Consistia em rebocar o navio para terra firme, puxando-o com cordas, e então virá-lo de lado, apoiado sobre vigas. Depois disso, só tinham acesso ao veleiro o carpinteiro-chefe (se havia um, como no caso do *Neptune*), os carpinteiros e os ajudantes indicados por eles. Teve início um trabalho que podia durar semanas, no qual tampavam-se cuidadosamente todos os buracos, as incrustações de moluscos eram arrancadas, os mastros e o timão eram reforçados e, para concluir, o casco todo era repintado.

Durante esse tempo, eram de fato o carpinteiro-chefe e os outros carpinteiros que estavam no comando. O capitão não era autorizado a visitar o estaleiro sem a permissão deles. Enquanto isso, os piratas se organizavam em terra, em tendas e pequenas cabanas. Quando já havia bens suficientes para dividir, eles aproveitavam a parada para proceder com a partilha da pilhagem.

Foi o caso do *Neptune*, rebocado para um trecho arenoso da costa da Isla de los Pinos. Lorencillo reuniu toda a tripulação num canto da praia, à sombra de uma floresta exuberante de jacis.

— A partilha! A partilha! — A notícia se espalhou num instante. Um pouco ao sul de Cuba, o calor era terrível, mas todos correram, sem se importar com o suor, para o local da reunião.

— Já viu lugar mais lindo? — perguntou Le Bon, em geral não afeito ao romantismo, para Rogério. — Areias brancas como leite, um mar que se confunde com o céu, sombras frescas. Se o paraíso existe, com certeza se parece com esta ilha.

— Estou de acordo — replicou Rogério. — Mas alguém vive aqui?

— Ah, sim. Cedo ou tarde você verá os habitantes surgindo da selva. Neste momento estão nos espiando, para ter certeza de que não somos espanhóis. Sofreram demais com eles. Já com a Filibusta têm um relacionamento cordial.

— Está falando de indígenas?

— Sim. Às vezes, algum deles vem combater conosco, e costumam nos alugar suas mulheres. Mas você mesmo vai ver.

Na clareira escolhida para a divisão, já havia chegado mais ou menos toda a tripulação, exceto quem estava trabalhando no casco. Os últimos a chegar foram Lorencillo, Callois e, alguns passos atrás, De Lussan. Bamba os seguia com um baú pesado nos braços. Eles saíam de cabanas construídas em um dia, usando pedaços de mastro, troncos, bambus, vergas e cordame variado. Eram sólidas, porém, e rodeadas por uma cerca de pau a pique que lhes dava a aparência de um forte. As tendas dos marinheiros, mais modestas, ficavam em volta.

Lorencillo, que trajava o redingote dourado das grandes ocasiões e usava um lenço vermelho no pescoço, foi direto ao assunto.

— Irmãos da Costa, estamos no mar há meses. Não se pode dizer que o balanço da jornada seja entusiasmante. Vamos subtrair logo os dez por cento destinados ao senhor governador de Tortuga… Como diabos se chama esse novo? — ele perguntou a Callois.

— De Cussy, se ouvi bem — respondeu o oficial.

— Sim, De Cussy. Não que eu morra de vontade de vê-lo, depois do que os ingleses contaram, mas ele tem direito à sua cota. O restante, incluindo o maldito quinino do *Rey de Reyes*, um pouco de açúcar do *Sea Master*, 47 libras de ouro e cerca de 20 mil escudos em moeda sonante, além das pilhagens de uns meses atrás no *Nuestra Señora de la Candelaria* e no *San Francisco*, hoje rebatizado como *Neptune*, perfazem cerca de 250 peças de oito por cabeça. Mais ou menos. Não é muito. Vocês terão que se contentar.

— E a parte dos mutilados? — perguntou um dos presentes, um normando macérrimo apelidado "L'Esquelette".

— Já descontei. Os mutilados são sete, visto que os outros morreram. Roland-le-Rat, que ficou cego, terá os 600 escudos combinados. Pepe Canseco, que perdeu o braço esquerdo, 100. Os outros cinco perderam alguns dedos e receberão uma pequena compensação. Tirando a cota reservada para mim, 200 escudos para o dr. De Lussan e uma caridade para as viúvas dos 39 falecidos até agora, sobra exatamente o valor que mencionei: 250 peças de oito.

Houve um murmúrio de desilusão, mas também de aceitação. Le Bon explicou para Rogério aquela reação contraditória.

— Ficamos muito mal-acostumados depois da tomada de Veracruz. Naquela ocasião, foram 800 peças de oito por cabeça, e as putas e os taverneiros de Tortuga e de Port Royal fizeram fortuna. Agora o prato não está tão cheio. No entanto, todo aventureiro sabe que Laurens de Graaf nunca rouba na partilha e distribui aquilo que há. Totalmente o contrário de Henry Morgan.

— Ouço falar muito mal desse Morgan. Primeiro foi pirata e depois governador da Jamaica, se não me engano. O que ele fez para merecer tamanho desprezo?

Le Bon cuspiu na areia uma pelota de catarro, depois levou o cachimbo à boca, como se quisesse incrementar a consistência de suas cusparadas.

— Quando foi governador, saiu à caça dos ex-companheiros. Quando *filibustero*, escondia a quantidade exata dos tesouros para enganar os irmãos e engrossar sua parte. Um verme. Espero que tenha morrido.

Enquanto isso, Lorencillo perguntava:

— Todos de acordo? Alguma objeção? — Ele notou uma mão direita levantada por alguém que perdera a outra nas últimas fileiras, entre os cerca de oitenta homens sobreviventes. — Fale, Pepe. O que quer me dizer?

O espanhol respondeu:

— Segundo o contrato de partida, capitão, eu, pelo dano que sofri, tenho direito a cem escudos ou um escravo.

— Sim, e terá seus cem escudos.

— Só que eu quero um escravo.

— Aqueles que tínhamos a bordo se afogaram durante a abordagem do *Sea Master*. Você sabe muito bem.

Pepe levou aos lábios o eterno cachimbo sempre aceso e mastigou a haste e a boquilha, que já tinham marcas dos seus dentes. Deu um trago, como que para criar coragem, e disse:

— Capitão, uma escrava está viva. Descobri isso somente quando atracamos aqui e saímos do navio. Neste momento, está escondida numa cabana ao lado da sua. É linda e flexível. Se for sua amante, vou me conformar e deixá-la para o senhor. Caso não seja, eu a quero. Tenho direito a ela.

Lorencillo foi claramente pego de surpresa. Dirigiu um olhar furioso a Callois, a quem talvez responsabilizasse pela indiscrição. O oficial abriu os braços, como que para dizer que não tinha nada a ver com aquilo.

A tez escura de Lorencillo empalidecera um pouco, como que para adaptar-se aos seus olhos claros e cabelos louros. O capitão falou com uma hesitação pouco costumeira nele.

— Veja bem, Pepe… É verdade, uma escrava se salvou. Não a incluí nos prêmios porque é do tipo certo para De Grammont. Gostaria que fosse um presente a ele. Mas não se preocupe, você terá os seus cem escudos.

— Quero a escrava, meu capitão. — Pepe apontou com o cachimbo o coto do braço esquerdo. — Tenho direito a ela.

— É verdade! É verdade! — muitos murmuraram. — O acordo era esse!

Rogério, mesmo não tendo conseguido acompanhar o diálogo palavra por palavra, de tão agitado que estava, odiou Pepe com todas as forças. E toda a tripulação. E o capitão, cuja firmeza fraquejava. Os motivos do seu sentimento não eram mais tão misteriosos para ele. Sentia um vínculo com a escrava, talvez por ter contribuído para salvá-la. Com certeza não se tratava de amor. Ela lhe parecia uma espécie de passarinho que caíra do ninho. Vê-la em poder de abutres o entristecia.

Lorencillo bateu um pé no chão arenoso.

— Está bem! Maldito demônio! Pepe, a escrava é sua. Mas vou ter que contar a De Grammont que você tirou um presente dele. Sabe o que isso significa?

— Vou correr o risco. — Pepe estava esfuziante de alegria e autoconfiança. — A escrava é linda demais. Nunca tive uma mulher assim na minha vida.

Lorencillo franziu o cenho.

— Mas veja lá, precisa esperar até chegarmos a Tortuga. Relações com mulheres a bordo não são toleradas. Nem nesta ilha, até terminarmos a reforma do *Neptune*. Terá que se contentar com as índias, em terra, ou os grumetes, no mar.

— Dou minha palavra, capitão! — Pepe estava no sétimo céu.

— Está bem. Quando chegarmos a Tortuga, terá a sua negra.

Resolvido o problema, a partilha prosseguiu. Rogério foi incluído, embora tivesse embarcado somente no final da jornada que, pelo que entendeu, já durava vários meses. Recebeu cinquenta escudos de compensação, mais cinquenta por ter acalmado o vento, algo de que todos pareciam convencidos.

Ele não prestava atenção e não participava quando os piratas levantavam a mão, manifestando seu consenso com as cotas decididas por Lorencillo. Nervosíssimo, abandonou a assembleia e dirigiu-se para a moita de palmeiras. Começou a riscar troncos com a espada, sem que isso conseguisse acalmá-lo. Dos riscos jorravam, às vezes, jatos de um líquido esbranquiçado, semelhante a leite aguado.

De repente, Rogério estremeceu. De trás de um tronco surgiu um homem nu. Baixo e magro, porém musculoso, trazia no pescoço um colar feito de caninos de javali. Era sua única vestimenta. O crânio era curioso, inchado e de forma oval, como se tivesse sido apertado com um laço desde a infância. Outros selvagens apareceram atrás dele. Tinham o peito estriado com uma tintura vermelha.

Por mais que os desconhecidos estivessem desarmados e parecessem mais curiosos do que hostis, Rogério sentiu um terror louco.

Recuou alguns passos, depois correu até os companheiros. A partilha havia terminado, e a assembleia estava se dissolvendo.

Antes que Rogério pudesse dar o alarme, De Lussan o interceptou e sorriu.

— Imagino quem o senhor viu — ele disse, sem perder a compostura, e se virou: — Capitão! Os arawacos chegaram!

— Ah, bem — respondeu Lorencillo, sem nenhuma emoção em particular. — Callois, vá pegar os presentes.

Enquanto isso, os indígenas haviam saído para a clareira. Eram cerca de quinze, entre os quais duas mulheres, também nuas, a não ser por uma tanga nas ancas, sob o abdômen proeminente. Três deles estavam armados com arcos, flechas e lanças curtas, mas seu olhar não era belicoso. Por último vinha um velho enrugado, enfeitado com um cocar de plumas multicoloridas.

Lorencillo jogou o manto sobre o ombro, tirou o chapéu e foi ao encontro dos recém-chegados com o mesmo garbo com que tratara os prisioneiros ingleses.

— Amigos — disse, em seu espanhol horrível —, estou muito feliz em revê-los. Em particular, me honra encontrar mais uma vez o senhor chefe. — Ele se inclinou diante do velho. — Venham até o nosso acampamento. Temos presentes para lhes dar e negócios a tratar.

Rogério havia superado o susto inicial. De Lussan, parado ao seu lado, disse:

— Graciosos esses nativos, não?

— Eu os imaginava mais agressivos — respondeu o português. — Na verdade, parecem inofensivos.

— Disse bem. *Parecem*. Seguem seus instintos naturais e são capazes de crueldades tremendas. Só para ter uma ideia, são canibais.

Rogério estremeceu. Ia dizer alguma coisa, mas o cirurgião o impediu. Piscou para ele.

— Amigo, por que não aproveita a ocasião? No mínimo por uma hora, vão ficar trocando quinquilharias por preciosidades e vinho espanhol por vinho de agave. A escrava do seu coração está fechada na cabana ao lado da de Lorencillo. Por que não aproveita para vê-la? Temo que depois as ocasiões serão raras.

Rogério balbuciou um protesto.

— Ela não é do meu coração... — mas a expressão sardônica do outro apagou a frase dos seus lábios. Calou-se e correu para o acampamento dos piratas, ao lado do *Neptune* emborcado.

# 12

## Cercados

Rogério entrou na cabana abafada da prisioneira com uma certa emoção. Esperava encontrá-la acorrentada, mas, em vez disso, ela estava solta, encolhida numa esteira. Abraçava as pernas, mas não para proteger sua nudez, que nesgas de sol penetrando entre telas, bambus e varas revelavam. Provavelmente, sua posição era uma simples reação contra o tédio e o medo.

Rogério já havia sido impactado pela beleza da jovem negra ao vê-la arfando, próxima da agonia. A sensação foi mais forte, agora que ela parecia estar sofrendo menos. Ele se aproximou devagar para que ela não se assustasse demais. A escrava arregalou os olhos. Seu lábio inferior tremia.

— Não tenha medo — disse Rogério, com a voz trêmula. Viu que a garota se encolhia, e acocorou-se a uma certa distância, para demonstrar que não tinha más intenções. — Vim ver como está. Sente-se bem? Está recebendo comida suficiente?

A última pergunta era incongruente. Num canto da cabana havia uma travessa cheia de frutas. Um pratinho ao lado continha carapaças vazias de camarões e outros crustáceos. A jovem claramente gozava de um tratamento melhor do que o reservado à tripulação do *Neptune*. Sinal de que Lorencillo tinha cálculos precisos para ela, talvez frustrados pelas pretensões de Pepe Canseco.

A escrava, que parecia não ter entendido nada, não respondeu. Todavia, o medo atenuou-se um pouco no seu olhar. Ela soltou os joelhos e levantou-se na esteira.

Rogério, cada vez mais perturbado, não sabia como reagir. As palavras eram inúteis: a escrava não as compreendia. Ela parecia sensível à inflexão da voz. O português tornou-a o mais doce que pôde.

— Eu me chamo Rogério. Como você se chama?

A garota não disse uma palavra. Contemplava o português como quem olha para uma criatura de todo incompreensível, talvez ameaçadora, talvez não. Tinha olhos negros amendoados, estranhamente orientais, diferentes daqueles lacrimosos que tinham impressionado Rogério no primeiro encontro. Nunca prestara atenção no olhar dos escravos, até porque eles costumavam olhar para baixo, e quando eram obrigados a levantar a cabeça, tinham olhos tímidos e perdidos. Nas pupilas da mulher havia timidez, mas somada à curiosidade.

Rogério a segurou pelo pulso. Tinha a intenção de aproximá-lo do seu peito e dizer: "Eu Rogério. Você... ?" Mas a escrava se desvencilhou. Seus olhos faiscavam. Ela ficou de joelhos sobre a esteira como uma fera prestes a atacar. Mostrou os dentes.

Rogério pensou num lince. Aparência de grande felino, agressividade feral. Ficou fascinado. Também nele existia algo semelhante, que tentava conter e ocultar. Maciez na superfície, índole totalmente diferente. Um pensamento proibido para ele, que o remetia aos motivos da ignominiosa expulsão da Companhia de Jesus, isto é, a uma lembrança que decidira apagar para sempre. A isso se sobrepôs uma consideração pecaminosa: "Se um dia eu tiver uma mulher, precisa ser esta". Uma escrava, uma negra? Sim, era uma vergonha até mesmo apenas pensar algo parecido. No entanto, aquela era uma certeza à qual não conseguia se furtar.

Mas como proceder? Ele mostrou as mãos, para demonstrar que não tinha intenções agressivas. Aos poucos, ela se aquietou e voltou a se sentar a uma distância maior. Olhou para ele com um olhar interrogativo, como se esperasse sua próxima ação.

— Quero ajudar você — disse Rogério. Procurou mentalmente um gesto que exemplificasse o conceito, mas não lhe ocorreu nenhum. Então tocou o próprio coração com a mão direita, depois estendeu o antebraço, como que para transmitir uma mensagem de afeto. — Salvei você e gosto de você. Não vou permitir que um bruto qualquer a toque.

Ele foi observado por olhos cada vez mais perdidos. Mecanicamente, a jovem imitou o gesto. Tocou o peito e estendeu a mão, hesitante. Rogério ficou encantado.

Não teve tempo de aproveitar sua alegria. Uma voz irritada, ainda que cortês, o interpelou da soleira da cabana.

— Seria eu o "bruto qualquer"? Jesuíta, quero lembrar que tenho direito à escrava. O que está fazendo aqui?

Era Pepe Canseco. O espanhol renegado estava com os punhos na cintura, mas não tinha uma atitude de fato hostil. Talvez o impedissem as boas maneiras às quais estava afeito. Certo era que não demonstrava amizade. Pelo contrário.

— Pepe, não confunda as coisas — disse Rogério, conciliador. — Eu salvei esta jovem. Só vim verificar se está sendo bem tratada.

— Por isso promete proteção a ela? Saia daqui, padreco. Quero fodê-la, *mort Dieu*. Estou cansado de cuzinhos sujos de moleques. Esses eu deixo para você de bom grado.

Rogério desembainhou a espada.

— Cuidado, espanhol! Peça desculpas ou corto sua garganta!

O outro foi rápido em sacar, com a única mão que tinha, uma pistola entre as quatro do seu coldre. Ele puxou o cão.

— Olhe que estouro seus miolos, jesuíta!

Rogério guardou a espada na bainha. O confronto era desigual. Ele falou em tom conciliador.

— Pepe, é absurdo que nós, Irmãos da Costa, briguemos um com o outro. Não tenho pretensões sobre sua recompensa. Eu a visitei sem nenhuma intenção em especial.

Enquanto dizia isso, Rogério, com a mão esquerda, procurava no colete. Cerrou os dedos em torno do comprido e afiado punhal chamado "misericórdia". Assim que Pepe baixasse a pistola, saltaria em cima dele e cortaria sua garganta. Se não conseguisse ocultar o cadáver, recorreria ao direito dos piratas. O próprio Lorencillo dissera que as relações com a escrava estavam proibidas até Tortuga.

Ele estava prestes a executar seu plano quando se ouviu, distante, um tiro de canhão. Ao mesmo tempo, Le Bon enfiou a cabeça para dentro da cabana.

— Achei vocês! O que estão fazendo aí, poltrões? Uma frota inteira está nos atacando. Corremos o risco de que despedacem o casco do *Neptune* sem nem atracar!

A definição "frota" era exagerada. Quando Rogério saiu, depois de se despedir rapidamente da escrava, que não reagiu, encontrou a praia toda em alerta. Os piratas corriam de um lado para o outro, procurando armas guardadas nas cabanas e tendas. Os artilheiros empurravam com esforço os canhões retirados do *Neptune*, apontando-os para o mar. Os arawacos, agora mais numerosos e carregados das bijuterias que tinham ganhado, observavam aquelas manobras e tentavam entender quem era o inimigo a ser combatido.

Aquele inimigo acabara de despontar em mar aberto. Rogério experimentou o mesmo arrepio que sentiu, a bordo do *Rey de Reyes*, com a chegada dos *filibusteros*. Um pontinho no horizonte se tornava uma vela. Havia a ilusão de que avançasse aos poucos, mas, em vez disso, suas proporções aumentavam depressa. Depois divisava-se também o casco, e aos poucos, todos os detalhes. Até que se revelou um veleiro que corria sobre as ondas, carregado de homens sedentos de violência e rapina.

Desta vez, os veleiros eram cinco, dois grandes e três pequenos. O navio maior, que encabeçava a formação, disparou um novo tiro de canhão, e o projétil perdeu-se na água.

Pepe estava ao lado de Rogério. A hostilidade presente instantes atrás parecia ter desaparecido.

— Mas por que atiram a esmo? — perguntou o espanhol.

Foi Le Bon quem respondeu.

— Também me pergunto isso. Não entendo. Vamos ouvir o capitão.

Lorencillo, em pé sobre uma rocha próxima à arrebentação, estava passando a luneta para Callois.

— Em breve vão cercar a enseada. Precisamos combater, não temos alternativa. Não podemos perder o *Neptune*.

— E se recuássemos para o interior da ilha? — o imediato sugeriu, enquanto observava os navios que se aproximavam.

— É impraticável. Além disso, repito, não podemos abandonar o *Neptune*. Como iríamos voltar para casa?

Callois baixou a luneta.

— O que está à frente com certeza é um bergantim. Talvez o outro lenho principal também seja. O resto são *sloops* com um ou dois mastros. De 150 a 300 homens ao todo. Se permitirmos que desembarquem, vão dar trabalho.

Os *sloops*, embarcações com velas triangulares e baixo calado, costumavam ter a bordo cinco ou seis colubrinas e uma tripulação de uns trinta homens; somente os piratas as carregavam com tripulações mais numerosas. Navegavam também de bolina, voavam sobre as ondas. Naquele momento, porém, procediam em formação, ao lado dos bergantins. De um deles explodiu um terceiro tiro, inútil como os outros.

Lorencillo teve um sobressalto. Dirigiu-se aos homens dispersos pela praia que contemplavam o mar.

— Chega de hesitações! Maldito demônio! Os bucaneiros em primeira fila, atrás desta rocha! Os outros, a postos atrás das cabanas, com mosquetes e arcabuzes! Para desembarcar, eles vão precisar de botes, porque o mar é raso. Matem todos à medida que forem saindo. Os canhões estão prontos?

— Prontos, meu capitão — respondeu um bombardeiro espanhol.

— Então apontem para os botes, assim que estiverem perto da praia. Bolas encadeadas e metralha... Ninguém fala arawaco aqui?

Le Bon deu um passo à frente.

— Só algumas palavras, meu capitão.

— Então diga aos selvagens que os espanhóis estão voltando mais uma vez. Eles sabem o que os espera. É do interesse deles reunir seus guerreiros e lutar conosco.

Rogério, que tinha só a espada, pegou duas das pistolas que estavam sendo distribuídas. Armas modernas, com pederneira e uma rodela de aço para liberar as faíscas. Pegou também um chifre cheio de pólvora, mais pólvora já acondicionada em pacotinhos de papel, pólvora seca para derramar no disparador, e um saquinho de balas. Para carregar a arma, posicionou-se atrás da carena do *Neptune*. Ficou surpreso ao ver que os carpinteiros e o carpinteiro-chefe continuavam a pincelar piche e alcatrão, apesar da ameaça iminente.

— Como está a sua bela? — perguntou John Burton, piscando para ele.

— Minha...?

— Você entendeu. A escrava.

— Ela está bem — respondeu Rogério, constrangido.

— Sabe de uma coisa, amigo? Ela deveria ser sua, e não de Pepe. Mas não há o que fazer. A lei é a lei.

— Pois é.

Rogério estava elaborando um plano para reaver o que havia sido tirado dele. Era absurdo e muito doloroso, e só se aplicaria caso ele sobrevivesse. Hipótese improvável, diante de um inimigo três ou quatro vezes superior numericamente. No entanto, ele não via alternativa.

Os veleiros avançavam a grande velocidade, tangidos pelo vento a favor. Notava-se o costumeiro formigueiro de homens nos passadiços e nas velas. As proas se erguiam e desciam lançando jatos d'água e de espuma.

De improviso, Callois, que do rochedo observava os navios em aproximação, soltou uma exclamação e largou a luneta.

— Capitão, sou capaz de apostar esta minha bunda velha que o bergantim maior é o *Mutine*, o navio de Andrieszoon!

Lorencillo arrancou a luneta da mão dele.

— Deixe ver... Tem razão! Estão hasteando a bandeira... Por Deus, é a *Jolie Rouge*! São nossos amigos! — Empolgado, olhou para os homens posicionados na defensiva. — Rapazes, é a nossa gente! Os Irmãos da Costa!

O *Mutine* deu mais um tiro, de salva, como os anteriores. Dos piratas do *Neptune* ergueu-se um "hurra" festivo. Agora todos conseguiam ver a bandeira negra com a caveira, as tíbias cruzadas e a ampulheta. Também o outro bergantim e os *sloops* estavam hasteando pavilhões semelhantes, com pequenas variações de acordo com cada capitão. Os *filibusteros* atiraram para o ar em sinal de alegria e correram para a arrebentação para aguardar os botes.

Somente Rogério continuou triste. O seu plano para reaver a escrava fora frustrado. Ao menos por ora.

# 13

# O veleiro flamengo

Rogério não teria jamais imaginado que poderia assistir a uma reunião de alguns dos principais capitães da Filibusta. Desta vez, não estava presente nas funções de tradutor, mas sim por uma peculiaridade sua muito menos evidente.

— Você vai almoçar conosco porque sabe rezar em latim — disse Lorencillo, que encabeçava a mesa posta entre as palmeiras. — Precisamos de alguém que abençoe os pratos e louve o Senhor pelo alimento que nos oferece. Você é a pessoa certa.

Ravenau de Lussan fez uma careta divertida. Rogério olhou para os piratas, um por um. François Le Sage, que comandava o menor dos bergantins – com dois mastros – e que havia participado do assédio de Cartagena, tinha fama de impiedoso. Simon Rochon, capitão de um dos *sloops*, que capturara dos ingleses nas barbas das alianças da França, era notório pelas torturas atrozes que infligia aos prisioneiros quando havia suspeitas de que escondiam riquezas. Jean Rose, o comandante de outro *sloop*, tinha os modos e o rosto de um consumado canalha. Willems e Andrieszoon, por outro lado, pareciam autênticos cavalheiros, até mais refinados que De Graaf.

Os cinco capitães, antes mesmo que os pratos chegassem, já haviam esvaziado duas garrafas de vinho de Rioja provenientes da despensa de um galeão espanhol capturado dez dias antes. Jean Rose, o autor da presa, riu com a lembrança.

— Esvaziei as estivas e o arsenal, mas não queria ficar com o navio. Era grande e pesado demais. Assim, deixei os espanhóis sobreviventes em liberdade. Nem acreditaram, quase choraram de tanta felicidade. Não desconfiavam da surpresa que os aguardava.

— Qual? — perguntou Andrieszoon, enxugando os lábios.

— Mandei soltar os canhões!

Foi uma gargalhada geral. Um só canhão livre das amarras era capaz de abrir um rombo no flanco de um navio. A oscilação constante dos veleiros o fazia correr de um lado para o outro, despedaçando vigas e atropelando tudo o que encontrava pela frente. Pará-lo era pior que uma tourada, e quase sempre custava mortos e feridos. Imagine-se, então, toda uma bateria de canhões solta em alto mar. Restavam ao lenho poucas horas de navegação antes de ir a pique.

As risadas ainda não haviam cessado quando chegaram os pratos, trazidos por Bamba, alguns escravos africanos embarcados no *Mutine* e cinco indígenas, incluindo duas mulheres. Estavam seminuas, mas eram horrorosas, com aquele crânio que parecia uma peça de xadrez, e ninguém lhes deu atenção.

As travessas continham frutas, frangos, bifes e presunto de javali bem temperado, arroz fervido em folhas de palmeira, sopa de tartaruga, cocos já abertos e cheios de leite. Um indígena colocou diante de cada comensal um garfo com duas pontas e uma faca. Outro trazia vasilhas cheias de água para lavar os dedos.

Os capitães fizeram menção de avançar sobre a comida, mas Lorencillo os deteve com um gesto.

— Jesuíta, é o seu momento. Faça a oração.

Rogério uniu as mãos e baixou a cabeça.

— *Benedicat et custodiat nos omnipotens et misericors Dominus, Pater, et Filius, et Spiritus Sanctus.*[9]

— Amém — disse Lorencillo. Todos os convidados fizeram o sinal da cruz, com exceção de Ravenau de Lussan, que era ateu, e Andrieszoon e Willems, que eram luteranos.

---

**9** N.T.: Em latim, "Abençoai-nos e protegei-nos, todo-poderosos e misericordiosos Senhor, Pai e Filho e Espírito Santo".

De início, as conversas foram triviais. Enquanto saboreava sua sopa de tartaruga, Rogério notou que os aventureiros se vestiam à moda dos aristocratas franceses ou ingleses. Coletes bordados de prata, camisas e lenços de seda, punhos bufantes e corpetes com detalhes em ouro. Eles haviam deixado ao seu lado, nos bancos, os chapéus largos decorados com plumas. No entanto, comiam de forma desavergonhada, bebiam feito esponjas vinhos feitos para serem degustados e arrotavam sonoramente. Uma aristocracia de segunda classe, muito semelhante à burguesia mercantil. Nenhum nobre europeu teria recebido aqueles canalhas em seus salões.

A maior semelhança, no entanto, era com os espanhóis de segunda ou terceira geração, chegados às Índias Ocidentais depois dos conquistadores. Nobreza menor, burguesotes ávidos e de mão leve, precipitados no novo continente para faturar no menor tempo possível, valendo-se da instituição da *encomienda*, que consentia escravizar os indígenas sem que isso fosse chamado de escravidão. A eles eram comparáveis, segundo Rogério, os chefes dos Irmãos da Costa, pares por vulgaridade e cinismo. Só os diferenciava, além da inobservância das leis, a fidelidade a costumes democráticos e de assembleia. Uma praxe que os aproximava, de alguma forma, aos colonos ingleses do Norte, que povoavam cidades como Nova York e Boston. Embora os guerreiros que Rogério tivesse diante de si fossem preponderantemente católicos, pareciam ter-se apropriado de certos costumes dos huguenotes.

Foi Lorencillo, enquanto jogava na areia um osso sem carne, o primeiro a enfrentar um assunto escaldante.

— Amigos, obtive de certos ingleses capturados no mar notícias preocupantes. Ainda não sei bem como vão as guerras na Europa, mas parece que o rei Luís está decidido a nos abandonar. Parece que enviou para Tortuga um governador que nos é hostil, encarregado de nos manter num cabresto.

O rude Rochon deu de ombros.

— E daí? Qual o problema? Vamos para Port Royal e nos aliamos aos ingleses.

— Ouçam esse idiota! — Lorencillo parecia a ponto de jogar seu prato no rosto do colega. — Logo você me diz isso, Simon? Não lembra nem que está navegando num *sloop* que trazia a bandeira do rei da Inglaterra?

— E daí?

— A Inglaterra está aliada com a França, você não sabe disso? Claro que sabe. Não é tão cretino quanto quer se fazer parecer.

Simon Rochon tomou um gole de vinho, engoliu o líquido e escarrou na areia.

— Você acabou de dizer, Lorencillo, que o novo governador de Tortuga quer nos liquidar. Como quer que eu me importe com as patentes dos representantes do rei Luís? Estou aqui para saquear, não para apoiar uma Coroa ou a outra. Afinal, se nos pegarem, vão nos enforcar da mesma forma. Com ou sem patente. Tanto faz se forem os espanhóis ou ingleses.

— Nunca vi um imbecil como esse — comentou Lorencillo. Pareceu refletir por um instante, depois levantou-se de supetão, desembainhou a espada e golpeou com todas as suas forças a cabeça de Rochon. Seu cérebro caiu na tigela à sua frente, cheia de carne de porco temperada com alho e cebola, além de uma pitada de pimenta-do-reino e duas folhinhas de louro.

Lorencillo limpou com os dedos o fio de sua espada curta.

— Mais alguém pensa assim? Que devemos ter inimizade também com a França e a Inglaterra?

Os presentes se calaram.

Lorencillo sorriu.

— Ótimo. O cavaleiro De Grammont ficará orgulhoso dos senhores… Jesuíta, você seria capaz de conduzir um *sloop*? Como capitão, quero dizer.

Rogério assentiu, mais por temer uma represália do que por convicção.

— Imagino que sim, meu capitão.

— Pois bem, a embarcação do fedorento Simon Rochon, a partir de agora, está sob seu comando. Leve embora a carcaça dele e entregue o cérebro que foi parar na tigela aos arawacos. Eles adoram. Outras objeções acerca da nossa fidelidade à França?

Não houve mais nenhuma. Enquanto arrastava os restos mortais pelas axilas, Rogério ouviu Andrieszoon dizer:

— Laurens, meu mastro principal está para desabar. Está rachado na base, e o traquete também está mal parado. Em Tortuga não vou achar outros para repor.

— Aonde quer ir? — perguntou Lorencillo, mordendo um bife.

— Curaçao seria a ilha certa. Eles vendem velas, escravos e até timões. Sei que não fica perto, mas vale a pena. Velas e mastros à parte, tem muita carne lá. Morta ou viva.

Lorencillo esvaziou a taça que levava aos lábios. Riu alto.

— Bem, assim que terminarmos de comer, rota para Curaçao! As putas de Tortuga vão precisar de um pouco mais de paciência!

A refeição ainda levou horas para terminar. Estava quase anoitecendo quando Rogério levantou-se da mesa, empanturrado, e chegou à praia. Olhou para o mar, naquele momento muito calmo, e para os veleiros ancorados. Procurou com olhos cansados o *sloop* que teria de comandar. Ao lado dos bergantins, parecia minúsculo e frágil. Cada onda sacudia todas as suas estruturas.

Foi alcançado por Le Bon, que lhe ofereceu um cachimbo aceso.

— Soube da notícia. Aí está você, agora capitão. Mas não se iluda: em Tortuga, vai voltar a ser contramestre, contanto que De Grammont e a tripulação do seu *Le Hardi* estejam de acordo. Aqui, tudo é decidido por votações.

— Ouço falar continuamente nesse cavaleiro De Grammont — disse Rogério, depois de uma tragada. — Ele é tão importante assim? Mais do que Lorencillo?

— Entre nós, os últimos *filibusteros*, ele é um mito, um ser sobre-humano. Não há aventureiro que não o respeite.

— Por que você diz "últimos"?

— Você deve ter ouvido as novidades. Sem a proteção de Sua Majestade, o rei Luís, para Tortuga não há futuro. Causamos problemas de mais para a França, especialmente com a tomada de Veracruz.

Esse foi um dos pretextos para fazer recomeçar a guerra com a Espanha. — Le Bon suspirou. — Venha, vou apresentar sua tripulação. Rapazes simpáticos, eu diria. Amanhã você os verá em ação.

Rogério trotou atrás do amigo na direção das primeiras fogueiras acesas entre as cabanas. A noite estava caindo, e os cantos dos pássaros diminuíam.

— Amanhã?

— Lorencillo enviou em exploração uma lancha, que viu um galeão flamengo ao norte daqui, atrasado pela ausência de vento. Um prêmio grande demais para se deixar escapar. Até agora, a pilhagem foi escassa, e os homens estão famintos por presas.

Rogério estremeceu.

— Mas não sei se sou capaz de comandar uma ação de guerra! É meu primeiro comando!

Le Bon deu-lhe um tapinha no ombro.

— Fique tranquilo. Você tem a vantagem de ter um *sloop*. São veleiros que combatem sozinhos. Sem contar que tem uma boa tripulação a bordo.

Eles haviam chegado ao acampamento. Os piratas dos diferentes navios confraternizavam e, em volta das fogueiras, faziam as refeições, tomavam vinho, cerveja ou rum e trocavam histórias. Alguns acariciavam mulheres alugadas dos indígenas; apesar de desprovidas de beleza, nuas como estavam eram sedutoras. Os homens arawacos sentavam-se à parte e comiam em tigelas. Rogério se perguntou se entre os alimentos que mastigavam não estaria também o cérebro de Simon Rochon.

— Por que Lorencillo matou Rochon? — perguntou a Le Bon. — Ele mata assim tão facilmente?

O outro deu de ombros.

— Bem, ele acabou com Van Hoorn, que era um grande capitão. Em geral, porém, De Graaf não é tão impulsivo. Foi há alguns meses com o segundo oficial do *Neptune*, mas não é a norma.

Rogério lembrou que, a bordo do navio de Lorencillo, Callois não tinha um subalterno imediato.

— O que aconteceu com o outro oficial? — ele perguntou?

— Teve o fim de um verdadeiro imbecil. Ele se apaixonou...

Le Bon não teve tempo de completar a frase. No meio do acampamento ao qual estavam retornando, sob a lua que acabava de despontar, irrompeu Andrieszoon. Estava envolto num manto, com a espada no flanco. Parecia em tudo um aristocrata, se não fosse a voz gutural e o linguajar obsceno em vários idiomas.

— Onde está aquele *jean-foutre* do jesuíta? — gritou. — *Coño*,[10] o galeão flamengo está escapando!

Rogério correu para a frente.

— Estou aqui! O que aconteceu?

— Aconteceu, meu caro, que o vento está voltando, e o galeão está ganhando o mar aberto. Reúna a sua tripulação e alcance-o. Com um *sloop*, à noite, ele é presa fácil.

Rogério não sabia nem o nome da sua embarcação. Curvou as mãos ao redor da boca e gritou:

— Minha tripulação! Aqui!

Um grupo de piratas afastou-se das fogueiras e caminhou na direção dele, arrastando os pés. Sua indolência dava a entender que o álcool já agia sobre seus membros. Ou talvez os homens tivessem dúvidas sobre o novo comandante.

Antes de guiar aquela chusma preguiçosa até a arrebentação e as lanchas que os levariam para o *sloop*, Rogério teve um escrúpulo.

— Capitão Andrieszoon, temos certeza de que ainda estamos em guerra com os flamengos?

O holandês deu uma risadinha.

— Se estivermos em paz, podemos dizer que não estávamos a par disso. Funciona sempre, e o rei da França nos perdoa. O que sabemos sobre as intrigas europeias? Mas agora vá até seu navio, pequeno jesuíta. Mate o máximo que puder. Quero acordar com o vento trazendo o cheiro de sangue.

---

10 N.T.: Em espanhol, expressão chula que se refere à genitália feminina, usada como expletivo.

# 14

# Surpresa noturna

O *sloop* que fora de Simon Rochon, o *Conqueror*, era, acima de tudo, uma corveta de guerra com um gurupés imensamente comprido, uma só vela principal quadrada, o estai da mezena trapezoide e, acima dele, uma contramezena triangular, além de inúmeras bujarronas. Estava armado com dez colubrinas no convés principal, mais duas peças grandes de caça localizadas na proa. Não tinha castelos e parecia feito para uma tripulação de uns trinta homens. Na verdade, os piratas que subiram a bordo eram quase o dobro. Os vasos da Filibusta estavam sempre superlotados, até porque raramente demandavam o mar aberto.

Rogério estava muito emocionado. Não teria imaginado jamais se ver no comando de um navio, ainda que pequeno, num tempo tão curto. Isso era para ele motivo de orgulho, mas também de temor. Uma angústia que se juntava à preocupação constante com a missão secreta que precisava levar a termo, e que o trouxera para aqueles mares. Por sorte, os homens procuraram as suas posições, obedecendo a um hábito de velha data.

— Não há um oficial? — ele perguntou. — Um contramestre?

Um jovem que estava discutindo com o timoneiro deu um passo à frente.

— Aqui estou, capitão. Sou um pouco de cada. Com o capitão Rochon, que Deus o tenha, costumava ser assim.

A figura, que Rogério mal divisava à luz da única lanterna de popa, fedia a álcool, mas, diferentemente de muitos companheiros seus, tinha pernas bem firmes. Trajava uma camisa suja, tinha bigodes enrolados e um lenço puído cobria seus cabelos, longos e oleosos. Grandes brincos circulares pendiam das suas orelhas.

Rogério conteve uma expressão de repulsa.

— Como se chama?

— Michel Trouin, capitão. Aparentado dos Trouin de Saint-Malo, onde nasci.

O sobrenome "Trouin" era completamente desconhecido para Rogério, que não entendeu o orgulho do jovem. Fez a ele, com uma certa hesitação, uma pergunta que o atormentava.

— Deve saber que Rochon está morto. Você e a tripulação não eram apegados ao seu capitão? — Temia muito não ser nem aceito nem obedecido.

Trouin caiu na risada sem disfarçar.

— Aquele desgraçado! Se Lorencillo não tivesse pensado em fazer isso, nós pensaríamos. E nós o elegemos, quem diria. Enquanto eu navegava com ele, só pensava numa coisa: furar sua barriga. Todos no *Conqueror* pensavam da mesma forma.

— Mas o que foi que ele fez a vocês?

— Covarde nas batalhas, era isso que Simon Rochon era. Ordenava que avançássemos, mas nunca o vi empunhar sua espada. Mandou fustigar um homem quase até a morte por ter pegado no sono durante seu turno de guarda. Mas ele mesmo nunca ficava de guarda. Era um pouco como o segundo oficial do *Neptune*, que Lorencillo deixou definhar na gaiola de ferro.

Rogério se arrepiou, mas não ousou pedir explicações.

— Vamos partir — disse secamente. — Velas desdobradas e lanternas apagadas. O senhor sabe o que fazer. — Essa última observação fora pronunciada sem muita convicção.

— Claro que sei, capitão. — Trouin explodiu num arroto fragoroso. — Perdão, o vinho de agave é quase pior que o vinho comum. Agora vou tentar fazer esses poltrões se mexerem.

O bretão avançou pela tolda imprecando contra os marinheiros. Houve quem o insultasse, mas a maioria acordou da apatia. Soltaram as velas, armaram o molinete, folgaram o cordame, alinharam as vergas. O *Conqueror*, tangido por um vento favorável, singrou pela noite com as lanternas apagadas.

Rogério não sabia aonde ir. Não havia alojamentos para oficiais, assim como não havia oficiais, e talvez o comandante dormisse junto com a tripulação. Ele abordou o timoneiro.

— Onde está o sextante? — perguntou.

O outro o encarou com uma expressão apatetada.

— O quê?

Rogério não insistiu. Navegava-se a olho. De resto, a velocidade da corveta era impressionante. Notava-se por um balanço muito mais perceptível que o de um bergantim ou uma fragata. A embarcação se inclinava com frequência para um lado ou para o outro, e às vezes, quando a onda era grande, parecia destinada a ser engolida pelas águas.

A tripulação, iluminada apenas pela lua, parecia um enxame de demônios. Os homens saltavam do convés, trepavam para as vergas e as enxárcias. Rogério conseguiu ver o rosto de pouquíssimos deles. À exceção dos escravos negros, levados a chicotadas para suas tarefas, todos eram muito jovens. Uma mistura de raças, expressões submissas ou apalermadas, tons de pele híbridos. Os eflúvios do álcool estavam se dissipando, mas a lucidez era artigo raro naquela curriola barulhenta. Em comparação, a tripulação do *Neptune* parecia de primeira.

Apesar disso, a navegação foi tranquila, graças também à competência de Trouin. O bretão conseguia tornar operativos os piores canalhas, à fúria de palavrões. Também encheu de socos um colosso irlandês, que amoleceu sob os golpes. Finalmente, as lanternas de popa do galeão flamengo, já anunciado por quem estava empoleirado no cesto sofrendo um frio polar, ficaram visíveis para todos. Eram três da manhã de 20 de janeiro de 1685.

— Silêncio total — ordenou Rogério para Trouin. — Preparem as armas, os ganchos de abordagem e as granadas. A maioria deles está dormindo. Vamos ladeá-los e subir.

— E as colubrinas, meu capitão?

— Que os bombardeiros fiquem alertas, mas não precisamos delas. Melhor não danificar um navio que vai nos servir. Falei bem?

Trouin mostrou a palma da mão direita, com dois dedos fechados, para a testa, como era costume nas marinhas militares de qualquer continente.

— Falou muito bem. — Ele arrotou de novo. — Que o diabo me carregue se não fizermos um bom saque.

Embora parecesse um milagre, dada a qualidade da tripulação, o silêncio tomou conta do *Conqueror*, que navegou invisível rumo às lanternas próximas. A bordo do galeão, a guarda devia estar reduzida ao mínimo. Ninguém deu o alarme, nem mesmo quando os dois cascos colidiram.

Rogério, que até aquele momento quase não conseguira respirar de tanto medo, recobrou sua coragem. Desembainhou a espada.

— Atacar, Irmãos da Costa! — urrou. — Fora os ganchos!

A resposta foi um rugido coletivo. O galeão foi enganchado, e a chusma bêbada começou a escalá-lo. Os mais ágeis agarraram-se aos canhões da presa e os usaram para saltar sobre a amurada. Os outros subiram velozes por cordas e escadas, ou jogaram-se das retrancas para a tolda. Alguns caíram no mar. Começaram a explodir as granadas.

Rogério foi dos últimos a pôr os pés no galeão, com a espada cerrada entre os dentes. Já ecoavam tiros de pistola. Os flamengos, acordados de sobressalto, saíam em ondas do castelo e dos alojamentos de popa, armados de mosquetes – inúteis pela lerdeza do carregamento – de pistolas, de machados, de espadas e até de bastões. Estavam seminus ou em vestes sumárias. Caíam uns sobre os outros antes mesmo de entender quem estavam enfrentando.

Rogério cortou pessoalmente a garganta do timoneiro com um golpe de espada, depois perfurou o ventre de um artilheiro que, absurdamente, tentava chegar ao seu canhão. Viu rostos atônitos e olhos vidrados. Enquanto isso, ao seu redor, os piratas se exibiam no costumeiro espetáculo, talvez hiperexcitados pela embriaguez. Grunhiam, saltavam, imitavam os gestos dos gorilas. Quando agarravam um inimigo, não o matavam de imediato. Cortavam-lhe um membro, depois o passavam para os companheiros, que prosseguiam com mais mutilações, até causar a morte. Logo, como de costume, a tolda do galeão tornou-se um lago de sangue que caía no mar em jatos pelos escovéns. A luz das lanternas permitia divisar na água, atrás do leme, as barbatanas dorsais de um cardume de tubarões. Nas suas bocarras foram jogados muitos dos flamengos poupados das lâminas.

Rogério urrava como seus homens e golpeava a esmo. Deu-se conta de que passava dos limites e tratou de se conter. Marchou para o castelo de popa, onde os homens de peruca e fraque, abraçando-se, assistiam ao massacre.

Ele ainda trazia o chapéu na cabeça. Tirou-o, curvou-se e perguntou:

— Quem é o capitão?

O cavalheiro que lhe respondeu, em bom francês, tremia da cabeça aos pés.

— Sou eu, senhor. Rogo para que poupe meus marinheiros.

— De onde vêm?

— De La Guaíra. Mas não temos carga. Estávamos indo para Curaçao embarcar mercadorias. Este navio está vazio.

Enquanto o capitão, de quem Rogério nem perguntara o nome, falava, ao fundo ouvia-se o costumeiro coro de lamentos e gritos de feridos. Os piratas não matavam mais, mas não socorriam os moribundos. Não houve baixas entre eles, e isso os satisfazia. Os mais ébrios divertiam-se em pisotear os corpos agonizantes sobre a prancha, fazendo suas feridas espirrarem sangue.

Rogério não sabia muito bem o que fazer. Trouin sugeriu-lhe o comando mais óbvio.

— O navio precisa ser vasculhado. Pode não ter mercadorias, mas com certeza tem mantimentos, garrafas de vinho e alguma peça de ouro, de propriedade dos oficiais.

— Está certo. Faça isso.

— Também precisamos de vergas, velame, cordame, botes e utensílios. A figura de proa é elegante: ficaria boa nos nossos bergantins.

Isso para não falar dos canhões. Os maiores não podemos transportar, mas os menores, sim.

Rogério argumentou:

— Vamos rebocar até a Isla de los Pinos o galeão todo, então! Pode fazer parte da nossa frota.

— Não, não! — Trouin balançou a cabeça. — É grande e lento demais. O senhor mesmo viu como foi fácil capturá-lo. — Ele soluçou. — É a mesma diferença entre despir uma mulher e casar-se com ela. Este navio é para despir, não para casar.

Alguns dos piratas em volta riram. Irritado com a própria falta de autoridade, Rogério disse secamente:

— Sr. Trouin, mande vasculhar o navio. Que toda mercadoria útil e transportável, a começar pelos escravos, seja transferida para o *Conqueror*. Não posso me interessar pelos detalhes.

O bretão sorriu.

— É assim que fala um verdadeiro capitão! Muito bem!

Logo depois, ainda que cambaleando, Trouin se precipitou sobre seus homens, que cutucavam os feridos com a ponta das espadas e se divertiam com seus lamentos.

— Cambada de encostados! — gritou. — Chega dessa folga. Vasculhem o galeão de cima a baixo e joguem tudo o que for útil, a começar pelos escravos, no *Conqueror*.

Os *filibusteros*, até ali indolentes, readquiriram vigor e acorreram de todos os lados. O último a se mexer foi o grupinho que mantinha o grumete flamengo com as pernas abertas e a barriga apoiada num barril, com o calção abaixado. O francês gritava como um leitãozinho prestes a ser degolado enquanto os piratas se revezavam penetrando-o. Em seguida, correram para abiscoitar sua parte do saque. O adolescente permaneceu na posição em que o haviam deixado, semi-inconsciente.

Rogério ficou sozinho, com a espada desembainhada, diante do capitão inimigo e dos seus oficiais, incerto sobre o que fazer. Viu de soslaio membros da sua tripulação surgindo dos alçapões, carregados de bugigangas, muitas delas insignificantes.

Disse ao flamengo, curvando-se pela enésima vez:

— Senhor, eu lhe devolvo o seu veleiro.

O outro respondeu com aspereza:

— O que vou fazer com um galeão de onde estão retirando até as velas? E falo de uma cambada de ladrões alcoolizados. É muito se param de pé. Envergonhe-se, amigo.

Rogério entendeu que o flamengo tinha razão. Exatamente por isso cravou a ponta de sua espada de repente em seu coração. Apreciou a desenvoltura da lâmina e admirou a elegância com a qual o corpo se afrouxava.

Ele se dirigiu aos oficiais flamengos, rígidos e horrorizados.

— Ele era católico? Nenhum de vocês é católico?

Não houve resposta.

Rogério deu de ombros.

— Deixemos a fé de vocês para lá. Rezem de acordo com seu credo e tomem de volta o galeão. Ficará muito mais ágil depois que o esvaziarmos.

Ele limpou a lâmina ensanguentada entre o polegar e o indicador.

# 15
# Curaçao

Rogério não lamentou nem um pouco perder o cargo de capitão e reassumir no *Neptune*, assim que foi consertado, seu posto de contramestre emprestado. A tripulação do *Conqueror*, formada por quase idiotas, poltrões e palhaços, lhe causara repulsa. Preferia a mão firme com a qual Lorencillo, auxiliado por Callois, sabia manter no cabresto todo tipo de canalha. Além disso, o ventre do *Neptune* continha a única escrava que desejava. Não mais sozinha, infelizmente, mas em companhia, na estiva restaurada da proa, de mais uns trinta negros capturados do galeão flamengo.

A consideração de que Rogério gozava, depois do bem-sucedido ataque ao veleiro inimigo (agora à deriva em algum lugar, sem velas e sem parte dos mastros), aumentara visivelmente. Le Bon, avaro em elogios, esperou que voltassem ao mar para manifestá-la.

Era um dia transparente e quentíssimo, e podia-se ver, na distância, a costa da Venezuela. A frota dos piratas, que para a ocasião havia hasteado bandeiras inglesas, procedia tranquila, encabeçada pelo *Neptune* e com o *Conqueror* na retaguarda. Sobre o convés principal da nau capitânia, os marinheiros estavam ocupados em suas tarefas diárias, da limpeza ao erguimento das vergas. Acompanhavam seus esforços com o costumeiro canto de *La Bamba*, com a ajuda da pequena orquestra empoleirada no castelo de proa.

> *Ay tilín, tilín, tilín, tilín*
> *Tilín, tilín que repiquen campanas*

*Repiquen campanas de Medellín*
*De Medellín de Medellín*[11]

— Medellín é uma aldeia perto de Veracruz — explicou Le Bon. — Durante o ataque de três anos atrás, em Medellín tentaram avisar a guarnição do forte de San Juan de Ulúa que estávamos chegando por terra. Porém, o toque dos sinos foi interpretado como um sinal de festa, e ninguém lhe deu atenção.

— Vocês os pegaram de surpresa?

— Sim, como você fez com os flamengos. Excelente ação, aliás. Lorencillo nunca vai lhe dizer isto, jesuíta, mas tem muita consideração por você.

Rogério deu de ombros.

— Segui meu instinto.

— O instinto é a única lei que tem valor entre nós, Irmãos da Costa. Veja aqueles arawacos perto do alçapão da proa. Sabe por que embarcaram conosco?

— Para ganhar algum dinheiro, imagino.

— Nada disso. Sabem que nos seguindo terão comida. Não comida comum, mas carne humana. Adoram comê-la porque acreditam que, alimentando-se do cadáver de um morto de valor, obterão suas virtudes. — Le Bon riu da repulsa do companheiro. — É o instinto, estou dizendo. Nós temos o nosso, eles têm o deles.

A navegação, no *Neptune* reformado, seguia tranquila e até pacífica. O bergantim fedia a alcatrão e estava infestado de baratas, mas ninguém se importava. Uma brisa perfumada enchia as velas e refrescava os pulmões, ao menos no convés. Quando a sineta impunha o descanso, e Rogério descia, evitava duas pessoas: Pepe Canseco, claro, e o obsceno Henri Du Val, que havia momentaneamente parado de perseguir os grumetes sobreviventes. Por outro lado, a vida extenuante

---

11 N.T.: Em espanhol, "Ai, tilim, tilim, tilim, tilim / Tilim, tilim, que toquem os sinos / Que toquem os sinos de Medellín / De Medellín, de Medellín".

na tolda consumia toda a energia e obrigava a sonos profundos, até os toques que chamavam para o convés.

Rogério ocupava um dos primeiros catres no longo corredor que precedia aquele dos canhões. À sua esquerda ficava a mesa balouçante, sem pernas e presa ao teto por quatro cordas, sobre a qual os marinheiros consumiam refeições rápidas, quando as incumbências não os obrigavam a comer no convés superior. Ali, sentado num barril de rum vazio, Rogério pôde conhecer melhor John Burton, o carpinteiro-chefe. O inglês o atraía porque fora o primeiro a saber da escrava que não lhe saía dos pensamentos.

Durante um turno de descanso comum, ele bateu sua taça de ferro, cheia de cerveja, na de Burton.

— À nossa saúde! — brindou Rogério.

— À nossa, jesuíta!

Ambos tomaram um gole capaz de afogá-los, depois outro igualmente abundante.

O português foi o primeiro a arrotar.

— Ótima cerveja! — comentou. — Quem está dizendo é alguém que normalmente prefere vinho, em especial o espanhol.

Burton arrotou por sua vez.

— Boa, sim. Como todas as cervejas flamengas. Nós lhe devemos isso, jesuíta. Foi você que tomou o galeão.

Conversavam em francês, ou numa variante muito coloquial, bem diferente da língua-mãe. Rogério aproveitou aquele instante de intimidade para fazer ao carpinteiro-chefe uma pergunta que ninguém, até aquele momento, havia respondido.

— Meu problema no *Conqueror*, John, era não ter oficiais. Nem o *Neptune* tem um segundo oficial, mas me disseram que já houve um. Você sabe que fim ele levou?

— Ah, sim. — Burton franziu o cenho. — Até pouco antes de tomarmos o *Rey de Reyes* e de você embarcar, ele estava pendurado no gurupés deste navio.

— Enforcado?

— Não. Quando está zangado, Lorencillo não é tão generoso. Sabe aqueles moldes de metal em que os espanhóis trancam os indígenas, para que morram de fome e suas carcaças sirvam de aviso para as tribos rebeldes?

— Sim. — Rogério ainda estremecia pensando no horror daquele tipo de instrumento de tortura. Tratava-se de uma estrutura de ferro que apertava um corpo humano dentro de vários anéis, três para o tronco e dois para as pernas. A cabeça ficava presa dentro de uma espécie de gaiolinha com um gancho em cima. O condenado era pendurado com uma corrente nos muros de um forte ou na proa de um veleiro e deixado ali para morrer de inanição, até se tornar um esqueleto. Ele vira o dispositivo ser usado pelos ingleses na Jamaica e nas Bahamas. Sabia, porém, que eram os espanhóis que recorriam a ele com mais frequência, contra escravos indóceis e indígenas a disciplinar.

— Ouvi Jean Pellissier, o segundo oficial, urrar durante quase três dias de fome e de sede, sem contar as feridas que o metal causava nele — explicou Burton. — Era terrível vê-lo balançar, emporcalhado de mijo e de excrementos. No fim, invocava Deus, sua mãe e não importava mais quem. Mas Lorencillo é inflexível diante de casos de vileza.

— Qual fora a culpa de Pellissier?

— Durante uma tempestade no mar de Havana, quando era preciso aliviar a carga e jogar no mar os escravos trancados na estiva, Pellissier tentou poupar um par deles. Para ser exato, uma mulher pela qual talvez estivesse encantado e seu filho.

Rogério esperava algum relato de guerra e um episódio grave de covardia. Ao ouvir a história, murmurou, depois de engolir com dificuldade:

— E isso seria vileza?

— Sim. — Os traços grosseiros de Burton ficaram rígidos, como se o homem estivesse rememorando uma lei indiscutível. — Para nós, e não só para Lorencillo, é um velhaco todo aquele que ponha em risco um navio para salvar suas coisas. Portanto, você está avisado, jesuíta. — Burton adoçou seu tom, que voltou a ser confidencial. — Que você goste da escrava de Pepe, passa. Ninguém o recriminará por isso, a não ser o próprio Pepe. Evite, porém, protegê-la a qualquer custo, em detrimento dos outros. Aqui, os irmãos vêm em primeiro lugar. As mulheres e os outros bens pessoais, exceto pelas armas, ficam em último lugar.

— Não acredito que haverá ocasião para isso — balbuciou Rogério.

— Também duvido — replicou o carpinteiro-chefe. Vasculhou os bolsos à procura do cachimbo e do tabaco. — Você caiu nas graças de Lorencillo. Procure agradá-lo. Ele é muito generoso com aqueles com quem simpatiza. Com quem o contraria, é terrível.

A conversa foi interrompida pelo som da sineta que chamava para a refeição das dez. Quem estava livre de tarefas urgentes correu na direção dos tachos que o colossal Bamba depositara diante dos alojamentos da popa. Auguste Le Braz, com uma concha, enchia as gamelas que lhe eram trazidas. Havia carne salgada, como sempre, mas também algumas verduras, como alcachofra e couve-flor. Além de uma taça de vinho, cada marinheiro tinha direito a um copo de leite. O *Neptune*, durante a parada na Isla de los Pinos, havia embarcado algumas cabras, cujos balidos se ouviam sob o convés.

Rogério, em fila com os outros, viu Ravenau de Lussan assomar à portinhola dos alojamentos. Evento raro, visto que o cirurgião, quando não era necessário, preferia ficar entocado em sua cabine, mergulhado na leitura de seus livros. De Lussan o estava chamando com gestos.

Um pouco aborrecido, Rogério saiu da fila e perdeu um lugar bom para ter a gamela cheia de comida abundante e ainda quente.

— O que deseja, doutor? — perguntou, ríspido.

— O senhor esteve no *Conqueror*, pelo que sei.

— Sim, e daí?

— Não notou nada de estranho na tripulação?

Rogério se perguntou o que o outro queria dizer. Vasculhou a memória recente.

— Estavam muito empolgados — contou. — Eram desagradáveis e cruéis. Agiam como animais, ora indolentes, ora ferozes. Acho que por causa do álcool que tinham ingerido.

De Lussan balançou a cabeça.

— Não apenas isso. No *Conqueror*, o senhor assistiu à fase intermediária da evolução de um pirata. Nesse ponto de sua carreira, ele captou a natureza ferina que se esconde sob a aparência humana e começou a entregar-se a ela. Falta um passo para a fase terminal.

— Que seria? — perguntou Rogério, que custava a entender aonde o cirurgião queria chegar. — Francamente, não compreendo.

— Compreenderá em breve, assim que puser o pé em Tortuga. A última fase é aquela na qual a ferocidade natural se traduz em filosofia. O egoísmo mais desenfreado se passa por liberdade, a falta mais extrema de piedade torna-se norma de conduta moral. A fera que existe em todos nós não só fere e mata, mas procura justificativas éticas para seus malfeitos. As piores torturas tornam-se "inevitáveis", cada morte é legitimada na base do "precisamos sobreviver". *À la guerre comme à la guerre.*[12] Não se admite que o homem, em si, é uma fera.

— Essa seria a última fase? — perguntou Rogério, que entendera pouca coisa do discurso.

— A última entre os Irmãos da Costa. Eles passam de uma degradação à outra. Acreditam que são párias, mas, em vez disso, são os embriões da sociedade que virá.

Rogério foi retirado da conversa e pôde voltar para a fila da refeição quando o marinheiro empoleirado no cesto do traquete anunciou as ilhas Aruba e Bonaire. Curaçao estava pertíssimo, e, de fato, apareceu no início da tarde. Era vasta e deserta, com uma vegetação baixa que parecia constituída essencialmente de cactos e arbustos disseminados em meio a trechos desérticos. A cidade principal era rodeada por uma muralha alta, porém fina, que terminava num forte poderoso, construído à beira de um lago. Da fortificação partiram alguns tiros de canhão.

Lorencillo, que aparecera no convés, disse para Callois:

— Estão nos saudando. Respondam com três tiros de festim e hasteiem a bandeira francesa.

---

12  N.T.: Em francês, "na guerra como na guerra".

O imediato estava para obedecer quando um novo tiro, proveniente da fortaleza, decepou por inteiro o pequeno mastro do joanete do *Mutine* e caiu na água à frente da proa do *Neptune*.

— Maldito demônio! — urrou Lorencillo. — Estão nos bombardeando! Artilheiros, aos canhões, prontos para responder ao fogo!

Dos bastiões de Curaçao vieram novos tiros.

# 16

## Os indesejáveis

As muralhas robustas do forte de Curaçao tornavam ineficazes os tiros de canhão disparados em resposta pela frota pirata. Por fim, Lorencillo, um homem prático, deu ordem à frota para desviar para Santa Barbara, um pequeno porto próximo a Punda, capital da ilha.

Mais do que encolerizado, o capitão do *Neptune* parecia chocado.

— Eles não entenderam quem somos — repetia. — Sempre fomos bem acolhidos em Curaçao. Aqueles holandeses nos confundiram sabe-se lá com quem.

— Talvez a França e a Holanda não sejam mais aliadas — observou Callois. — Como vamos saber?

— Os ingleses do *Sea Master* teriam nos contado. Não, com certeza se trata de um grande equívoco.

De fato, em Santa Barbara eles foram acolhidos sem hostilidades, quando seus botes chegaram em terra. Mas tratava-se de um burgo minúsculo, habitado por escravos que não foram vendidos no mercado de Punda e por um número exíguo de pescadores de pele branca ou morena. Viviam em cabanas e casinhas ladeadas por penhascos quase sem árvores. Havia uma única construção em pedra, de um andar só: a sede, que parecia deserta, da Companhia Holandesa das Índias Ocidentais.

Mal pôs os pés em terra, Lorencillo convocou Ravenau de Lussan e Rogério.

— Vocês são os únicos que estão apresentáveis. Vão imediatamente por terra para a capital e, quando estiverem na presença do governador, tentem fazê-lo entender que não temos intenções hostis.

Queremos comprar mastros para substituir os danificados. E vender também alguns escravos no mercado do *Asiento*.

De Lussan deu uma das risadinhas irônicas que lhe eram costumeiras.

— Somente nós dois? Capitão De Graaf, peço apenas que recupere nossos corpos da forca e que lhes dê um enterro cristão. Para mim isso é indiferente, mas aposto que meu amigo jesuíta faz questão.

Rogério estava assustado demais com a ideia da missão que o esperava para responder. Permaneceu mudo. Lorencillo jogou o chapéu emplumado para trás.

— Não falei que estariam sozinhos. Mandarei com vocês cem... aliás, duzentos homens. Claro, na entrada da cidade, serão obrigados a entregar as armas. Todavia, uma força dessas desaconselharia qualquer agressão.

— Mas vão nos deixar entrar? — objetou Rogério, que havia recuperado o fôlego.

— Repito que se tratou de um mal-entendido — respondeu Lorencillo, em tom seguro. — França e Holanda são aliadas há décadas. Além disso, o que nós queremos? Fazer negócios. Comprar mastros e vender alguns escravos na cidade que, nesta região do mundo, mais os negocia. Uma espécie de Sevilha das Índias Ocidentais.

Duas horas depois, ao cair da noite, De Lussan e Rogério estavam aos pés da grande porta de pedra que, entalhada na muralha, dava acesso aos bairros periféricos de Punda. Eram seguidos por uma cambada de homens, metade dos quais, contrariando Rogério, tinham sido recrutados da tripulação do *Conqueror*, agora sob o comando de Pierre Bot, um segundo oficial do *Mutine* promovido a capitão. O português se perguntava de que podia servir a "apresentabilidade" sua e do cirurgião, se precisavam ser escoltados por aquela gentalha.

Os guardas holandeses logo se alarmaram e apontaram seus longos mosquetes. De Lussan se adiantou, sorridente.

— Não temam, amigos! Somos servos da França, boa amiga da Holanda. Pedimos um encontro com o seu governador. Não temos nenhuma intenção ofensiva. — Para demonstrar as próprias boas intenções, ele se dirigiu à escolta. — Rapazes, entreguem suas armas. Estes bravos jovens vão conservá-las até completarmos nossa missão.

Ele havia falado em espanhol. Talvez muitos holandeses não entendessem o idioma, porque se mantiveram alertas. Já os oficiais relaxaram um pouco.

— Preciso pedir instruções — disse um ancião graduado. — Esperem aqui.

— Oh, todo o tempo que o senhor quiser — respondeu De Lussan, com uma grande reverência e um volteio do chapéu emplumado. — Se o senhor vir o governador, apresente-lhe minhas respeitosas saudações.

— E quem seria o senhor?

— Sou o sr. Ravenau de Lussan, nobre e cientista, ex-médico pessoal do rei Luís XIV de França. Quem está ao meu lado é o padre Rogério de Campos, um religioso de Portugal, outro país que cultiva desde sempre relações de grande amizade com a Holanda.

Rogério admirou a desenvoltura do cirurgião em mentir sobre todos aqueles títulos. Duvidava, porém, que o militar acreditaria, e se preparou para uma recusa, ou pior, para a prisão. De toda forma, entregou nas mãos de um soldado a espada, três pistolas, uma adaga e um punhal. De má vontade, os homens o imitaram. Os guardas holandeses contemplaram, estupefatos, o arsenal que se amontoava diante deles.

A espera durou cerca de uma hora e foi menos longa do que o previsto. O oficial ancião voltou e pareceu o primeiro a ficar maravilhado com a resposta que fora encarregado de dar.

— O senhor governador receberá o sr. De Lussan e o padre aqui presentes amanhã de manhã. Ele autoriza os senhores e seu séquito a passar a noite na cidade, contanto que tenham dinheiro para pagar estalagens, celeiros ou outras acomodações…

— Dinheiro temos — respondeu o cirurgião. Era verdade, depois da partilha na Isla de los Pinos.

— … mas os desaconselha de provocar incidentes, rixas ou perturbações. Isso não será tolerado.

De Lussan abriu os braços em sinal de impotência.

— Que danos poderíamos causar? Não estamos armados e queremos apenas dormir.

— Está bem. Entrem.

O grupo dos piratas atravessou a soleira das muralhas de Punda. Estava anoitecendo, mas, na penumbra, ao lado das cabanas, viam-se edifícios de tijolos de dois andares, com balaustradas de ferro batido nos terraços, pórticos e fachadas pintadas de várias cores. A maior parte era coberta por tetos íngremes, de telhas ou, mais raramente, de palha.

Pelas ruas caminhavam sobretudo homens negros, carregados de cestas ou outros fardos. Quando se tratava de brancos, muitas vezes tinham longas barbas, usavam capotes negros e um chapéu redondo ou solidéu, muito menor do que o crânio. Rogério já havia visto gente assim em Sevilha.

Foi De Lussan, que ia na frente, que revelou o porquê daqueles trajes curiosos.

— Aqui está cheio de judeus — ele sussurrou ao português. — Saem da Europa para fugir da Inquisição e chegam a Curaçao. A ilha está lotada deles. Não me pergunte o motivo.

Àquela revelação, Rogério reagiu com indignação espontânea.

— Está me dizendo que nesta cidade dita cristã os hebreus é que fazem chover? Que podem viver tranquilos aqui?

— A Coroa holandesa é muito tolerante, contanto que quem lhe cause problemas fique longe das suas fronteiras. — De Lussan piscou com uma risadinha. — Bem, não há pedaço de terra mais adequado do que este. Saiba que os circuncidados dominam o mercado aqui e vendem de tudo, inclusive...

Ele foi interrompido por uma algazarra. Fredric Bell, um marinheiro do *Conqueror* que Rogério conhecia de vista, havia arrancado o solidéu de um dos transeuntes e o colocado na própria cabeça. A vítima protestava e desferia socos sem eficácia, não mais nocivos que os de uma criança.

De Lussan abriu passagem pela rodinha de pessoas ao redor dos antagonistas e afastou com um empurrão Michel Trouin, que tentava intervir. Passou o antebraço pela garganta de Bell e apertou o mais que pôde. O outro abriu os braços.

— Devolva a esse senhor o solidéu e peça desculpas.

Bell tirou a peça e a devolveu ao seu legítimo proprietário.

— Pronto — arfou —, agora me solte!

— Acha que é tão simples assim? — De Lussan dobrou mais o antebraço. — Você transgrediu a ordem de não causar problemas. Não merece tortura, mas a morte.

O cirurgião aumentou a força até que os ossos do pescoço estalaram. O corpo de Bell amoleceu. De Lussan o deixou cair e enxugou o suor da testa. Fazia um calor infernal, apesar do adiantada da hora.

— Só está desmaiado. Por enquanto, vou comutar sua pena. Mas quem quer que tenha a intenção de provocar rixas e atrair a atenção para nós, saiba que da próxima vez não serei tão generoso.

Era a linguagem adequada para se usar com os piratas, que recuaram alguns passos. Rogério sentiu admiração e, ao mesmo tempo, medo por De Lussan. Era evidente que ele estava mais do que pronto para matar Bell. Se renunciara a isso, fora apenas por puras razões de oportunidade. Aliás, no rosto do cirurgião adejava uma certa decepção pela ocasião perdida.

Todos os Irmãos da Costa no fundo eram assim, pensou Rogério. Capazes de ir além de qualquer limite moral e de cometer qualquer atrocidade. Totalmente insensíveis à piedade e à dor, tanto por si mesmos quanto pelos outros. A diferença entre De Lussan e os outros *filibusteros* era que o médico teorizava a inelutabilidade desses comportamentos, enquanto os demais se limitavam a seguir seus instintos.

O próprio Rogério dava-se conta de que estava se tornando como eles. De início ficara horrorizado diante dos espetáculos de morte e sentia vontade de vomitar cada vez que ouvia uma narrativa de crueldade. Agora estava quase acostumado, e os relatos atrozes, tão frequentes entre os piratas, não o abalavam mais. Teria razão De Lussan, quando sustentava que dentro de cada homem dormia uma fera? Decidiu não pensar nisso. Enquanto estivesse na Filibusta, convinha viver um dia de cada vez e se preocupar somente com seus próprios interesses, como todos faziam.

De Lussan parou sob a insígnia de uma estalagem, com uma escrita incompreensível, e olhou para os seus companheiros, calados pelo medo que ele inspirava. Dois deles carregavam Bell, que ainda arfava e segurava a garganta avermelhada.

— Vou parar aqui com o jesuíta, Trouin e mais alguém. Certamente não haverá lugar para todos. Vocês, espalhem-se pela cidade. Parece cheia de tavernas. Bebam, joguem, aproveitem alguma bela mulher, mas não provoquem incidentes. Se eu souber de algum entrevero, vou procurar os culpados e esganá-los com as minhas mãos. É uma promessa, e eu cumpro minhas promessas.

Não houve objeções. De Lussan balançou a cabeça satisfeito e acrescentou:

— Amanhã nos encontraremos diante do palácio do governador. Não sei onde diabos fica, mas deve existir em algum lugar. Informem-se.

Uma dezena deles entrou na estalagem. Os clientes eram três ao todo, estavam bem-vestidos e jogavam dados à luz de velas. As prostitutas eram muito mais numerosas e estavam reunidas perto do balcão com ar entediado. O lugar cheirava a fritura, temperos e vinho estragado. A lareira estava apagada. Dois gatos brigavam no chão por um osso com um fiapo de carne.

Ficou claro que o proprietário não apreciou aquela invasão. Era um velho de barbas longas, olhar vivo e tez verde-oliva. Usava uma espécie de barretinho na cabeça. Ele saiu imediatamente de trás do balcão e começou a vociferar.

De Lussan dirigiu-se ao pirata holandês chamado Haans van der Laan.

— Que diabos ele está dizendo?

— Que está para fechar e não tem mais nada para nos servir — traduziu o interpelado. Depois acrescentou: — É evidente que não nos quer no seu estabelecimento.

— Muito bem. Que ele nos traga imediatamente comida e bebida, além de velas, e prepare uns quartos. Senão vamos queimar esta espelunca com ele dentro e suas putas como acompanhamento.

Em seguida, De Lussan marchou na direção dos jogadores de dados, que cumprimentou com uma meticulosa mesura.

— Meus senhores — disse —, têm um minuto para tirar suas honoráveis bundas daqui, ou não poderei garantir suas vidas.

— Devo traduzir? — perguntou Haans.

— Não, não é necessário.

Os três jogadores haviam abandonado os dados e estavam correndo rua afora.

# 17

# Devolvidos ao mar

Rogério esperou até tomar duas taças de um vinho açucarado e muito alcoólico, fortemente inebriante, antes de dizer a De Lussan, que estava sentado na sua frente:

— Destacaram duzentos dementes, capazes de arrumar toda espécie de encrenca, para nos acompanhar. Isso foi uma escolha?

O cirurgião curvou os cantos da boca e abriu um pouco os lábios finos.

— Obviamente, foi. Lorencillo nos confiou a parte sacrificável das suas tripulações, aquela que considera inútil ou detesta. Se as coisas caminharem para o pior, vão lhe restar os melhores marinheiros.

— Isso vale também para nós? — Rogério procurou as palavras certas. — Quero dizer, ele nos considera uma escória, como esses bárbaros?

De Lussan meneou a cabeça.

— Não, a nosso respeito, ele disse a verdade. Estamos entre os poucos homens apresentáveis e em condições de aparecer diante de um governador. Isso não vale para a escolta. Na pior das hipóteses, Lorencillo perderia dois homens decentes e um belo punhado de canalhas. — Ele piscou. — O capitão De Graaf é um espertalhão. Avalia tudo, planeja tudo. Sair com vida de Curaçao é problema nosso. Ele fica em segurança, pronto para zarpar. Como um deus distante, nos concede o livre-arbítrio. Para ele, é confortável.

Essas últimas palavras, na Europa, teriam condenado o cirurgião à fogueira ou a uma detenção interminável, quase pior do que a morte em meio às chamas. Rogério não prestou muita atenção.

Observava, preocupado, os comportamentos pecaminosos nas outras mesas pelas quais haviam se espalhado os piratas. Os homens gritavam obscenidades e, depois da primeira taça de vinho, tinham começado a agir.

As prostitutas do balcão eram horrorosas. Obesas, vulgares, com a pele do rosto inchada pelo excesso de pós e tintas, pareciam incapazes de excitar quem quer que fosse. De resto, a maioria era negra, talvez escravas do estalajadeiro, ou de cor muito escura. Somente quatro delas tinham cor pálida, cabelos ruivos, olhos com olheiras avermelhadas e abundância de sardas. Seus corpos eram esqueléticos.

Bonitas ou feias, desde a primeira rodada de vinho, os piratas se jogaram em cima delas, puxaram-nas à força para a mesa e começaram a despi-las. As mulheres berraram, mas isso, na maior parte dos casos, parecia fazer parte do roteiro. Por entre as rendas rasgadas apareceram mamilos superabundantes e negros, ou seios pálidos com bicos de um vermelho vivo. Os piratas pareciam gostar de tudo. Mamavam como recém-nascidos e, enquanto isso, insinuavam as mãos por entre as pernas de suas concubinas de uma noite, que demonstravam ou simulavam prazer.

Enojado, Rogério explodiu, dirigindo-se a De Lussan:

— O senhor pode impedir essa orgia! Por que não o faz?

O cirurgião não se abalou com a pergunta. Deu de ombros.

— Prefere que eles continuem atormentando os grumetes? Deixe as feras se desafogarem. Por algum tempo, pouparão os rapazinhos de bordo. — Ele sorriu com malícia. — Acredito que a Igreja condene com maior veemência a sodomia do que a fornicação. Falei bem?

Rogério decidiu ignorar o que acontecia na sala e a barulheira crescente. Enquanto isso, o estalajadeiro, com mãos e joelhos trêmulos, havia servido as comidas: pargos assados, verduras variadas, frutas. Se as hortaliças eram comestíveis, o peixe, aquecido às pressas, tinha um sabor nojento e desfiava ao ser cortado. Rogério, todavia, fingiu concentrar-se na refeição para esquecer o ambiente.

Não queria nem conversar com De Lussan. Para evitá-lo, perguntou a Haans, sentado à mesma mesa:

— Qual o seu nome completo?

— Haans van der Laan, jesuíta.

— Holandês, certo?

— Na verdade, flamengo, mas nasci na fronteira.

O marinheiro tinha uns 25 anos, era musculoso, com olhos e cabelos tão claros que pareciam desbotados. Por trás da sua expressão franca, era perceptível nele uma personalidade totalmente diferente, que Rogério a custo conseguia aferrar e definir. Feroz, como a de tantos piratas, mas ao mesmo tempo contorcida e fugaz. O português pensou na própria personalidade, antes de desviar o pensamento. Ele não era cruel, o outro, sim. Em comum com ele, só tinha a ambiguidade. Isso os tornava amigos naturais.

A intervenção de De Lussan foi providencial para bloquear esse fluxo veloz de considerações.

— Haans, gosta do peixe que está comendo? Está ótimo, não?

O outro não ousou contradizer a opinião do cirurgião, que era temido por todos.

— Sim, excelente.

— Então fique também com o meu. — De Lussan esvaziou a sua tigela na do jovem. — Recomendo que você coma também as espinhas, como fazem os *gourmets*. São a melhor parte. Não acredita em mim?

— Acredito, sim.

— Então coma um pouco de espinhas… Isso, assim… e agora a cauda. Alguns miseráveis a descartam. Você não, certo?

— Não, não. — Haans tinha lágrimas nos olhos de tanta dor na língua e no céu da boca.

Satisfeito, De Lussan ficou de pé e pegou uma garrafa da mesa. Fez um gesto para Rogério.

— Vamos dormir, jesuíta. Aqui não há como comer algo decente: só ração para animais. Vou levar uma bebida para o quarto e aconselho o senhor a fazer o mesmo.

Rogério resguardou-se bem de levar uma garrafa. Evitou até olhar, a não ser de soslaio, o que acontecia na taverna. Mulheres já completamente nuas estavam curvadas sobre as virilhas dos piratas. Outras os cavalgavam, apoiando-se em joelhos ou ombros, dependendo da posição. Os gritos haviam sido substituídos por lamentos e gemidos de prazer.

O português foi obrigado a esquivar-se do assédio de algumas prostitutas deixadas sem clientes por serem feias demais ou desfiguradas pela varíola. Enquanto isso, De Lussan ordenava ao estalajadeiro:

— Entregue as chaves de dois quartos para mim e para o meu amigo. Também um par de velas. Os outros vão se amontoar em quartos compartilhados, como é costume no mar. Mas, sobretudo, não quero ouvir barulho, entendeu? Se eu ouvir alguma coisa, desço e corto o seu pescoço.

O proprietário talvez não tivesse entendido cada palavra, mas intuiu o sentido. Foi rápido em acender um par de castiçais. Enquanto chegava à escada de madeira que levava ao andar superior, o cirurgião puxou pelos cabelos uma negra graciosa que um pirata estava penetrando, deitado num banco, e a arrastou para cima.

— Você vem comigo. Jesuíta, quer outra, bonita como esta?

— Não, obrigado — balbuciou Rogério. — Estou com sono.

O pirata deixado sem amante redescobriu seu senso de pudor: protegeu com as mãos, o melhor que pôde, seu pênis ainda ereto e com a ponta avermelhada.

— Doutor, não pode fazer isso!

De Lussan dirigiu-lhe o mais diabólico dos sorrisos.

— Claro que posso! Ainda não entendeu, idiota? Eu posso tudo quando o adversário é mais fraco. Torne-se forte e terá sua revanche. — Ele deu um sonoro tapa no traseiro da negra, parada ao pé da escada. — Vamos, linda. Aqui perdemos tempo com conversa fiada. Está na hora de passar aos fatos.

Deixado só, com uma vela e uma chave, diante da sua porta, Rogério descobriu um cubículo longo e estreito, ocupado quase por inteiro por uma cama de palha montada sobre caixas. Várias baratas bateram em retirada, perturbadas pelos pés dele ou pela luz. As cobertas, sem dúvida, pululavam de parasitas. Por sorte, ainda fazia calor, embora tivesse caído a noite. Depois de tirar a faca que havia escondido na meia, ele se deitou vestido no catre e procurou o sono.

Seu descanso foi perturbado pela algazarra que vinha do andar inferior. Era presumível que, consumada a orgia, os piratas tivessem voltado para o vinho. Urravam como obcecados, batiam o ritmo com os pés. O trecho repetido continuamente era *La Bamba*, cantado em ritmo variável: ora lentíssimo, ora frenético.

Isso se prolongou até o amanhecer, quando os raios de sol se infiltraram pelas persianas. Rogério lavou o rosto numa tina, ajeitou a túnica que batia nos joelhos, recolocou a faca na meia e penteou os bigodes emaranhados demais. Depois de colocar o chapéu, saiu para o corredor. Exatamente naquele instante, do quarto ocupado por De Lussan, saía a garota que o cirurgião levara para a cama. Estava seminua e chorava. Chagas ainda sangrando riscavam-lhe as costas. Tinha hematomas por todo o corpo.

De Lussan pôs a cabeça para fora. Já havia colocado uma peruca.

— Está pronto? Vamos ver o governador.

— Não vamos esperar os homens? — perguntou Rogério.

— E quem conseguiria despertar esses poltrões, depois de uma noite de esbórnia? Iremos eu e o senhor. Estarei pronto em um minuto.

Poucos instantes depois, os dois desciam juntos pela escada de madeira que ia dos quartos ao salão da estalagem. Rogério observou:

— A mulher que dormiu com o senhor parecia sangrar e estar muito mal...

De Lussan levantou o sobrolho.

— Por que a chama de "mulher"? Era uma fêmea negra, provavelmente ex-escrava. Essas criaturas gostam de sofrer, um pouco como certos asnos. Estão tão acostumadas a levar varadas que, se o novo dono não bater nelas um pouco, ficam insatisfeitas e adoecem. Mas entendo o senhor. Nunca possuiu nem escravos nem animais.

Era verdade, e Rogério ficou calado. Pensou apenas que, se De Lussan, Pepe ou qualquer outro tratasse daquela maneira a prisioneira da estiva de proa, ele o mataria. Aos poucos, de tanto tê-la sempre nos pensamentos, havia começado a considerá-la propriedade sua. Nenhum romantismo nisso ou, ao menos, era o que ele achava.

Uma negra não se ama, se possui. Ele experimentava um desejo lancinante de revê-la.

O cirurgião entregou ao estalajadeiro, que resmungava, o preço dos quartos e uma farta gorjeta. Isso o calou. Nas ruas, já aquecidas, embora ainda fosse de manhã, foram acolhidos por olhares hostis. Os transeuntes – carregadores levando cestos pesadíssimos, mulheres de pele de ébano que equilibravam milagrosamente sobre a cabeça vasos ou até odres, e os atemporais hebreus de barba comprida usando boinas ou solidéus – não faziam nada para dissimular sua inimizade. Uma cambada de moleques completamente nus começou a atirar pedras, sem que nenhum adulto os impedisse.

— Finja que não está vendo — disse De Lussan. — Caminhe com altivez. Daqui a um instante, esses cães terão o seu osso.

— Que osso? — perguntou Rogério, preocupado. As pedras caíam em número cada vez maior na rua de chão batido atrás deles. A mira era incerta, mas estava melhorando.

De Lussan não respondeu. Com um gesto distraído, deixou cair na rua alguns escudos espanhóis. Ouviu-se uma algazarra. Homens, mulheres e crianças correram para recolher o dinheiro, engalfinhando-se. O tiroteio de pedras cessou.

— Viu, jesuíta? — O cirurgião piscou para ele. — Julgue os comportamentos humanos como se fossem apenas animais e terá sempre a solução certa.

Os dois não foram mais incomodados. Atravessaram ruas cada vez mais largas, ladeadas por casas de cores vivas: azuis, vermelhas, amarelas, brancas. Chegaram a uma praça com o que parecia a catedral, onde carruagens paradas esperavam clientes improváveis. Nem sinal dos companheiros. O palácio do governador não ficava ali. Sua localização foi indicada por um transeunte que não entendia nem francês nem espanhol, mas português, sim. Apontou um edifício pretensioso no alto de uma pequena colina, nua como o resto da ilha.

De Lussan emitiu um suspiro.

— Vamos ter que subir.

— Vocês são os piratas? — perguntou o interlocutor, um jovem judeu com duas trancinhas que saíam do chapéu redondo, muito suado sob a barba.

— Bem, se quer nos chamar assim...

— Se eu fosse os senhores, não iria. O governador mandou devolvê-los ao mar. Os arautos passaram aqui há uma hora. Numa noite, os senhores cometeram mais violências do que toda Curaçao vê num ano inteiro. Se forem para o palácio, serão enforcados.

De Lussan aproveitou a loquacidade do judeu.

— O governador está em casa?

— Acho que não. Ele deveria assistir à venda dos escravos no *Asiento*.

O cirurgião olhou para Rogério.

— Vamos para o *Asiento*, não é verdade?

O português baixou os olhos.

— O senhor decide. Está no comando.

— Vamos.

# 18

# Venda de carne

O *Asiento*, assim chamado por causa de um acordo sobre o comércio de escravos assinado pela Coroa holandesa um século e meio antes, foi fácil de localizar. Surgiu próximo ao porto, à beira de uma área chamada Schottegat. Num pátio superlotado e poeirento, uma maré de gente se apinhava sob as tendas que protegiam a praça do sol. Ancorados na baía ao lado, flutuavam os últimos navios negreiros atracados em Curaçao: três galeões genoveses e dois espanhóis.

— Na verdade, deveria ser Gênova a ter, por contrato, o monopólio dos escravos — explicou De Lussan. — Porém, aqui o comércio está em crise, e os navios provenientes da Espanha também são bem-vindos, apesar da hostilidade com a Holanda. Os genoveses não veem problema nisso. Quanto mais navios atracam aqui, melhor para todos.

Os espectadores lotavam as adjacências dos palanques nos quais os escravos, nus e assustados, eram obrigados a subir. Não desciam diretamente dos veleiros que os transportaram até ali; em vez disso, chegavam de plantações que faziam as vezes de campos de coleta e, até certo ponto, de adestramento. Ali, antes de serem postos ao trabalho nas fazendas de cana-de-açúcar, eram examinados por médicos e confiados a instrutores encarregados de "domá-los" e de tornar obedientes os mais beligerantes. O escravo que chegava em Schottegat era um item confiável, já acostumado a servir e produzir. Os genoveses se adaptavam pacientemente àquela peneira e aguardavam sem pressa o dia da venda. A eficiência holandesa superava a espanhola em Cuba e a inglesa na Jamaica. Era raro ver em Curaçao exemplares doentes ou em condições físicas medíocres. A seleção acontecia perto da origem.

Foi fácil avistar o governador da ilha. Obeso e apoplético, ele se sentava numa poltrona colocada especialmente na primeira fila, rodeado por um enxame de nobres e alguns soldados. Seu queixo duplo despontava em meio às rendas, entre os cachos de sua peruca empoada. Ele se abanava. Quando um escravo lhe interessava, fechava de repente o leque e o apontava. Um de seus criados ia então informar-se sobre o preço. Comprava pouco, porém só negros de qualidade. Sobretudo meninos e meninas, normalmente vendidos barato porque não se sabia quanto tempo iriam sobreviver.

De Lussan abriu caminho até o cavalheiro.

— Bom dia, excelência — disse em inglês, seguro de que o outro conhecia o idioma. — Pertencemos à frota do capitão Laurens de Graaf, um compatriota seu que combate sob a bandeira da França, e gostaríamos de uma audiência com o senhor.

Dois soldados fizeram menção de apontar seus mosquetes, mas o governador os deteve com um gesto. Tinha olhinhos verdes que seria pouco definir como gélidos, afundados na carne. Seu rosto largo, tão coberto de pó-de-arroz quanto a peruca, escondia sob a barba e o bigode lábios vermelhos e carnudos que faziam pensar em grandes apetites. Todavia, a expressão do obeso não era abobalhada. Longe disso.

— Aí estão os famosos piratas de Tortuga — respondeu ele, num francês perfeito. — Tão famosos que Luís XIV não vê a hora de livrar-se deles. Imaginem eu, então.

De Lussan não perdeu a compostura.

— Não vejo o motivo disso. Viemos em paz e amizade. Queremos só comerciar e adquirir novos mastros para os nossos navios. E só nos demorar o tempo necessário para essas transações.

— "Em paz e amizade." — O holandês deu uma risadinha, imediatamente imitada pelos seus nobres. — Uma só noite em Curaçao, e já tenho notícias de duas jovens criadas estupradas, uma rixa com feridos e uma tentativa de homicídio. Vocês descarregaram em Punda uma manada de idiotas e degenerados. Até um aristocrata foi puxado pelos cabelos e derrubado, na presença de sua esposa e da filha. Os cidadãos exigem que vocês sejam afastados o quanto antes, e eu estou de acordo.

Aí está o que a tripulação fez durante a noite, pensou Rogério. De Lussan se curvou.

— Se aconteceu tudo isso, lamento sinceramente, senhor governador. O senhor sabe melhor do que eu como é difícil controlar uma tripulação desembarcada após meses de navegação. Estou preparado a garantir, em nome do capitão De Graaf, um ressarcimento justo a quem quer que tenha sofrido danos, materiais e morais.

— Não é suficiente! — gritou o governador, agora seriamente encolerizado. Camadas inteiras de pó de arroz caíram de suas faces, que estavam ficando rubras. Também gesticulou o quanto lhe permitiam os braços curtíssimos e os bordados de ouro que enrijeciam as mangas de seu casaco. — Poucos meses atrás, dois navios holandeses foram atacados por bucaneiros no mar de Havana!

— Podia não se tratar de bucaneiros de fato — observou De Lussan, composto. — Muitos *filibusteros* ingleses ignoram as alianças e se dedicam a toda sorte de rapina.

— Antes eles do que a escória que vocês descarregaram na minha cidade! Diz que vai ressarcir as vítimas? E quem vai me ressarcir? Que danos está sofrendo a minha honra?

Rogério entendeu o tom da conversa, mas De Lussan foi mais rápido ainda.

— Senhor governador, não pretendemos uma estada gratuita entre os bons cidadãos de Curaçao. Estamos aqui para fazer negócios, como já falei. Estamos também dispostos a pagar um pequeno pedágio por todo o tempo da nossa visita. Diga quanto quer a título de compensação pelo incômodo, e faremos o possível para providenciar.

O homem parou de gritar na hora. Refletiu um pouco e então apertou os olhos, que já eram pequenos. Suas curtas sobrancelhas eram pouco mais que duas sombras.

— Eu diria que três peças de oito para cada homem desembarcado seriam suficientes. Parece-me justo, considerando as ladroeiras que os Irmãos da Costa cometeram nos nossos navios em Havana. E se tiverem escravos, quero-os todos. Vocês roubaram os nossos, quero os de vocês.

A moeda de que o governador falava, a "peça de oito", era espanhola. Comerciava-se também em escudos, florins e *jacobis*. Todavia, já que dois terços dos navios depredados no Mar do Caribe eram espanhóis, a moeda corrente nos arquipélagos era a ibérica.

De Lussan balançou a cabeça.

— Se quer nossos escravos, a tarifa pela estada precisa cair. Não estamos dispostos a pagar mais do que duas peças de oito para cada hóspede da ilha que venha dos nossos navios.

— Minha tarifa incluía também os botes para transportar os mastros e as outras mercadorias que pretendem comprar. Lembre-se, precisam cruzar o lago sob a fortaleza.

— Podemos fazer isso com nossa frota.

— Eu a afundaria a tiros de canhão. Vocês exasperaram meus concidadãos. Eles não aceitariam ver desfilar sob seus olhos uma inteira frota de piratas com o meu consenso.

De Lussan refletiu brevemente.

— Senhor, proponho um meio-termo. Duas peças de oito por marujo em terra por uma semana. Todos os nossos escravos machos; ademais, as mulheres são pouquíssimas. Em troca, seus botes para atravessar o lago e transportar a mercadoria.

O holandês arqueou uma de suas frágeis sobrancelhas.

— Meu amigo, não sei nem quem é o senhor, mas tem cara de pau para dar e vender. Aqui temos homens, navios, fortalezas e canhões. Podemos pôr sua frota a pique num instante. Sei bem onde está atracada.

— Não duvido disso. — De Lussan esboçou a enésima mesura. Sua voz soou dura e cortês. — Tampouco consigo pronunciar seu nome, complicado demais para mim. Todavia, sou capaz de enunciar muito bem o apelido do meu capitão, Lorencillo. Aquele que tomou Veracruz, tida como invulnerável, onde fez terra arrasada. O que De

Graaf não cumpriu pode ser cumprido pelo capitão De Grammont, seu mentor. Onde ele aporta, deixa chamas e destruição.

O governador de Curaçao foi abalado por um calafrio perceptível.

— De Grammont está aqui? Eu não sabia! Por que ninguém me informa? — choramingou, olhando em volta.

— Ele ainda não está na ilha, mas está chegando. — A voz de De Lussan assumiu a cadência macabra de um *Dies Irae*. — Esteja ele presente ou não, as condições permanecem as mesmas. Duas peças de oito por cabeça pela estada de não mais de uma semana, e escravos do sexo masculino em troca de um número suficiente de botes. — De Lussan estendeu o cachimbo vazio. — Acrescento: tabaco suficiente para encher meu fornilho.

Rogério ficou aliviado ao ouvir que De Lussan falava apenas de escravos homens. As pessoas ao redor haviam formado um círculo, mas não entendiam uma só palavra da conversa. Ali se falava um estranho idioma autóctone, ou holandês, alemão, inglês, além do raro italiano dos navegantes genoveses. Todos demonstraram satisfação quando o governador e De Lussan deram um aperto de mão, firmando o pacto. Houve quem aplaudisse sem saber o quê.

— Como odeio os colonos de qualquer nacionalidade — comentou o cirurgião, enquanto ele e Rogério voltavam sobre seus passos. — Pretensiosos como seus pares que ficaram na pátria, porém mais ávidos, e sem um passado de alguma forma glorioso às costas.

— A venalidade deveria fazer parte dos apetites animais que o senhor atribui continuamente aos homens — observou Rogério, com intenção irônica. — Aquele governador corresponde ao seu modelo.

— Sim, mas não é o modelo ideal. O homem superior se ocupa do poder, não das riquezas transitórias. Ele é cruel porque a crueldade lhe apraz, independente da finalidade… — De Lussan se interrompeu. — Por falar em animais, lá estão nossos homens. Tão poltrões que chegaram ao compromisso com mais de duas horas de atraso.

Ele se referia aos piratas, que se aglomeravam na praça em frente à catedral, abrigados pelos pórticos das casas multicoloridas.

A ferocidade do sol era intolerável, atenuada apenas por brisas fugazes vindas do mar.

De Lussan localizou Trouin e foi até ele. Enquanto isso, com um lenço, tentava secar os regatos de suor que lhe escorriam pela nuca.

— O acordo está feito. Podemos ficar. Vão nos dar botes para irmos fazer negócios no interior. Mas os homens do *Conqueror* aprontaram de tudo noite passada...

Trouin abriu os braços e esboçou um sorriso.

— Estavam no mar fazia meses e ainda por cima estavam bêbados. Impossível mantê-los sob controle.

— Que isso não se repita. Cada marinheiro nos custa uma boa quantia. O senhor será responsabilizado por quaisquer eventuais excessos.

— De acordo. — Trouin preferiu mudar de assunto. — Vai voltar e ver Lorencillo, doutor?

— Sim, obviamente. Os pactos que firmei precisam ter o consenso dele. Tenho certeza de que ele vai entender que não há alternativas. O senhor se ajeite por aqui e mantenha a manada sob controle. — De Lussan curvou os lábios num sorriso feroz. — Sabe o que vou fazer com o senhor se houver mais incidentes?

Trouin empalideceu e balançou a cabeça.

— Vou operá-lo — disse o cirurgião. — Uma operação lenta, do jeito que eu gosto. Com serrote, alicates e tenazes. Coisas que duram horas, mas fazem muito bem ao paciente.

Trouin retrocedeu e, com ele, o resto dos homens.

De Lussan agarrou o braço de Rogério e se afastou. Virou-se para uma última risadinha.

— Trouin, do que está se queixando? Eu só penso na sua saúde.

O cirurgião e o português chegaram aos limites da cidade e adentraram os campos áridos em direção a Santa Barbara. O espetáculo do mar hipnotizava, mas o sol ardia, e cada passo demandava grande esforço.

Foi Rogério, ofegante pelo calor e com as roupas empapadas de suor, o primeiro a fazer uso da palavra.

— Acho revoltante o comércio de escravos em Curaçao. Vi bebês de poucos meses à venda.

— Agradeça ao bispo Bartolomé de las Casas e aos humanitários como ele.

— O que De las Casas tem a ver com isso? — protestou Rogério, indignado. — Ele foi o primeiro a denunciar os suplícios infligidos aos indígenas americanos!

— Sim, mas também foi o primeiro a propor, como alternativa ao comércio de indígenas, a importação de negros da África. O Vaticano e os reinos da Europa seguiram o conselho à risca e legitimaram o comércio de carne negra. Os muçulmanos arranjam a mercadoria na costa da África, e os hebreus a leiloam aqui. Cristãos variados abençoam o tráfico. Sabe qual é a força dos piratas?

— Não — respondeu Rogério.

— Evitar tais hipocrisias. Queremos dinheiro, fora de qualquer regra. Surrupiamos de tudo e vendemos de tudo, homens inclusive. Somos o futuro, e ninguém vai nos deter.

# 19

## Navegando ainda

Em 27 de janeiro de 1685, os piratas foram obrigados a içar as âncoras e demandar o mar aberto, deixando Curaçao. Na frente iam os bergantins de três mastros, o *Neptune* e o *Mutine*. Atrás vinham os *sloops* e corvetas, com alguns reforços ganhos durante a parada na ilha. Tratava-se das embarcações dos capitães Blas Michel, La Garde e Lawrence, este último um inglês da Jamaica que às vezes fazia escalas em Tortuga. Veleiros de dois mastros, como os outros, superlotados, com enxames de homens nas manobras. Uma tempestade se aproximava, e isso sugeria uma partida rápida.

— Partindo a toda velocidade, capitão! — anunciou Callois. — Não é fácil, com o mar tão agitado.

Rogério, que acabara de subir na tolda para seu turno de quatro horas, notou que Lorencillo pensava em outra coisa. Mastigava tabaco e, de vez em quando, cuspia pedaços catarrentos por cima da amurada ou da tolda. Com raiva.

— Malditos holandeses! — De Graaf parecia ter esquecido que também era holandês. — Expulsaram-nos ignominiosamente da cidade! Quem eles pensam que são? Não sei onde estou com a cabeça que não volto lá e ponho Curaçao abaixo, a ferro e fogo!

— Não se aborreça, capitão — respondeu Callois. — As transações que desejávamos, nós fizemos, nossos navios têm mastros novos e robustos. Infelizmente, por quatro dias consecutivos, as tripulações aprontaram sem nenhum controle. Não devíamos ter deixado que desembarcassem.

Lorencillo estava fora de si.

— Maldito demônio do inferno! Aqueles janotinhas holandeses, nas suas casinhas pintadas, têm tavernas e bordéis para quê? Para receber cavalheiros e servir-lhes chá?

Callois deu de ombros.

— Talvez não tenham apreciado dois homicídios e pelo menos nove atos de violência carnal, um deles cometido com uma senhora da aristocracia.

— E daí? Pagamos regiamente ao governador.

— Mas não aos cidadãos. Se ficássemos ali, poderiam nos dizimar. — Callois preferiu mudar de assunto. — A tempestade está quase sobre nós. Quais são as ordens, capitão?

Lorencillo voltou imediatamente à calma.

— Virar para o mar aberto e despregar as velas de vante e de mezena. Força de velas.

— E a âncora?

— O próprio navio vai puxá-la. Agora é urgente desfraldar as velas. Depois, caçar as escotas e retesá-las.

A ordem foi transmitida e comunicada aos outros veleiros da frota. Rogério viu-se sobre a verga da vela-mestra, caçando a amura. A enorme vela despregou-se farfalhando, e o *Neptune* voou sobre a água.

A proa se erguia e se abaixava, rios de água entravam pelos escovéns, os canhões vomitavam o líquido salgado. Navegavam firmes de bolina, com o talha-mar fendendo ondas enormes. Logo as nuvens negras e o furacão que elas continham ficaram para trás. Com eles, Curaçao, a cidade dos negreiros.

Rogério, que acabara de descer de uma escada de corda, ouviu Lorencillo comentar:

— Que morra fulminada por raios, essa Curaçao do caralho. Se eu voltar lá, será para saqueá-la como se deve.

Callois, perto do pedestal da bússola, observava o instrumento com o timoneiro.

— Ela tem boas muralhas — argumentou.

— E daí? Veracruz também tinha boas muralhas e um forte inexpugnável antes que De Grammont atacasse a cidade pelos orifícios posteriores. Eu, Laurens de Graaf, juro que arrasarei cada lugarejo que surja nestes mares. Callois, qual é o centro mais protegido?

— Campeche, talvez. No México. Foi atacado muitas vezes nas últimas décadas. Está se fortalecendo.

— Bem, depois de uma parada em Tortuga, a próxima presa é Campeche. Em seguida, Curaçao, mas só depois que eu vir a derrocada do porto menos acessível do Mar do Caribe. Que as choças dos holandeses tenham uma só cor: vermelho-sangue.

Depois de desabafar, Lorencillo voltou a ficar quieto. Assim como o mar, depois que as nuvens mais escuras ficaram na popa. As velas maiores foram enroladas e ferradas, e a contramezena foi reduzida. Em alto-mar, após travar as vergas na transversal, Rogério ouviu finalmente a sineta que marcava o fim do seu turno.

Em vez de descer para os alojamentos da tripulação, para onde estava se encaminhando a turma dos gajeiros, ele se dirigiu ao alçapão da proa. Le Bon o interceptou, com o cachimbo apontado como uma pistola.

— Estou enganado, meu amigo, ou você quer descer para a estiva para falar com a sua bela?

Rogério decidiu não mentir.

— Isso mesmo. Quero ver a escrava.

— Tem certeza de que ela não foi vendida em Curaçao?

— Lorencillo cedeu ao governador todos os outros. Ela, não.

Le Bon abriu caminho.

— Então passe, jesuíta teimoso. Lembre-se, porém, de que ela é propriedade alheia, e que o próprio capitão, vou confidenciar, não desistiu do projeto de presenteá-la a De Grammont. Agora vá e fale baixo. Se alguém perguntar, direi que não vi você.

Com uma gratidão muda, Rogério desceu a escadinha de corda que, da proa, conduzia aos níveis inferiores. Atravessou o ambiente impregnado de água ocupado por Filou e Tapis. Havia algum tempo que os dois meninos eram deixados em paz, visto que os piratas haviam se desafogado em Curaçao com mulheres de verdade. Os jovens, portanto, não eram mais obrigados a se barricar.

A estiva dos escravos estava vazia no momento. A única hóspede era a africana sem nome, livre das correntes. Alguém a vestira com uma espécie de túnica, sinal de que recebia cuidados particulares. Estava de pé, cabisbaixa, os braços cruzados sobre o peito. Caminhava de um lado para outro tentando evitar os excrementos, talvez a maioria seus.

A chegada de Rogério a fez estremecer, e ela se encostou na parede mais próxima.

Mais uma vez, ele foi seduzido pelos traços encantadores da jovem. Chegou perto dela quase com pudor.

— Com certeza se lembra de mim. Cheguei a lutar por você. Meu nome é Rogério de Campos. E o seu?

A garota o contemplou. Parecia um pouco assustada, mas não muito. O fato era que ela não o entendia.

Rogério segurou suas mãos, o que ela permitiu sem resistência, e as apertou contra o peito. Aproximou os lábios dos dela e sussurrou:

— Eu me chamo Rogério, repito. E você, como se chama?

Em troca, recebeu um olhar apatetado e um balançar da cabeça. Quase ao mesmo tempo, sobre a tolda do *Neptune* tocou a sineta, e os tambores da pequena orquestra começaram a bater um ritmo de batalha. O casco tremeu. Vibrava com os passos dos marinheiros chamados para o convés.

Rogério segurou o rosto gentil da escrava pelo queixo e o puxou para si. Ela cerrou os lábios. Contorceu-se até se desvencilhar do seu aperto.

O português a fitou com rancor.

— É assim que me retribui? Pior para você. Aproveite Pepe, seu novo patrão!

Um instante depois, Rogério se arrependeu daquelas palavras. Acariciou as faces da garota e se perdeu em seus olhos negros e úmidos de corça.

— Rogo que me perdoe. Vou tentar salvar você de Pepe. O fato é que me sinto como... Não, é melhor dizer isso abertamente. Eu amo você. Vou levá-la daqui, libertar você.

O ímpeto de Rogério recebeu em troca um olhar perplexo e vagamente curioso. Enquanto isso, na tolda, os tambores continuavam rufando, e a sineta, soando toques. O português acariciou os cabelos crespos de sua amada.

— Lutarei por você, minha pequena. Se for preciso combater, e se eu tombar, minha vida será dedicada a você.

A resposta foi um bater de cílios maravilhado.

Rogério precipitou-se para o convés. Como imaginava, navios inimigos estavam à vista. Dois, por sinal. Fragatas de casco baixo e lotadas de canhões. No *Neptune* e no *Mutine*, a *Jolie Rouge* já estava hasteada. Lorencillo, do alto do castelo de popa, discursava para os homens.

— ... portanto, não há tempo para guinar de bordo, nem maneira de abordar. O jogo será decidido com os canhões. Eles têm mais armas, mas nós somos mais rápidos e numerosos. Quero uma saraivada de balas contra os flancos daquelas banheiras. Que a ordem seja transmitida ao resto da frota... E agora, artilheiros, às armas!

Os interessados correram para baixo, para o corredor das bocas de fogo. Os dois grumetes levaram os barris de pólvora que restavam no arsenal. Ouviu-se o ranger das rodas dos canhões, afastados das portinholas de onde despontavam para serem carregados. O outro bergantim, os *sloops* e as corvetas também se prepararam para a batalha. Os músicos batiam com fúria os seus tambores.

Em momentos como aquele, o *Neptune* parecia tão superlotado que era impossível entender como conseguia navegar. As hastes das baionetas foram postas para fora. Ao comando de Callois, Rogério subiu nas vergas com os gajeiros. Os contravelachos foram recolhidos e desfraldados continuamente, de acordo com o vento. Uma massa de gente cumpria as ordens no limite da possibilidade humana. O português, estapeado pelas ondas, teve, em meio a tanto sofrimento, um frêmito de orgulho. Pela primeira vez, sentia-se parte de uma raça fora do comum, afeita ao odor inebriante do mar, amontoada em embarcações leves, prontas para disseminar a morte. Uma elite livre e viril, que jamais toleraria limites ao próprio arbítrio e à própria potência.

A ideia de Lorencillo era encostar no flanco de uma das naus inimigas e atirar primeiro, para depois velejar bem rápido e fugir da resposta. Trepidava ao ver os operadores dos canhões giratórios apontando as peças, e os bucaneiros fixando seus fuzis pesadíssimos nos tripés, com o pavio aceso entre os dentes. Um nível abaixo, a artilharia pesada já estava em posição de tiro.

Sem dúvida foi uma surpresa amarga para Lorencillo ouvir o que lhe sussurrava Callois. Rogério, que acabara de descer de um cesto, pôde ouvir claramente.

— Veja, capitão. As duas fragatas estão hasteando a bandeira. É francesa.

— Não confio! Estamos prontos para a batalha! Que ocorra a batalha!

— Contra a França? E como voltaríamos para Tortuga? O governador nos expulsaria a pontapés, como aquele de Curaçao. Nossos homens estão cansados de ficar no mar. Querem descanso: família, filhos ou então putas conhecidas. Aquelas da nossa casa.

Lorencillo olhou para Callois com verdadeiro ódio.

— Quem nos diz que a bandeira francesa é uma garantia? Nós hasteamos toda sorte de pavilhões.

— É verdade, mas me parece ter visto um velho amigo de Saint-Malo. E também um gordão que negocia negros há pelo menos uma década. — Callois levou a mão ao peito. — Acredite, capitão, são franceses. Note que ainda não abriram fogo.

— Está bem, mas o senhor arcará com quaisquer responsabilidades. — Lorencillo formulou a ordem, que Callois transmitiu à tripulação. — Vamos diminuir a velocidade e não disparar. Parecem ser fragatas amigas. Quem está nos canhões, fique: nunca se sabe.

Rogério não blasfemava, mas praguejou. Era preciso ferrar as velas, à custa de um enorme esforço, e fazer o bergantim avançar com calma. Ele escalou o traquete, e todas as suas juntas doíam. Em breve descobririam se as duas fragatas eram realmente francesas.

Os tambores diminuíram o ritmo, depois pararam de bater. Ouviu-se apenas o fragor das ondas que, agressivas, arrebentavam nas quilhas e se esvaíam em espuma.

# 20
## Retorno sob escolta

Eram de fato francesas, mas descobrir isso não foi uma grande vantagem. Soldados altivos e oficiais arrogantes acolheram a delegação do *Neptune* que, guiada por Laurens de Graaf, foi prestar homenagem, num bote, ao capitão do *Gloire du Lys*, a fragata maior.

Para a ocasião, Lorencillo trajou sua melhor farda: lenço vermelho, casaca com bordados de ouro, camisa de mangas bufantes de renda, calça preta com filetes de prata. A única arma que levava era uma espada que pendia de uma cinta larga de couro decorado. A guarda da espada trazia gravada a cena de uma batalha naval. Uma lâmina bem diferente da curta e simples que ele usava nas abordagens.

Se achava que impressionaria, ele se enganou. Ensopado pelas ondas, pôs o pé a bordo. Viu-se diante de um cavalheiro muito jovem e muito elegante que, sobre uma peruca de cachos desmedidos, metera um chapéu cheio de plumas multicoloridas. Trajava uma casaca bordada que ia até abaixo dos joelhos. Usava apenas um espadim decorativo. Ele se abanava com um leque, embora houvesse brisa suficiente.

Lorencillo, imitado pelos seus (Callois, Le Bon, Rogério, De Lussan), cumprimentou curvando-se um pouco com uma inclinação quase imperceptível do tronco. E falou em seu francês capenga.

— Meus tributos, capitão. Talvez já saiba quem sou: Laurens de Graaf, a serviço da sua causa. Estávamos quase trocando fogo entre camaradas. Por sorte, uma tragédia fratricida foi evitada.

Provavelmente Lorencillo esperava as costumeiras palavras de cortesia em resposta. Em vez disso, o francês continuou altivo e não fez nem menção de tirar o chapéu.

— Bem, sr. De Graaf. Eu sou Hubert de Lanversier, conde de Frontignan, encarregado por sua majestade o rei de escoltar o sr. De Cussy para que ele assuma o governo da ilha de Tortuga e dos territórios de Hispaniola. — O tom era frio, beirando a hostilidade. — O governador nos precede numa terceira fragata, e talvez já tenha chegado ao seu destino. Eu me demorei procurando o senhor entre ilhas, costas e promontórios, e perdi tempo.

O estupor impediu Lorencillo de zangar-se de imediato. Permaneceu imóvel, com o tricorne encharcado nas mãos.

— O senhor me procurava?

— Isso mesmo. Em Curaçao, tive notícias da sua passagem. Fui encarregado de escoltar o *Neptune* e o resto da sua frota até Tortuga, para impedir que causem mais problemas. Portanto, rogo que volte para a sua embarcação e me siga até nosso destino.

Lorencillo saiu da apatia. Colocou o tricorne na cabeça e ros-nou, furioso:

— Com que autoridade o senhor se permite me dar ordens?

— Já falei: com a autoridade a mim conferida pelo rei da França, de quem o senhor se declara súdito. Qual desses navios se chama *Conqueror*?

Mecanicamente, Lorencillo apontou para o *sloop* alinhado a esti-bordo, na popa do *Neptune*.

De Lanversier dirigiu-se a um rapazola tão gomalinado quanto ele, com certeza o imediato.

— Sr. De Ravency, eu adivinhei. O navio é aquele. Mande abrir fogo.

Ao comando de De Ravency, os artilheiros do convés precipitaram-se para baixo, para se juntar aos companheiros. As rodas dos canhões ran-geram, e o *Gloire du Lys* oscilou sob o peso das peças empurradas para a posição de tiro. Ouviu-se o segundo oficial dando a ordem de apontar.

Lorencillo, furibundo, pôs a mão na espada.

— O que pensa que vai fazer, pedaço de mer... ? — gritou para De Lanversier.

De Lussan apertou-lhe o braço e o impediu de completar a frase.

— Olhe ao seu redor, capitão. — Fuzileiros haviam aparecido nos castelos de popa e de proa e na torre de meia-nau. Estavam acompanhados por arqueiros armados de bestas com as flechas em riste. Os marinheiros simples tinham desaparecido para dar lugar aos atiradores.

Doze canhões do *Gloire du Lys* trovejaram simultaneamente, cuspindo nuvens de fumaça cinza e fedorenta. O *Conqueror*, vaso frágil e despreparado para a ofensiva, literalmente voou pelos ares, despedaçado. Os mastros foram serrados pelas bolas duplas, o casco sofreu uma sequência mortal de rombos, a tripulação foi massacrada por uma chuva de fragmentos de metal. O *sloop* se inclinou rapidamente para a direita e afundou com igual velocidade.

Satisfeito, De Lanversier olhou para Lorencillo.

— Estou encarregado de punir as pessoas da sua frota culpadas de crimes. — Ele tossiu num lencinho por causa da fumaça. — Agora ordeno que volte para o seu bergantim e me siga até Tortuga. Já entendeu o que a Marinha francesa reserva para os indisciplinados.

Lorencillo não respondeu. Pálido, dirigiu-se para o bote, que o esperava lá embaixo, em águas fervilhantes. Foi seguido nas escadas de corda por toda a sua escolta, sempre sob a mira dos mosquetes.

Enquanto se posicionava no barco, Rogério deu-se conta de nutrir sentimentos contraditórios. O afundamento do *Conqueror* respondia a um dos seus mais vívidos desejos, depois do que os homens de Trouin haviam aprontado em Curaçao. Por outro lado, sem querer, ele passara a se sentir parte dos Irmãos da Costa. A humilhação de Lorencillo era também sua.

Ele se encontrava entre feras humanas e sabia disso. Mas a sociedade civilizada à qual De Lanversier pertencia era tão melhor assim? A guerra e a destruição pareciam ser características tanto da parte nobre quanto da ilegal do consórcio humano. Talvez De Lussan tivesse razão: nos homens, o instinto animal nunca fora apagado. Se era preciso escolher entre predadores, melhor ficar com os mais cínicos, ávidos e livres de escrúpulos. Os impulsos dos outros eram idênticos. Estes últimos simplesmente sabiam ocultá-los sob um véu de boas maneiras e convenções a serem respeitadas, a começar pelo princípio hierárquico.

No entanto, Rogério não conseguia ainda se adaptar àquelas regras de vida. Deixou de lado seus sentimentos contraditórios, distraído por Lorencillo que, no bote, se abandonava a uma sequência de imprecações.

— Maldito demônio do inferno! Maldito seja o diabo! Quem aquele salta-pocinhas pensa que é? Assim que subirmos no *Neptune*, vamos abrir fogo e mandá-lo a pique!

— Calma, capitão — disse Callois, que comandava o esforço dos remadores.

— Calma o caralho! Ninguém jamais me tratou assim. A bordo, vocês vão carregar os canhões e preparar uma esquadra de abordagem. Mas quero o francesinho vivo. Efeminado como é, farei dele uma fêmea completa. Vou castrá-lo com as minhas mãos e amarrá-lo no gurupés, onde vai berrar até morrer sangrando. Estamos mesmo precisando de uma figura de proa.

De Lussan pigarreou.

— Se me permite, capitão…

Lorencillo olhou para ele com ódio.

— O que foi, charlatão? Aconselhe-me a ser prudente e terá o mesmo fim desse conde dos meus colhões!

— Eu jamais me permitiria contrariar seus justíssimos sentimentos de vingança, meu capitão… — disse o cirurgião, impassível para as ameaças.

— Espero que não!

— … todavia, sugiro que os desafogue em Tortuga, no nosso território. Aquelas duas fragatas têm muitos canhões e podem nos enfrentar por um dia inteiro. Em terra, De Lanversier não terá defesa. Será fácil raptá-lo, castrá-lo numa floresta, dá-lo em repasto aos javalis…

— Está me aconselhando a ser paciente diante de uma afronta, *foutu toubib*?[13] — Lorencillo espumava de raiva, porém menos do que momentos antes.

---

**13**  N. T.: Em francês, *foutu*: fodido, miserável, imprestável; *toubib*: médico (expressão de origem árabe).

— Nada disso. Digo apenas que não convém perder homens e correr perigos no mar, capitão. Em Tortuga, ele será nosso quando quisermos. Ofereço-me desde já para levar os instrumentos necessários para tornar o suplício longo e doloroso. Vamos fazê-lo em pedacinhos pouco a pouco.

— De Lussan tem razão — interveio Callois. — Melhor uma vingança bem pensada, capitão, do que um embate difícil, no qual esse De Lanversier poderia morrer na primeira bordoada, roubando qualquer satisfação ao senhor.

Eles já estavam ao lado do flanco do *Neptune*. Lorencillo esperou chegar a bordo, subindo com a ajuda de Le Bon, para dizer:

— Que seja a vingança lenta. Vamos consumá-la em terra. Callois, avise os outros capitães. Navegaremos em formação com as duas fragatas. Em Tortuga, quero vê-los todos, para acertar as contas com esses canalhas de peruca. — Ele cuspiu no mar. — Mas que viagem de merda! Batalhas e perdas em troca de dois vinténs! E agora, somos prisioneiros de um cretino empoado!

Le Bon observou:

— Capitão, alguns sobreviventes do *Conqueror* estão agarrados aos escombros. Talvez seja o caso de recolhê-los.

— Não, que morram. — Lorencillo fez um gesto de fastio. — Eles são a causa de tudo. Que sejam comidos por tubarões. Callois, vou me retirar para a minha cabine. Não quero ser incomodado até a chegada em Tortuga. O senhor pense em tudo, entendeu?

O imediato esperou Lorencillo desaparecer no alojamento, depois disse a Le Bon:

— Não ice o bote. Vamos usá-lo para recolher os náufragos do *Conqueror*. Reúna alguns marinheiros.

O velho contramestre renunciou a acender o cachimbo que acabara de tirar da sacola.

— Certo, senhor. Mas o capitão...

— O capitão está furioso pelos seus motivos, justos, inclusive. Mas as regras dos Irmãos da Costa são superiores à vontade dele. Os camaradas no mar devem ser salvos.

Rogério teve uma sombria premonição de desgraças.

— Sr. Callois, desaconselho isso — ousou dizer. — A bordo do *Conqueror* não havia senão indivíduos abjetos, ferozes, em muitos casos, anormais. Uma coleção de criminosos natos.

O imediato o olhou de cima a baixo com ironia.

— Jesuíta, onde foi parar sua compaixão cristã? Daqueles desgraçados só restou um punhado, e estão para se afogar, ou morrer de frio, ou ser devorados pelos tubarões. O mar ao redor deles está rajado de filetes de sangue. Um almoço farto para os predadores.

Rogério temeu parecer ridículo falando de presságios. Abaixou a cabeça.

— Estou de acordo, sr. Callois. Devem ser salvos.

— Também acho. — O imediato dirigiu-se a Le Bon. — François, ocupe-se do resgate. Pode deixar que eu transmito as novas ordens aos nossos navios.

Apesar de ensopado, Rogério não pensou em descer para se trocar. Seu pensamento não saía da prisioneira na estiva. Ele caminhou para o alçapão da proa. Um nível abaixo, o carpinteiro-chefe o interceptou.

— Jesuíta, não vá. A escrava está recebendo a visita do marido.

— Que marido?

— Pepe Canseco, não? Ele a ganhou como prêmio e se aproveita dela, como é justo.

— Mas está proibido de encostar nela até chegarmos!

— Sim, porém, já chegamos. Lorencillo autorizou o dono a explorar o seu tesouro antecipadamente, antes do desembarque. Não vejo nada de estranho nisso. Ademais, Pepe não terá relações carnais com ela. Isso é proibido, e nenhum aventureiro ousaria desafiar uma regra tão antiga.

Ouviu-se vir de lá de baixo um grito dilacerante, sem dúvida feminino. Rogério fez menção de correr, mas John Burton o impediu com o antebraço.

— Calma, jesuíta. Pepe está exercendo um direito seu. Garanto que pode molestá-la de várias maneiras, mas não a penetrar.

Da estiva abaixo deles vieram novos gritos, que se transformaram em soluços.

Rogério se agitou, Burton o conteve.

— O que importa a você, jesuíta? Ela é uma escrava, um animal. Se quiser, dou um dos grumetes para você até chegarmos em terra. Quanto à negra recém-chegada da África, ela equivale a uma cabra. Espero que não sejam ciúmes por alguém apalpar uma cabritinha que lhe agrada.

Rogério sentiu que lhe faltavam as forças. Sua mente estava confusa. Ele marchou, fatigado, para a escada que levava ao corredor dos canhões e aos alojamentos da tripulação.

# 21

# A ilha dos ladrões

Do cesto do traquete, um marinheiro gritou:

— Ilha à vista à frente! É Tortuga!

Do convés do *Neptune* partiu um "hurra". Todos os homens em serviço correram para as amuradas para tentar divisar sua meta. Rogério uniu-se aos outros, tangido por uma curiosidade suplementar. Diferentemente do resto da tripulação, ele jamais vira o recife mais temido do Mar do Caribe, o pesadelo dos espanhóis.

O dia estava magnífico e ensolarado, o mar, tranquilo. Soprava uma brisa suficiente para encher as velas. O ar limpo permitiu vislumbrar uma fina linha de terra escura e, em seguida, os perfis das montanhas. A frota pirata, enfileirada atrás das duas fragatas francesas, avançava com rapidez.

Pela primeira vez, depois de um isolamento que durara três dias, Lorencillo saiu da cabine e pisou no convés. Sisudo, perguntou a Callois:

— Chegamos?

— Sim, capitão. É Tortuga. Entro num dos dois canais do porto?

— Não. Lance a âncora a três milhas da costa. Desembarcaremos em várias viagens com os botes, de acordo com as marés.

— Capitão, o porto é seguro. O senhor sabe disso.

— De fato, o resto da frota pode aportar. O *Neptune*, não. Quero meu navio em mar aberto, longe das fragatas inglesas. Mande abrir as velas e prenda-as com as escotas. Vamos ancorar com calma e desembarcar com os botes e com a barcaça.

Rogério fitava as estruturas de coral entre as quais o *Neptune*, o *Mutine* e os outros veleiros serpenteavam. Quem não conhecesse o fundo como a palma de suas mãos arriscava-se a ir a pique. Tortuga tinha várias defesas naturais.

Le Bon o alcançou, as mãos nos bolsos e o cachimbo na boca. O vento agitava seus cabelos brancos.

— O que acha de Tortuga, jesuíta?

— Ainda não consigo vê-la bem.

O contramestre passou o cachimbo para a outra mão e apontou com o indicador.

— Desembarcaremos em Cayona, a capital. Não é a única cidade: há outras. Está vendo uma montanha com um forte no alto, para o sudeste?

Rogério apertou um pouco os olhos e forçou a vista.

— Tem neblina ali. Enxergo cumes elevados, cobertos de vegetação.

— Bem, daqui a pouco verá melhor. Sobre uma das montanhas mais altas há um forte, o Forte Roque, ou Forte Ogeron, que defende Tortuga de ataques. Chega-se a ele por uma trilha que não permite a passagem de mais do que duas pessoas lado a lado. Para chegar a esse corredor, é indispensável usar uma escada. As árvores ao redor foram cortadas para que quem tente se aproximar tenha que se expor em campo aberto. Entre os muros que abrigam uma bateria de canhões, flui uma fonte de água potável, útil no caso de um assédio prolongado. Em resumo, uma fortaleza inexpugnável.

— Os espanhóis já tentaram tomar a ilha?

— Sim. Duas vezes, muitos anos atrás. Agora já nem pensam mais nisso.

Pouco depois, tornaram-se visíveis os dois canais que conduziam ao porto de Cayona. Viam-se muitos veleiros atracados. Le Bon, apontando com o cachimbo, descreveu-os um a um.

— Aquele bergantim de três mastros com o casco pintado de preto é o *Le Hardi*, a nau capitânia do cavaleiro De Grammont. Vista daqui, não parece muito potente, mas garanto que não existe embarcação mais letal neste mar. Ao lado está uma fragata francesa que não conheço e que, suponho, pertença ao novo governador De Cussy: aquele que quer nos fazer entregar as armas, que um raio o parta.

— Ela tem uma bandeira curiosa — notou Rogério.

— É a da Companhia Francesa das Índias Ocidentais. De fato, a Companhia domina toda a ilha e nomeia as autoridades. Porém, não pense que isso lhe traz muito lucro. Está no prejuízo há duas décadas. — Le Bon caiu na gargalhada. — Pense que, para diminuir as perdas, a um certo ponto vendeu seus funcionários como escravos! Quando você encontrar Exquemeling, o cirurgião de De Grammont, peça para ele contar sua história. Chegou como burocrata e acabou sendo vendido a um cultivador de tabaco, obrigado a trabalhar até a exaustão, faminto e açoitado dia sim, dia não.

Le Bon continuou apontando os veleiros – muitas vezes simples *sloops* e goletas – dos piratas mais famosos: Le Sieur, Jean Quet, Vigneron, La Garde, Pierre Bot, há pouco nomeado capitão, mas que ainda antes havia ganhado distinção pela ousadia. Quem arrancou os dois dessas observações ociosas foi Callois, aproximando-se silenciosamente por trás deles.

— François, e você, jesuíta! Vejo que se dedicam a uma viagem de lazer. Pena que seja preciso baixar a âncora, e que Lorencillo queira ancorar o navio em alto-mar. Ou estou pedindo de mais?

Os dois correram para a serviola, já em ação, e juntaram suas forças às dos marinheiros que a operavam. De dente em dente, a corrente desceu até que a âncora se firmou no fundo do mar. O *Neptune*, tangido pelo vento, quase emborcou.

De volta ao castelo de proa, ao lado do timoneiro, Callois gritou:

— Enrolar todas as velas! Lançar a barcaça e os botes! Aguardem a lista de quem pode desembarcar e quem vai ficar em serviço a bordo!

Meia hora depois, os primeiros botes estavam no mar, guiados pelo bote maior, a barcaça. Rogério ia na popa, logo atrás de Lorencillo, e segurava o pequeno timão. A brisa leve não conseguia aliviar o ardor de um sol ofuscante, que redobrava o cansaço dos remadores e os fazia suar em bicas.

O molhe estava lotado de curiosos que desciam para saudar a frota que chegava. Homens e mulheres de razoável e, em alguns casos, vistosamente elevada condição social, bucaneiros trajando peles, serviçais, escravos, piratas à espera de seus amigos, turmas de crianças. Do Forte Ogeron partiu um tiro de canhão de festim como saudação. O *Neptune*, deixado sob o comando de Callois, respondeu. O *Gloire du Lys* que, diferentemente do bergantim de Lorencillo, estava entrando diretamente no porto e procurava um atracadouro, fez o mesmo.

Rogério esperava que Tortuga fosse uma ilhota selvagem em condições primitivas. Ao pisar no molhe, entre jatos de espuma, descobriu que estava enganado. Cayona tinha o aspecto de uma cidadezinha colonial do tipo espanhol. Se prevaleciam cabanas com tetos de folha de palmeira, não faltavam construções de alvenaria com um só andar e às vezes com dois, com pórticos no térreo. Havia também, mergulhada entre as árvores, uma linda igrejinha multicolorida com um belo campanário.

Le Bon notou a curiosidade dele.

— É a igreja que L'Olonnais e Michel Le Basque mandaram construir como agradecimento pela tomada bem-sucedida de Maracaibo. Levaram anos para construí-la, mas agora, entre os fiéis, ela é mais popular do que a catedral de Cayona.

Le Bon não conseguiu acrescentar mais nada, porque foi sufocado pelo abraço de uma negra avançada em anos e uma multidão de meninos mulatos. Os piratas estavam sendo cercados pelas esposas e pela prole. Rogério notou que Henri Du Val, o tormento dos grumetes, também tinha em terra uma esposa de pele escura e dois rebentos, um menino e uma menina.

Um rufar de tambores anunciou a chegada do governador. Rogério estava curioso para conhecer o homem que tinha, ao que parecia, a incumbência de pôr fim à pirataria em Tortuga. Ficou decepcionado. Atrás de uma fila dupla de soldados e outra de músicos com tambores, vislumbrou um baixinho todo emplumado e vestido de dourado, dando o braço para uma dama elegante muito mais alta do que ele, ressecada como uma ameixa esquecida numa bandeja. Não foi o homenzinho a falar, e sim um porta-voz, dando um passo adiante.

— O sr. De Cussy, governador de Tortuga, agradece a Hubert de Lanversier e Laurens de Graaf pelas empreitadas corajosas levadas a termo em nome da França. Infelizmente, hoje ele está acometido de uma dor de cabeça terrível. E convida os citados, assim como os outros valorosos capitães dos chamados "Irmãos da Costa", a visitá-lo em dois dias, na hora do almoço, em sua residência... Onde está o conde de Frontignan?

— Ainda não desembarcou — alguém respondeu. — O *Gloire du Lys* não consegue encontrar o atracadouro correto.

— Bem, assim que ele desembarcar, que se apresente. O senhor governador deseja ter com ele.

Dito isso, porta-voz, governador e consorte deram as costas a todos e tomaram o caminho reto e poeirento que, atravessando Cayona, levava para a colina. Os soldados cercaram o grupinho, os músicos continuavam usando suas baquetas. Na metade do caminho, um coche simples, porém elegante, aguardava De Cussy e esposa.

— Isso vai mal — comentou Le Bon. — Ogeron, o maior dos governadores, tinha um modo de agir bem diferente.

Perto dali, Lorencillo cuspiu na areia.

— *Mort Dieu!* Que me leve o demônio se esse não for o pior legume podre que a corte do rei Luís já rejeitou! Todo restolho vem parar aqui? — Ele olhou em volta para ver quantos eram os piratas. — Homens! Quem tem moradia, vá para casa, quem não tem, me siga. Prontos a cerrar fileiras ao primeiro apito. Tentarei ver o capitão De Grammont. Aposto minhas bolas que, diante dele, o anãozinho baixará a crista. Descansar!

Rogério não tinha casa, então seguiu Lorencillo.

Le Bon, abraçado à sua consorte e rodeado pelos filhos, tocou o ombro dele.

— *Hermano*, se não achar onde dormir, venha ficar conosco. Minha casa é uma simples cabana, mas tem lugar.

— Obrigado — respondeu Rogério. — Vou seguir o capitão. — Ele esperava ver finalmente aquele De Grammont do qual as tripulações narravam maravilhas.

— Como quiser, jesuíta. Mas lembre-se do meu convite.

As ruas de Cayona tinham um só detalhe que as distinguia de outras cidadezinhas costeiras do Mar do Caribe. Como na corrupta Port Royal, as tavernas proliferavam, quase uma por quarteirão. Embora fosse apenas o fim da tarde, algumas já estavam abertas. Homens jovens e rudes, muitas vezes trajando tecidos e sedas que sua condição não justificava, bebiam na entrada e cumprimentavam os marinheiros de Lorencillo que conheciam, levantando os copos. Do interior das bibocas vinham as exclamações dos jogadores e fragmentos de canções. Passavam bucaneiros atrás de escravos segurando matilhas de cães na corrente, enquanto os serviçais carregavam fuzis pesadíssimos ou javalis recém-abatidos nos ombros.

De resto, os transeuntes eram comuns, assim como as lojas: estrebarias, quitandas, alfaiatarias, carpintarias, olarias. Algumas casinhas afogadas na vegetação pareciam construídas com madeira retirada de navios demolidos: reconheciam-se escadas de corda e terraços que pertenceram a tombadilhos ou diferentes castelos de popa. Seguindo o gosto caribenho, aquelas construções haviam sido pintadas de azul-claro ou escuro ou vermelho, e isso as diferenciava das habitações em pedra, caiadas em branco. O cheiro do mar estava por toda parte e disfarçava o fedor dos excrementos de cavalos, cães, bois e porcos. Um canal escavado no meio da rua levava embora parte da imundície.

— Chegamos — anunciou Lorencillo. — De Grammont mora aqui. Vamos ver se está em casa.

Eles estavam no alto da cidadezinha, em frente a uma casinha de dois andares, com pórticos e barras de ferro batido nas janelas, rodeada por palmeiras e limoeiros. Uma sineta pendia do arco que dava acesso ao jardim, no centro de um muro baixo coberto por buganvílias.

Rogério estava pensando, como quase sempre, na escrava aprisionada no *Neptune*. Pepe ainda não havia desembarcado com sua presa. Assim que possível, ele voltaria ao porto. Agora, porém, a curiosidade de ver o lendário De Grammont subjugava nele qualquer outro sentimento.

## 22

# O homem de preto

Depois de inúmeros toques de sineta, uma velhinha de pele incrivelmente escura saiu da casa e chegou ao portão. Reconheceu Lorencillo, mas olhou com suspeição os homens que o acompanhavam. Ela levou um dedo aos lábios.

— Não faça tanto barulho, capitão De Graaf — disse a velha em francês. — O cavaleiro está às voltas com um ataque de gota e qualquer coisa o deixa nervoso. O dr. Exquemeling está tentando aliviar a dor. Não é o momento adequado para uma visita.

— Exquemeling? — De Lussan, que seguira os companheiros a distância, se adiantou. — Marie-Claire, avise-o que estou aqui. Se não é possível visitar o cavaleiro, gostaria ao menos de falar com o doutor.

A velhinha sorriu.

— O senhor, doutor? Fico feliz em revê-lo. Vou já avisar o médico. — Ela abriu o portão, mas logo depois endureceu seu semblante. — Não é possível deixar entrar todos. Fariam barulho demais.

— Tem razão — disse Lorencillo, mais condescendente que de costume. Dirigiu-se aos seus homens. — Venham comigo De Lussan e L'Esquelette, que serviu no *Le Hardi*. — Ele bateu o dedo no peito de Rogério. — Você, que tem boas maneiras, vem também. Mas cuidado para não dizer o que fazia antes de ir para o mar. De Grammont não gostaria disso. Os outros, passeiem por Cayona e procurem um lugar para dormir.

A anciã negra entrou na casinha. Pouco depois, saiu da habitação um homem alto e barbudo, com longos cabelos grisalhos até os ombros. Usava um redingote preto e afundava a barba num amplo colete encrespado de formato circular. Seu rosto causava perplexidade: seria o caso de se perguntar se era o rosto de um velho que conservara o rosado das faces, ou se a retícula de rugas da testa indicava experiências dolorosas que haviam marcado a sua idade, madura, mas não tanto.

— Alexandre! — gritou De Lussan.

— Ravenau! Que prazer rever você!

Os dois se abraçaram, mas sem verdadeiro afã, como se ambos fugissem do contato físico. Logo depois, Exquemeling pôs-se diante de Lorencillo e, ao cumprimentá-lo, além de tirar e fazer esvoaçar um chapéu preto de abas enormes, chegou a dobrar um joelho.

— Capitão De Graaf, aqui não se fala de outra coisa além de suas façanhas espetaculares. Em seis meses de viagem, o senhor capturou mais galeões do que os espanhóis conseguem construir em um ano.

Lorencillo fez uma careta.

— Sim, mas com uma pilhagem total digna de um pedinte. Fique de pé, Alexandre-Olivier, e me diga: o cavaleiro De Grammont está muito mal?

Endireitando-se, Exquemeling deu de ombros.

— São os costumeiros ataques de gota. Eu os curo com infusões de colchicum outonal, que mando vir da Europa, e com o Aloe que cresce aqui. A dor passa, mas o humor do cavaleiro piora... A captura foi de fato tão escassa assim?

— Uma escrava no total, já destinada a um mutilado, e uma estiva cheia de tranqueiras. — Lorencillo cuspiu, mas até a pelota de catarro saiu fraca. — Precisamos de uma grande empreitada, digna daquela de Veracruz. A conquista de uma cidade rica em lojas, com uma burguesia que possamos espremer e fazer lacrimejar, mais centenas de escravos a serem vendidos em Havana... Sobre isso eu gostaria de falar com De Grammont. Está realmente tão difícil vê-lo?

— Hoje, sim. Amanhã ele deve estar recuperado. Mas venha, vamos aproveitar a sala de estar dele.

Rogério, ouvindo a menção à mulher que o atraía, estremeceu. Foi acometido de uma grande vontade de correr para o porto e saber aonde ela estava sendo arrastada. Teve, porém, que seguir os outros e se instalar no primeiro e amplo cômodo da casinha.

Chamá-la de "sala de estar" era exagerado. Não tinha bibelôs nem tapeçarias: somente paredes nuas, dois sofás, uma poltrona e uma mesinha. Uma escada de madeira levava ao andar superior. Longe de lembrar os luxuosos recintos coloniais espanhóis, franceses, holandeses, portugueses ou ingleses, a salinha parecia mais o átrio de um convento. Talvez por isso tivesse agradado a Rogério. De resto, o ambiente, graças a duas aberturas no forro que faziam corrente com a porta e as janelas, era agradavelmente fresco. As paredes brancas eram imaculadas.

Exquemeling, sorridente e com a desenvoltura de dono da casa, sentou-se na poltrona e fez um gesto mostrando o entorno.

— Notaram a limpeza? O cavaleiro De Grammont não quer aranhas, baratas nem escorpiões. Esta é a única moradia de Tortuga sem parasitas de nenhum tipo. Nem mesmo pulgas, que estão por toda parte. Quando um inseto aparece no muro, o cavaleiro se diverte em matá-lo lentamente, fazendo-o sofrer o máximo possível. Corta-lhe as asas, patas e antenas com uma faca, depois o esmaga até fazer suas tripas espirrarem longe. Somente no fim corta-lhe a cabeça.

À parte Rogério, todos riram. Lorencillo comentou:

— Ele faz isso com os homens também. Em Veracruz, inventava todo tipo de suplício. Quando os gritos eram agudos demais, mandava cortar as cordas vocais das vítimas. Depois providenciava-lhes nanquim, papel e pena, para que confessassem por escrito onde haviam escondido seus tesouros. Infelizmente, quase sempre os prisioneiros sujavam a folha com jatos de sangue.

Houve mais risadas. O primeiro a retomar a seriedade foi De Lussan.

— O cavaleiro De Grammont é um sábio. Entendeu há muito tempo que um corpo humano é apenas um saco cheio de lixo. Você é o único que custa a se convencer disso, caro Alexandre. No entanto, é um cirurgião, como eu.

— E a alma, onde você põe, Ravenau? — perguntou Exquemeling. — Não me diga que considera um homem semelhante a um frango, um macaco ou um negro. Nós somos seres pensantes.

De Lussan riu baixo.

— Vou acreditar na alma quando a tiver na ponta do meu bisturi. Somos seres pensantes, sim, mas só porque fisiologicamente somos mais complexos do que os animais. Na realidade, nos comportamos como eles, sem o reconhecer. Você também sabe disso, Alexandre, ainda que não ouse dizer.

— O seu cinismo de sempre, Ravenau. — Exquemeling balançou a cabeça. — O mesmo cinismo que impele os espanhóis a extinguir os indígenas. Consideram-nos coisas, não pessoas.

A atitude irônica de De Lussan não mudou.

— Isso induziu vocês humanitários, a começar por Bartolomé de Las Casas, a implorar para comerciar negros em vez de indígenas, como mercadoria substituta.

— E daí?

— Daí nada. Meu discurso para aqui. Considero justo que um homem possua outro, se for mais forte do que ele. Que o torture e o esquarteje como um saco vazio, contanto que isso seja de sua conveniência. Mas, por favor, sem invocar qualquer norma moral ao fazê-lo. Gosto dos Irmãos da Costa justamente porque roubam, matam, torturam e violentam sem justificativas éticas. Odeio os espanhóis porque fazem o mesmo, mas dizem toda vez que Deus abençoa suas ações.

A conversação estava entediando todos os presentes. Rogério era o único escandalizado por ela. Em Portugal ou na Espanha, os postulados blasfemos de De Lussan o levariam à fogueira. Somente nas Índias Ocidentais, terra de convicções mistas e de etnias amalgamadas, um "libertino" como o cirurgião podia se manifestar com tanta desenvoltura. E nem mesmo em toda parte. Mas em Tortuga, sim.

Rogério também se perguntou se a mulher que o atraía (dizer que a amava fora na verdade um pretexto para seduzi-la) era classificável como humana ou como animal. A respeito disso, a Igreja não tinha no momento uma posição clara. Reconhecia havia séculos a alma das mulheres, porém, acerca dos negros, era reticente, em parte para não atrapalhar um tráfico frutífero, que beneficiava toda a Europa. Depois da "controvérsia de Valladolid", recomendava piedade para os indígenas do Novo Mundo, condenava de maneira geral a escravidão deles, estigmatizada já fazia um século e depois consentida na prática –; todavia, sobre os negros da África, não dizia uma palavra. Interesses lucrativos demais estavam em jogo.

A impaciência comum foi manifestada por Lorencillo, que havia um bom tempo arrastava as botas sobre o tapete de lona. Aceitou um copo que lhe fora oferecido pela velhinha negra, mas o deixou sobre a mesinha. Ficou de pé.

— Calem-se de uma vez. É só deixar dois médicos livres para falar que eles filosofam sobre coisas inúteis por horas. — Ele encarou Exquemeling. — Doutor, vamos ao que interessa. Sei que o novo governador, De Cussy, já assumiu o posto. É verdade que ele quer impedir que os aventureiros continuem a atacar os navios espanhóis?

— Infelizmente, sim.

A resposta veio do alto. Os presentes olharam para cima. O cavaleiro De Grammont assomara ao parapeito do andar superior e descia exaustivamente as escadas, agarrado ao corrimão. Cada passo lhe custava uma careta. Sua descida claudicante fazia ranger os degraus.

Exquemeling correu ao encontro dele.

— Capitão, eu recomendei repouso!

O outro o repeliu.

— Tomei o colchicum, estou muito melhor.

Todos ficaram de pé e tiraram os chapéus. Rogério observou, fascinado, que aquele personagem já havia se tornado uma lenda. Michel de Grammont era de estatura média e porte nada imponente. Os trajes que usava eram cinza e pretos, da calça ao colete ao manto. Nenhum friso, nenhum bordado prateado. Era seu rosto que o arrancava da mediocridade. Cabelos longos sobre os ombros, rosto emaciado, bigodes finos, cavanhaque com a ponta branca, olhos fundos e febricitantes. Emanava uma contagiosa sensação de melancolia à qual era impossível se furtar. Melancolia nada passiva, porém: longe disso. Naquele rosto não se lia abatimento. Era mais o curvar-se a um destino de crueldade, a ímpetos violentos, fortes demais para serem contrariados.

Lorencillo, imitado pelos outros, curvou-se em reverência.

— Estou feliz em revê-lo, senhor.

— Endireite-se. — De Grammont alcançou um sofá e afundou nele com um suspiro. Exquemeling postou-se atrás dele. — Responderei imediatamente à sua pergunta. Estamos acostumados a combater as guerras dos outros. Agora, não sei por quais desdobramentos das políticas europeias, querem liquidar a Filibusta. De Cussy veio acabar com Tortuga, imaginem só. Uma empreitada que os espanhóis jamais levaram a termo.

— E o que vamos fazer?

Os olhos de De Grammont arderam como duas brasas.

— O senhor me pergunta isso, capitão De Graaf? Vamos combater, é claro.

— Contra os franceses? — perguntou Lorencillo, perplexo.

— Não. Contra inimigos já antigos. — De Grammont piscou os olhos. — Tenho em mente uma façanha que ficará na memória por séculos. Se estamos destinados a ser os últimos Irmãos da Costa, sairemos de cena somente depois de ter regado o palco com sangue. Carregados de riquezas e ainda temidos.

— Todas as frotas vão nos caçar.

— Que venham. Temos ótimos canhões.

— Mas nenhum refúgio, nenhum porto onde lançar âncora.

— Melhor assim. Isso infundirá em nossos homens a coragem do desespero.

Lorencillo pareceu refletir e baixou a voz.

— Posso perguntar para onde iremos, senhor?

De Grammont respondeu:

— Para Campeche.

# 23

# Esbórnia

L'Esquelette, um normando de Le Havre fugido de um navio de guerra que fora parar em Tortuga por puro acaso, revelou ser um tipo simpático. Macérrimo, esguio, de ombros caídos, encarregou-se de guiar Rogério pelas ruas de Cayona depois que a lua se pôs.

— Contramestre... — ele começou.

— Não me chame de contramestre. No momento sou só ajudante de ordens no *Neptune*.

— Mas o cavaleiro De Grammont já aceitou o senhor como mestre no *Le Hardi*.

— Por enquanto, é só uma intenção. Nem uma promessa.

— Oh, o senhor o será. — L'Esquelette balançou a cabeça como se soubesse muito. — O cavaleiro precisa de homens como o senhor. Cada vez que vai para o mar, traz para casa riquezas inauditas, mas perde metade da tripulação. Os contramestres, como se sabe, são os primeiros a cair. São os mais cobiçados da tripulação, porque são mercadoria rara. Nem bombardeiros nem bucaneiros valem tanto.

Rogério não imaginava ter alguma importância e não ficou nada feliz com isso. Olhou para a rua escura e perguntou a L'Esquelette:

— Você sabe onde vou morar? Lorencillo falou de uma casa que poderia ser usada por mim, por Le Bon e não sei por mais quem. Estou disposto inclusive a voltar para o *Neptune*, se for preciso.

Apesar da escuridão, ficou evidente que o marinheiro olhava para o português com estupefação.

— Está brincando? Sei em que casa o senhor deve ficar, mas está muito cedo. A vida, em Tortuga, começa agora. Ninguém voltaria, sem uma boa razão, para um bergantim fedendo a alcatrão.

De fato, se Cayona parecia mergulhada na escuridão, estalagens e tavernas projetavam suas luzes sobre a via arenosa, no momento deserta, que atravessava o povoado. Vinham delas gritos e canções. Uma destas últimas, Rogério conhecia bem até demais: *Para bailar la Bamba...*

— Está bem — respondeu. — Me leve aonde quiser. Mas não se embebede demais. Precisa me trazer de volta para onde vou passar a noite.

— Aquela tem o melhor rum. — L'Esquelette apontou uma taverna não muito distante do porto. — Aposto que metade da tripulação do capitão Lorencillo já está gastando a sua parte dos saques... Diga, jesuíta, o senhor convida?

Rogério franziu o cenho.

— Está bem. Eu pago se você não exagerar.

L'Esquelette ficou radiante.

— Magnífico. Vou beber pouco, prometo. Siga-me, contramestre.

A taverna tinha dois andares e, para chegar ao andar aberto ao público, era preciso subir uma escadinha. A insígnia trazia o nome do local: LA TÊTE DE PORC.[14] Mesmo à distância já se ouvia a música e os gritos. Uma nuvem de fumaça saía da porta sem batentes.

Chegando à porta, Rogério foi acometido por uma grande vontade de fugir. O ambiente, embora ainda não lotado, estava carregado de odores intensos demais: do tabaco aos perfumes das prostitutas, passando pela fumaça dos espetos no fogo. Ele conhecia muitos dos presentes: o capitão Andrieszoon, por exemplo, a quem uma mulher de pele escura, curvada sob a mesa e com a cabeleira encaracolada entre as pernas do pirata, prestava um serviço obsceno. Andrieszoon não prestava muita atenção e, à parte raros momentos de êxtase, quando semicerrava os olhos, ocupava-se principalmente de servir-se do vinho de uma jarra.

---

**14** N.T.: Em francês, "A Cabeça de Porco".

Estavam na taverna também o carpinteiro Dickson, seu colega Clicquet, o carpinteiro-chefe Burton e outros de que Rogério sabia apenas o nome, além de vários desconhecidos. Jogavam dados ou cartas, mas, sobretudo, bebiam e se deixavam afagar pelas mulheres, que zanzavam entre as mesas à espera de um convite. Muitas das mulheres tinham os seios de fora.

Henri Du Val, que devia ter gostos disparatados, parou de apalpar a morena que tinha nos braços para dirigir a Rogério uma piscadela quase amigável. O negro Bamba, acudido por três fêmeas de sua raça, o cumprimentou com a mão, antes de afundar os dedos sob as saias delas, que lhe cutucavam a cabeça com seus grandes mamilos caídos.

— Tudo isso é intolerável — murmurou Rogério. — É nojento. Onde diabos você me trouxe?

L'Esquelette abriu os braços.

— Isto é Tortuga, contramestre. Sabemos que vamos morrer cedo e aproveitamos enquanto é tempo. Port Royal é muito pior, e as outras tavernas daqui também. Eu trouxe o senhor ao lugar mais decoroso não só de Cayona, mas da ilha. Quer jantar?

Rogério sentiu-se tentado a recusar. Em vez disso, acabou por concordar.

— Por que não?

— Várias mesas estão livres. Escolha a que o senhor preferir. Enquanto isso, eu faço o pedido. Um assado lhe cai bem?

O português fez uma careta.

— Se não tiver outra coisa, pode ser. Mas eu preferiria *chorizo*, salsichas. Fazem aqui?

— Sim, mas na maior parte das vezes são de javali, não de porco.

— Que seja javali. E me traga uma jarra de vinho tinto.

Era incomum, para Rogério, dar ordens e ser obedecido. L'Esquelette parecia o único disposto a levá-lo a sério. Assim que o português se sentou, as prostitutas começaram a enxamear em sua direção. Nenhuma delas era branca: iam de tons de âmbar aos mais escuros. Ex-escravizadas? Possivelmente. Algumas traziam nas carnes à mostra marcas elaboradas. Trajavam vestidos transparentes,

154

remendados em vários lugares, que não conseguiam esconder as marcas do açoite. Cicatrizes que nunca se fechariam.

Várias mulheres curvaram-se sobre Rogério para mostrar o conteúdo de seus decotes. Falavam espanhol.

— *¿Te gustan mis tetas, caballero?*

— Meu preço não é alto e, por uma gorjetinha, dou até o cu.

— Esqueça essas outras rameiras e me apalpe por baixo da anágua. Vamos, não seja tímido.

— Vão embora! — urrou Rogério, exasperado. Nem percebeu que estava gritando. As mulheres lhe endereçaram insultos pitorescos em muitos idiomas e se afastaram.

— Deixem-no em paz — disse a elas Clicquet, rindo. — É um religioso.

— Além disso, está apaixonado — acrescentou Burton, interrompendo o jogo de dados em que estava empenhado.

Rogério odiou Burton mais do que odiava todos os outros presentes, incluindo as prostitutas. Estava se aproveitando da confiança que nascera entre eles. Todavia, Rogério não teve coragem de admoestá-lo, nem mesmo com um simples olhar. O outro poderia usar o que ambos sabiam como motivo de troça com os amigos. Isso ele não iria suportar. Preferiu baixar a cabeça e encolher os ombros, como que para desaparecer.

Não houve consequências. L'Esquelette voltou, seguido por um escravo do taverneiro – um branco de meia-idade – que trazia comida e acompanhamentos.

— O senhor não deveria se comportar assim, contramestre — disse o marinheiro, em tom de bem-humorada reprovação. — Conceder-se uma mulher não lhe faria mal. Vamos ficar em terra por pouco tempo, depois partiremos mais uma vez por meses e meses. O senhor viu poucas indígenas, mas garanto que são todas horrorosas. No mar, o senhor não terá outra coisa, à parte os grumetes.

Pois é, os grumetes. Rogério perguntou-se como levavam a vida em Tortuga, entre um embarque e o outro. Provavelmente trabalhavam como valetes na casa de algum bucaneiro. Com certeza se recuperavam das violências sexuais sofridas e daquelas que sofreriam assim que voltassem a bordo. Talvez as mulheres da taverna fossem mães deles. Talvez elas – ousou pensar – oferecessem o próprio corpo para proteger os filhos da luxúria dos ladrões. Não, esse era um conceito gentil demais, estranho ao contexto. Tortuga, suas tavernas, os navios, tinham um quê de demoníaco. O sombrio De Grammont também. Assim como o selvagem Lorencillo, ainda que sob algum aspecto Rogério simpatizasse com ele.

Houve quem parecesse ler seu pensamento. Era o capitão Andrieszoon, que colocou-se diante dele, com uma caneca de cerveja na mão.

— Posso? — perguntou, com o tom de quem, na verdade, não espera propriamente uma resposta. — Meu jesuíta, pense numa pequena sociedade inteiramente devotada à guerra. Esperaria dela boas maneiras e escrúpulos morais? Reflita.

Enquanto falava, com a mão esquerda, Andrieszoon guardava o pênis na braguilha, como se aquilo fosse a coisa mais natural do mundo. Sua amante de um segundo antes estava de novo debaixo da mesa, o membro de outro pirata na boca. Os jogadores pareciam indiferentes a tudo, mas, ao seu redor, estava se organizando uma verdadeira orgia. Todos riam, gritavam e esvaziavam os copos em poucos goles. Algumas mulheres já estavam completamente nuas.

— Sente-se, capitão — disse Rogério, indicando o banco à sua frente. — Quanto à sua pergunta, entendo o que quer dizer. Não esperava nada muito melhor, tampouco um círculo infernal.

Intimidado pela patente do comensal, L'Esquelette pôs-se de pé às pressas.

— Perdoe-me, contramestre. Estarei na sala. Se precisar de mim, basta me chamar. — Seu constrangimento durou pouco. Alcançou uma prostituta de tez ébano, agarrou-a por trás pelos seios e a arrastou para o canto menos iluminado da sala, aliás, já superlotado de casais ofegantes.

Andrieszoon não prestava a mínima atenção ao contexto. Sentou-se e acendeu o cachimbo com calma. Cachos louros caíam--lhe sobre o colete engomado, uma sucessão de pregas. Trajava uma casaca simples, com fechos em laço, e um manto acinzentado que já devia ter sido branco. Deixou o chapéu emplumado a seu lado.

Antes de responder a Rogério, soltou alguns anéis de fumaça. Falou em francês, mas sem o "R" mole.

— O senhor considera Tortuga um inferno, portanto, também a nossa vida e os nossos navios.

Um pouco inebriado pelo terceiro copo de vinho, Rogério, que, em geral, não costumava beber muito, assentiu.

— Confesso, capitão. A bordo do *Neptune* ouvi histórias horríveis de tortura. Eu mesmo participei de abordagens nas quais não houve nenhuma piedade. Nestes litorais, a crueldade é a lei, entretanto, eu não imaginava que chegasse a esse ponto. Vocês combatem pela França, a mais civilizada das nações europeias. Então por que qualquer delito que ali seria coibido aqui é a norma?

Entre baforadas de fumaça, Andrieszoon caiu na gargalhada e exibiu dentes amarelados pelo tabaco.

— O senhor se ilude ao pensar que lá eles são mais civilizados. Erro grave: julga-se o nível de civilização de um povo pelos seus crimes. Não falo tanto dos delitos "refinados" quanto daqueles cometidos pelo populacho ou legitimados pelo Estado. Os primeiros costumam coincidir com os segundos. Veja o nosso caso. Até um mês atrás, éramos cômodos executores dos interesses alheios. "Pilhem os galeões espanhóis, esvaziem-nos". Noventa por cento para a tripulação, o resto para o governador.

— E agora?

— Saberemos amanhã. Está previsto um primeiro encontro entre o cavaleiro De Grammont e o governador De Cussy. Todos estão livres para assistir. Aconselho o senhor a fazê-lo... Sabe ler?

— Sim, embora agora o faça raramente.

— Se tiver outra vez a oportunidade, descarte as histórias agradáveis, as comédias, as poesias românticas e licenciosas, as narrativas edificantes, os tratados filosóficos. Porcaria. Só as tragédias têm valor: elas narram como um homem morre, mata, vê matar, permite que alguém mate.

— Portanto, segundo o senhor, o mal é a essência da vida.

— Não. Seria a morte, que não é nem o bem nem o mal: é inevitável.

Rogério pensou que Andrieszoon tinha sido influenciado pelo pessimismo de De Lussan, mas logo depois chegou a uma conclusão diferente: aquela devia ser a filosofia geral, se é que podia chamá-la assim, dos Irmãos da Costa.

Sentiu-se oprimido por um peso insustentável. Da sala vinham risadas e os gritinhos agudos de mulheres fingindo orgasmos. Elas davam alívio a homens sem esperança. Por um instante – mas só um instante – Rogério também desejou aliviar entre as coxas de uma prostituta o desconforto que o angustiava.

Logo depois, pensou na escrava trancada na estiva. Isso o deixou um pouco mais sereno. Andrieszoon, De Lussan e a Filibusta inteira estavam errados. Seu culto à morte era absurdo. Existia algo pelo qual valia a pena combater, para além dos bens materiais de fruição imediata.

Ele interceptou uma olhada irônica de Andrieszoon, que mais uma vez parecia ter lido seus pensamentos, e levou a taça de vinho aos lábios para furtar-se àquele olhar

# 24
## Um confronto público

A discussão entre o cavaleiro De Grammont e o governador De Cussy teve lugar no porto de Cayona, entre o molhe e os armazéns, onde estavam posicionados dois canhões enferrujados. Nos arredores balançavam as embarcações ancoradas, num mar transparente do tom rubro dos recifes de coral ao longe, e tingido de verde perto da costa pelos reflexos da vegetação que cobria Tortuga, avançando entre as casas e até a margem da água.

O procedimento era, da perspectiva de Rogério, pouco familiar. Em nenhuma parte do mundo uma autoridade real discutiria ao ar livre com o capitão de um navio na presença de testemunhas. Já em Tortuga, isso parecia ser a norma. Dezenas de piratas sentavam-se em muretas, rolos de cordame, âncoras enferrujadas, barris e nas bordas dos barcos puxados para a areia. Outros, ainda mais numerosos, ficaram de pé, de braços cruzados. Ofereciam uma síntese de toda a humanidade de várias origens que, em mais de um século, havia se reunido na ilha. Jovens arrogantes, velhos com múltiplas mutilações, bucaneiros barbudos, plantadores de tabaco que, por um dia, deixaram suas plantações aos escravos.

Não faltavam nem as senhoras. Na noite anterior, enquanto acompanhava Rogério ao alojamento que lhe fora destinado, L'Esquelette explicara que, em 1666, o saudoso governador Ogeron mandara vir da França uma centena de mulheres para se casar com piratas e bucaneiros e repovoar Tortuga. Elas foram recrutadas nos lupanares da *rue* Saint-Denis, em cárceres femininos e nas tavernas parisienses. O primeiro encontro entre os *filibusteros* e as futuras esposas

– L'Esquelette não o presenciara, mas ainda se falava dele – fora embaraçoso e emocionante. Os homens extremamente tímidos, as mulheres desviando o olhar. Depois, cada um fez sua escolha, e dali nasceram cepas familiares bastante sólidas.

Estavam ali algumas esposas de piratas, descendentes daquelas primeiras, de pele branca, cabelos louros, munidas de sombrinhas e acudidas por magotes de serviçais. Acompanhavam os maridos na plateia de um diálogo que se configurava vital para o destino de Tortuga.

Rogério avistou Le Bon de braço dado com a esposa, uma mulher idosa e carnuda de olhos vivos. Ele o alcançou, cumprimentou apressadamente a senhora e perguntou:

— Você esteve a bordo?

— Não, mas tenho notícias. Aquelas que interessam a você. — O contramestre piscou os olhos com ar cúmplice. — Pepe continua a bordo do *Neptune*, ancorado em alto-mar, mas está para desembarcar. Noite passada, fez dois turnos de vigia com Callois. Não acho que teve oportunidade de ver sua escrava. Com certeza desembarcará com ela.

Era a notícia que Rogério esperava. Desde então, a cada poucos minutos, ele olhava para o mar.

— Como você dormiu? — perguntou Le Bon.

— Oh, num barraco cheio de gente, metade da qual roncava forte. Havia escorpiões por toda parte. Encontrei um na minha bota, mas percebi a tempo.

— Falei para você vir ficar na nossa casa. Pelo menos teria evitado... — Le Bon enrijeceu-se. — Silêncio, os chefes vêm aí.

O cavaleiro De Grammont havia adentrado o pátio, escoltado pelos mais notórios comandantes da Filibusta. Le Sage, Andrieszoon, Lorencillo, La Garde, Pierre Bot e uma dezena de outros. Havia também alguns capitães ingleses fazendo escala em Tortuga: Townsley, Peter Henry e Grognier, que era francês, mas lotado em Port Royal.

De Grammont trajava um manto negro que aumentava sua estatura e, com um tricorne da mesma cor, escurecia seu rosto, acentuando seu ar severo. Talvez ainda estivesse sofrendo com a gota, porém não demonstrava. Atrás dele, o dr. Exquemeling o observava, pronto a intervir com alguma poção. Os outros chefes *filibusteros*, todos armados com espadas, exibiam vestes menos austeras: capas de seda, gibões bordados, coletes enormes, pantalonas com filetes de ouro. Todavia, o luxo que ostentavam resultava ineficaz perto do trajar cadavérico de De Grammont. Era sobre ele que se concentravam todos os olhares.

— Tortuga tem um novo chefe, digno dos tempos fúlgidos de L'Olonnais, Michel Le Basque e Henry Morgan, antes de nos trair — comentou Le Bon, enquanto vasculhava o bolso da sobrecasaca à procura de seu cachimbo. — Se De Cussy quer nos liquidar, não terá vida fácil diante de um homem assim.

Tão logo foi mencionado, De Cussy apareceu. Estava sentado numa liteira carregada por escravos, curvados sob o peso. O governador espiou pelas cortinas do habitáculo, depois recolheu a cabeça. Era seguido por alguns mosqueteiros a cavalo e um grupinho de infantaria que, ofegante com o sol e o desnível dos becos, avançava correndo.

Viu-se a figura inteira de De Cussy, emaciada, somente quando, no centro do pátio, a liteira parou. Desceu dela arfando, como se ele próprio tivesse feito o esforço de se transportar. Foi até o outro lado do veículo e esperou que um menino negro abrisse a portinhola, depois ajudou uma jovem a descer. Talvez se tratasse de sua filha, embora não se parecesse com ele em nada.

A garota balançava a cabeça sob uma peruca absurda, tão complicada quanto um bolo de múltiplas camadas. A natureza devia tê-la feito ruiva, a julgar pela tez do rosto, muito gracioso, apesar de várias imperfeições. Pai e provável filha avançaram pela esplanada protegida por velhos canhões.

Logo depois dos soldados, entraram no pátio alguns funcionários da Companhia Francesa das Índias Ocidentais, a verdadeira dona da ilha. Eram os responsáveis pelos quatro distritos nos quais Tortuga estava subdividida: Basseterre (onde surgia Cayona), Plantation du Milieu, Ringot e La Montagne, onde se elevava Fort Roque. Trajavam preto como os tabeliões, os médicos e os advogados. Não era comum vê-los em público. Quando não estavam em seus escritórios, moravam nas residências construídas no centro das intermináveis plantações de tabaco de que eram donos. Estavam liquidando o que restava da Companhia, era verdade, mas em grande parte em benefício próprio. Eram respeitadíssimos e, à sua passagem, até os rudes bucaneiros tiravam o chapéu, algo que jamais fariam na presença do governador.

Por último, chegou o pároco de Tortuga, Gérard Laframboise, que supervisionava as duas igrejas de Cayona (a de L'Olonnais e a catedral), assistido por um capelão e um diácono. Era um velhinho já resignado, naquele rochedo, a não fazer carreira na hierarquia eclesiástica. Grande amigo de L'Olonnais e do governador Ogeron, que o protegeram tantas vezes do protestante Morgan e dos outros huguenotes, passara uma vida inteira concedendo absolvições. Por seus ouvidos haviam passado confissões que dariam calafrios em qualquer um.

Os escravos adultos traziam poltronas para os ilustres presentes. As escravas e os meninos negros abriam sombrinhas para abrigá-los do sol. Assim que todos se ajeitaram, De Cussy abriu o confronto.

— Fui informado, cavaleiro De Grammont, que o senhor tenciona organizar uma expedição para conquistar Campeche.

— Exato, senhor governador — respondeu o pirata, baixando a cabeça em sinal de respeito.

— Com certeza deve saber o que aconteceu depois que o senhor saqueou Veracruz com o capitão De Graaf.

— Sei um pouco, mas me agradaria uma confirmação vinda dos seus lábios.

De Cussy franziu as grossas sobrancelhas.

— A trégua assinada entre Espanha e França voou pelos ares. Voltaram os combates em toda a Europa. Aqui, às margens do mundo, foi destruído um acordo costurado por negociações que duraram anos.

— Como lamento por isso — disse De Grammont, em tom entediado. — O fato é, senhor governador, que em Tortuga ficamos sabendo dos pactos estipulados pelo rei Luís com meses de atraso. Sobre Veracruz, eu tinha um mandato regular do sr. De Poissy, governador na época. Cumpri minha função e, se hoje o senhor tem uma casa mais rica, é também em virtude dessa permissão.

Houve uma tentativa de aplauso, que De Grammont sufocou com um gesto.

O governador se apoiou em seu assento e estufou o peito.

— Cavaleiro, o que passou não conta, e o senhor não será admoestado por isso. No entanto, Luís XIV quer calma nestes mares. Ele não deseja uma expedição a Campeche.

— Atualmente há paz entre França e Espanha?

— Acho que não. Não.

— Então a Filibusta estará em Campeche antes que os espanhóis terminem de construir sua muralha para defender a cidade. Reunirei a mais poderosa frota que já se viu no Mar do Caribe. Haverá ouro, mercadorias, escravos e escravas para todos. Cada espanhol de Campeche que tentar resistir morrerá, sofrendo como um condenado. Eles nos matam lentamente, pendurados em suas gaiolas ou dilacerados, a golpes de tenaz, em suas rodas? Bem, torturas muito piores os esperam.

Explodiu uma ovação que se prolongou por um bom tempo. Muitos agitaram os chapéus.

O sr. De Cussy tentou uma última resistência.

— Capitão, o rei ao qual devemos obediência não deseja mais que estes mares sejam o teatro das crueldades cometidas pelos piratas. Ele me confiou três fragatas para restabelecer a ordem, com permissão para abrir fogo, se necessário. Convém poupar Campeche.

— O que nosso amado rei Luís sabe sobre o fato de querermos tomar Campeche? — retrucou De Grammont com uma careta sardônica. — Até ontem nem o senhor sabia... Sua boa índole o deixa cego, senhor governador... Bem, quero reconfortá-lo. Ninguém tocará num fio de cabelo dos espanhóis que se renderem. Conquistaremos a cidade antes do que esperam e, enquanto ainda estiverem tentando entender o que aconteceu, nós a despiremos de tudo.

De Cussy ficou vermelho como um pimentão.

— Capitão, eu o aconselho a abandonar suas intenções. Farei mais: prometo-lhe um bom posto na corte de França. Seus homens também obterão ocupações bem remuneradas. O senhor sabe que o rei se compraz em premiar todos os seus súditos fiéis.

— Eu sei — respondeu De Grammont, com um sorriso e uma mesura. Então se endireitou. — O senhor me convenceu, governador. Obedecerei à vontade das tripulações, se ela coincidir com a sua. — Ele virou o olhar frio a todos os que o cercavam. — Rapazes, querem renunciar à empreitada que tenho em mente? Pensem bem: na França vocês podem se tornar honrados cavalariços, serviçais, guias de caça, até escreventes. O sr. De Cussy se compromete a garantir tudo isso. O que me dizem?

Elevou-se um "não" coletivo quase ensurdecedor, temperado por uma quantidade de risadas e divertidas imprecações.

De Grammont voltou a se inclinar para o governador.

— Sinto muito, excelência. Os Irmãos da Costa se pronunciaram. Infelizmente, a decisão não tomou o rumo que o senhor desejava.

— Cuidado, minhas fragatas...

De Grammont interrompeu o fidalgo.

— Quantos navios o senhor tem, capitão De Graaf?

— Um bergantim e 27 canhões — respondeu Lorencillo.

— E o senhor, capitão Andrieszoon?

— Eu também, um bergantim e vinte canhões.

— Le Sage?

— Dois *sloops*, totalizando 12 canhões.

— Pierre Bot?

— Uma goleta e um galeão capturado, o *Nuestra Señora de Regla*, com 34 peças de artilharia.

A conta prosseguiu até que De Grammont decidiu interrompê-la. Os navios atracados no porto de Cayona e nos outros portos de Tortuga eram quase vinte. Três fragatas jamais conseguiriam sobrepujá-los.

Nesse ponto, o cavaleiro parou de dar atenção ao governador. Dirigiu-se aos capitães, às tripulações e aos bucaneiros.

— Irmãos da Costa! Meus amigos! Daqui a exatamente um mês, encontro marcado na Isla de la Vaca, como nos velhos tempos! Depois, em rota para Campeche!

Seguiu-se uma ovação. De Cussy voltou para sua literia, cercado por cortesãos e funcionários. Parecia encurvado.

## 25

# Como repartir as mulheres

Na manhã seguinte ao debate com o governador, vencido com folga por De Grammont, Rogério observava, sentado na beira do molhe e incomodado, os botes que estavam atracando. A bordo de um deles, vindo do *Neptune*, divisava claramente Pepe Canseco, remando com os outros. Ele usava o remo com a única mão que lhe restara. Na popa, sentada sobre uma tábua, estava a escrava que Pepe ganhara. Com as costas eretas, envolta numa túnica leve, tentava se esquivar dos respingos de água que o barco causava. Mesmo a distância, sua beleza era evidente.

Rogério estremeceu quando sentiu tocarem seu ombro. Era Le Bon, que se sentou ao seu lado, o eterno cachimbo na boca.

— Jesuíta, sei o que o atormenta. Talvez fosse útil saber de algumas regras da Filibusta. Com certeza você as ignora.

— Sei pouco — respondeu Rogério de má vontade. Ele enxugou o suor que lhe escorria pela camisa. Embora o sol ainda não estivesse alto, já ardia forte.

— Por exemplo, se dois aventureiros aspiram à mesma mulher, o perdedor não fica excluído. Poderá sempre visitá-la, quer o marido queira, quer não.

Rogério teve um sobressalto de esperança, que logo se apagou.

— Pepe e sua escrava não são casados — observou, tristonho.

— Era o que faltava, um espanhol com uma selvagem africana. Mas o princípio é o mesmo. Ogeron, que Deus o tenha em Sua glória, ditou as regras dos casamentos em Tortuga. Ele morreu, mas elas continuam em vigor.

— E quais seriam?

— Alguém pode ser casado mesmo sem matrimônio formal. Um companheiro e rival do "marido" goza do direito de que eu falava. A mulher, se for maltratada, é obrigada a conviver por seis meses, depois pode procurar o governador e pedir a separação. Se o governador atende, ela pode escolher o companheiro que mais lhe agradar. O ex-marido não pode fazer nada.

Rogério estava estupefato com o que ouvia. Achava aquelas regras assustadoramente imorais. Perguntou-se, todavia, se elas poderiam favorecê-lo. Concluiu que não, não era possível.

— Estamos falando de uma escrava. Não de uma esposa ou uma amante.

— Hoje está assim, mas amanhã, quem sabe? — Le Bon piscou os olhos astutos. — Aqui se pode casar até com escravas. A minha velha mesmo, eu a comprei num mercado e, alguns meses depois, ela se tornou minha esposa. Se eu fosse você, teria algumas ideias.

Para a mente sutil e contorcida de Rogério, aquele era um estímulo irresistível. Ele elaborou na mesma hora uma dezena de planos diferentes. Infelizmente, refletindo bem, lhe parecessem todos irrealizáveis.

Enquanto isso, os botes tinham avançado entre os numerosos barcos pesqueiros e chegaram em terra. Entre os primeiros a pisar no molhe estava Philippe Callois, muito fatigado. Seguiam-no o negro Bamba, que levava a bagagem de Callois, e Michel Trouin, o sombrio contramestre do *Conqueror*, que sobrevivera ao afundamento do navio. Rever aquele indivíduo causou em Rogério uma profunda inquietação.

Callois viu Le Bon e foi ao encontro dele.

— É sua vez de vigiar o *Neptune*. A bordo estão cinco ou seis homens, mais o cozinheiro. Já fiz o meu turno de vigia.

— Às ordens, imediato. Talvez já tenham dito isto ao senhor, mas poderíamos também atracar no porto. Graças ao cavaleiro De Grammont, as fragatas francesas não nos ameaçam mais.

Callois deu de ombros.

— Eu sei. Queria agora ver a cara daquele De Lanversier. Eu aconselharia manter ainda o *Neptune* em alto-mar. Afinal, não vamos ficar aqui muito tempo.

— Como quiser. — Le Bon dirigiu um olhar amigável a Rogério.
— *À bientôt,*[15] jesuíta. Lembre-se do que eu falei.

O português estava distraído. Naquele momento chegava o bote que trazia, entre muitos outros, Pepe Canseco e sua escrava. Pepe pisou no molhe primeiro e ajudou sua presa a desembarcar. Ela não tinha, de modo geral, nenhuma expressão. Resplandecia, por assim dizer, com sua luz interior. Muitos pescadores interromperam suas atividades para fitá-la, admirados.

— Jesuíta, soube que De Lussan vai nos deixar e seguirá os ingleses. Acho que Exquemeling vai substituí-lo... — disse Callois. E se interrompeu. — O que você tem?

Tomado por um ímpeto repentino, Rogério correu até Pepe, que se enrijeceu e o olhou com suspeição. O português estendeu a mão e lhe disse, por impulso: — Preciso me desculpar com você, camarada. Perdoe-me, de verdade. Sua esposa é tão linda que realmente perdi a cabeça.

O outro encarou, estarrecido, a mão que lhe era estendida.

— Não é minha esposa — ele objetou. — É minha parte na pilhagem.

— Com certeza você vai se casar com uma mulher assim — respondeu Rogério, exaltado. — Eu faria isso. Só de aparecer com uma beleza dessas, você ganharia prestígio em Tortuga. Quanto a mim, mais uma vez peço desculpas.

Finalmente Pepe apertou-lhe a mão, embora ainda duvidasse.

— Não se preocupe, amigo. Entre nós, os casos com mulheres se acertam com facilidade.

Rogério sorriu para ele.

— Olhe lá, convide-me para o casamento.

— Se houver casamento, farei isso.

Afastando-se, Rogério olhou apenas de relance para a escrava, que estava com os pulsos amarrados. Recebeu um olhar interrogador, mas não particularmente carregado de afeto ou confiança. Como sempre, a mulher parecia sobretudo assustada. Para o português,

---

**15** N.T.: Em francês, "até breve".

porém, bastava olhá-la para ficar inebriado, e isso era suficiente. O plano que tinha em mente tornou-se mais claro.

Enquanto isso, o porto de Cayona estava se animando. As tripulações dos navios com bandeira preta, acordando dos vapores das orgias, começavam os preparativos para a expedição iminente. Rolavam barris, carregavam gaiolas com frangos, passavam cordames. Os carpinteiros transportavam ferramentas úteis para reparos leves. Meninos cambaleavam sob o peso de feixes de fuzil. Ao redor do molhe se multiplicavam, na água suja e espumosa, botes e barcaças.

Parecia que todos estavam ansiosos para voltar ao mar, como se a vida em terra firme, com seus prazeres, fosse intolerável. No entanto, o mar era visto, por quase todos os aventureiros, como um inimigo. A maior parte deles não sabia nadar, e os mais intransigentes recusavam-se a se alimentar de peixe e crustáceos. Todavia, o anseio para voltar ao mar aberto era comum.

Circulava uma frase que Rogério ouvira muitas vezes e que ecoava o que De Grammont havia dito: "Encontro marcado na Isla de la Vaca! Como nos velhos tempos!" A exclamação era acompanhada por sorrisos.

As ruas de Cayona não abrigavam apenas *filibusteros*. Entre uma casinha colorida e outra, sob os pórticos, floresciam lojinhas, e alfaiates, cavalariços, ferreiros, artesãos da madeira e do tecido encontravam hospitalidade. Pela rua central transitava todo tipo de veículo: dos (raros) coches elegantes dos funcionários da Companhia às carretas dos agricultores de tabaco, de fruta e de grãos.

As prostitutas haviam desaparecido: provavelmente estavam descansando depois dos esforços noturnos. As tavernas estavam fechadas. Mas as mulheres, de todas as cores, eram maioria na rua. Cobertas por panos se eram escravas, com sombrinhas para se proteger do sol se eram livres.

A via poeirenta e sem nome que atravessava toda Cayona tornava obrigatórios os encontros com gente conhecida. Foi assim que Rogério, nos arredores do casebre que o hospedava, topou com De Lussan e Exquemeling. Os dois médicos desciam de braços dados da colina. Pareciam indiferentes ao calor cada vez maior.

Rogério inclinou-se primeiro, dirigindo-se a De Lussan.

— Senhor, ouvi dizer que quer nos deixar.

— Lamento muito por isso, jesuíta. Temo que não haja futuro para Tortuga. O cavaleiro De Grammont tomará Campeche, isso é certeza. Apesar disso, será sua última conquista. Ele não pode desafiar impunemente a vontade de Luís XIV... Falei bem, Exquemeling?

— Muito bem.

— Jesuíta, se não tem mais o que fazer, o que acha de vir beber conosco uma *guilledine* numa taverna? Algumas já estão abertas. Seria uma espécie de festa de despedida.

A *guilledine* era uma bebida muito alcoólica, obtida pela fermentação do caldo da cana-de-açúcar. Em alguns lugares era conhecida como *garapa* ou *guarapa*. Mais forte do que qualquer aguardente, era bebida como refresco, junto com o suco de várias frutas cítricas.

Rogério teria preferido seguir à distância os movimentos de Pepe Canseco. A objeção que apresentou foi outra.

— O imediato Callois pode precisar de mim.

— Acho que não — respondeu De Lussan. — O senhor já está destacado para o *Le Hardi*, por decisão de Lorencillo. Seja isso sorte ou azar.

Não havia mais o que discutir. Rogério deixou-se arrastar até uma taverna, La Main Noire,[16] que havia colocado duas mesas ao ar livre, debaixo de umas palmeiras. Quando a bebida chegou, começaram as conversas.

— Você ficou alguns anos na Europa, depois das experiências com Henry Morgan e L'Olonnais — disse De Lussan para Exquemeling. — Mas sentiu vontade de voltar para cá. Como explica isso?

— O solo europeu ainda está devastado pelas guerras religiosas — explicou Exquemeling. — Intermináveis e sangrentas. Além disso, eu sentia saudade destes mares, deste céu, destes litorais. Aqui parece pairar uma pureza que é impossível encontrar em outras partes do mundo.

De Lussan levou aos lábios seu copinho de cristal.

---

**16** N.T.: Em francês, "A Mão Negra".

— Pureza? — Ele fez sua careta sardônica de sempre. — Diga a verdade. Aqui se respira barbárie em estado elementar. É isso que atrai você.

— Garanto que não! — exclamou Exquemeling, quase escandalizado. — Aqui tudo é terrivelmente bonito! Não vai ousar negar isso!

— Não nego. Sobretudo não nego o advérbio "terrivelmente".

— O que quer dizer?

Sorridente, De Lussan balançou a cabeça.

— Já falamos disso tantas vezes nos últimos anos. É inútil voltar ao assunto. Pensemos, isso, sim, no nosso jesuíta, que já conheceu de perto o cavaleiro De Grammont e se prepara para lhe servir. — Fez um gesto de brinde na direção de Rogério. — Meu amigo, a experiência que o espera é daquelas únicas na vida. Só torço para que o cavaleiro não esteja a par de sua trajetória religiosa.

— Não sei — balbuciou Rogério. — Só o vi de longe.

— Bem, o senhor tem boas probabilidades de que ele jamais venha a saber. O cavaleiro só fala com Lorencillo, jamais com subordinados. Até com os outros capitães é de poucas palavras. A Lorencillo não interessa contar que arranjou, como contramestre, um ex-religioso.

— Por quê? O que aconteceria se...

De Lussan caiu na gargalhada.

— Isso o senhor vai descobrir por si. Aliás, espero que não descubra. — De repente, voltou a ficar sério. — Falemos de outras coisas, meu jesuíta. Não sei como vão as coisas entre o senhor e sua bela.

Rogério empalideceu.

— A quem se refere?

— O senhor sabe melhor do que eu. Se já foi informado sobre os costumes de Tortuga acerca das mulheres, deve fazer alguma ideia de como se apropriar das esposas alheias. Bem, não alimente ilusões. Não vai conseguir, a menos que mate o marido. Falei bem, Exquemeling?

— Se compreendi direito do que está falando, diria que sim.

Rogério balbuciou:

— Não estou entendendo.

— Mas isto o senhor vai entender, jesuíta. — De Lussan franziu o cenho. — Evite sobretudo que De Grammont veja a bela escrava, sua ou de Pepe. Não permita. É De Grammont, não um Pepe Canseco qualquer, o maior perigo que ameaça seu idílio. Nenhum marinheiro de baixo escalão sabe, mas eu conheço o capitão. Entendeu bem?

Assustado, Rogério murmurou um "sim" com pouca convicção.

— Esse conselho deixo como presente de despedida. — De Lussan levantou o copinho. — Esta é a *guilledine* mais fraca que já tomei na vida. Agora vou chamar o taverneiro. Ou ele traz uma melhor, ou eu mesmo vou enchê-lo de bordoadas.

## 26

# Diante do homem de preto

Rogério precisou engolir em seco, de tanto que o rosto severo do cavaleiro De Grammont o intimidava. Ele e Exquemeling estavam no escritório do capitão, dentro da casinha da colina escondida entre a vegetação. O escritório era, se isso era possível, ainda mais austero que a sala de estar. Uma escrivaninha de madeira maciça, uma poltrona, poucas cadeiras e algumas estantes, onde se viam maços de cartas náuticas e a lombada de uma dezena de volumes. A única janela, que dava para Cayona e para o mar, estava coberta até a metade por uma cortina de bambu, que uma cordinha presa num prego permitia enrolar ou desenrolar. O sol entrava filtrado por folhas e troncos de palmeiras, numerosas e baixas. Nas paredes não havia nem quadros, nem tapeçarias, nem brasões, nem qualquer outra decoração.

— Parece cambaleante, sr. De Campos — observou De Grammont num tom pouco cordial. — Está mancando?

Em defesa de Rogério interveio Exquemeling, sorridente.

— Também estou cambaleante, cavaleiro. Tomamos *guilledine* para marcar a partida de Ravenau de Lussan. Talvez um pouco em excesso, mas garanto que ambos estamos lúcidos.

— Então vão suar. — De Grammont fez uma careta. — Não suporto quem fede a suor. Sentem-se nas cadeiras mais distantes da mesa. — Do seu canto, o cavaleiro contornou a escrivaninha e mergulhou na poltrona, que o envolveu com seus braços longos demais e seu encosto altíssimo. Ele, sim, mancava, ainda que não ostensivamente. Esticou a perna direita sobre um banco coberto por uma almofada.

Exquemeling esperou que o capitão se ajeitasse e então disse:

— Este cavalheiro é o contramestre que Laurens de Graaf arranjou para o senhor, em substituição àquele que o senhor perdeu a bordo do *Le Hardi*.

— Jovem demais. Um mestre precisa ter experiência e cinquenta anos de idade no mínimo.

— Asseguro que o sr. De Campos demonstrou ter experiência e coragem. Revelou-se um excelente contramestre, tanto na navegação quanto em combate. Melhor do que muitos mais velhos do que ele.

— Não recruto crianças. — Naquele ponto, apesar de seus modos contidos, De Grammont desferiu a blasfêmia mais obscena e elaborada que Rogério já ouvira. — Lorencillo queria zombar de mim. Pior para ele, vou pagar na mesma moeda. Devolva-lhe esse esqueleto.

A voz de Exquemeling ficou levemente angustiada.

— Não seja apressado em seu juízo, cavaleiro. O contramestre De Campos revelou dons que ninguém suspeitava que tivesse. A bordo do *Neptune*, ofereceu-se várias vezes como gajeiro, até com o mar em tormenta, e demonstrou estar à altura da função. Serviu como capitão do *Conqueror* antes do afundamento. Até agora, disse-me Lussan, só mostrou qualidades.

De Grammont cruzou os dedos sobre o abdômen, muito reto, e soltou um suspiro.

— Está bem. No seu juízo, doutor, não confio muito. No De Lussan, um pouco mais. — O pirata virou o olhar, perenemente triste mesmo quando fulgia nele uma aparência de sarcasmo, para Rogério. — Contramestre, acabou a vida confortável em Cayona... Acabou a jogatina, as putas... Se quiser servir comigo, amanhã, ao alvorecer, precisa estar a bordo do *Le Hardi*. Há mil coisas para fazer, em preparação para o ataque a Campeche. Procure fazer-se útil. Senão vou levá-lo até Fort Roque e entregá-lo ao *inferno*.

— Ao *inferno*? — perguntou Rogério, estarrecido.

Exquemeling pôs-se diante dele e fez uma reverência.

— Agradecemos imensamente, cavaleiro. Este português não vai decepcioná-lo. Eu mesmo vou acompanhá-lo a bordo... Como está a sua perna?

— Sofro, mas sofrer é da natureza humana. Tomo as infusões de colchicum e as outras porcarias que o senhor me receitou.

— Dê preferência aos remédios adequados para os temperamentos melancólicos. No senhor, a bílis está sob controle.

— Farei isso.

Exquemeling curvou-se ainda mais. Dessa vez, Rogério entendeu que a entrevista terminara e o imitou. Os dois visitantes atravessaram os cômodos da casinha e saíram pela rua. Deviam ser as duas da tarde, e fazia mais calor do que nunca.

— Mais uma *guilledine*? — propôs Exquemeling. — Como aperitivo, antes de comer alguma coisa.

— Por que não? — respondeu Rogério. Estava meio bêbado, mas sentia a necessidade de superar, com o álcool, a emoção que o encontro com De Grammont lhe causara.

Voltaram para a taverna de onde tinham vindo, La Main Noire, mas o sol mudara de posição, e as mesas externas não estavam mais à sombra. Foram se sentar no interior da taverna. Uma mesa era ocupada por bucaneiros, que discutiam animadamente em seu jargão, com os longos fuzis apoiados no muro atrás deles. Numa segunda mesa, um homem de aspecto respeitável, provavelmente a serviço da Companhia Francesa das Índias Ocidentais, jogava cartas com três aventureiros que Rogério não conhecia. A fumaça dos cachimbos e o aroma de especiarias cobriam outros cheiros acres, como o que emanava das galinhas presas em gaiolas perto do balcão, que saltitavam sobre seu próprio esterco incrustado. Esperavam para serem depenadas e empaladas nos espetos.

Exquemeling dirigiu um olhar hostil ao funcionário.

— Como odeio essa gente da Companhia! — murmurou para Rogério. — Sabia que fui *engagé* deles? É pior do que ser um servo. Quase morri.

— Soube de alguma coisa. Os escravos brancos que vejo por aí são da mesma categoria?

— Sim, mas são os últimos. A Companhia está falida. Não está mais em condições de vender seus funcionários: acabaram. Grande parte deles morreu debaixo de chibatadas no terceiro ano de serviço.

— Por que justo no terceiro ano? — perguntou Rogério, enquanto um menininho negro como ébano, descalço, servia as *guilledines* com fatias de limão.

Exquemeling suspirou. Seu tom era leve, mas via-se que o assunto o fazia sofrer. O álcool ingerido tornava mais vivas as lembranças dolorosas.

— É o momento em que o patrão, para ser reembolsado das peças de oito com as quais os comprou, exige dos *engagés* o máximo das forças. Está para perdê-los, por isso inventa multas que os mantenham a seu serviço. Açoita-os, vergasta-os, açula cães contra eles. Imagine a situação de um modesto contador que veio para cá para trabalhar como funcionário de escritório. Ele se vê desnudo, no palco do mercado de escravos. Alguns o apalpam, outros riem dele. É arrastado com um anel em volta do pescoço e uma corrente que o une aos outros homens e às mulheres já vendidos. Senhoras maduras o cutucam com a ponta das sombrinhas. Uma experiência das mais humilhantes que um ser humano pode sofrer.

Enquanto bebia e tentava manter sob controle a tontura que o acometera, Rogério repetiu em voz alta o que estava pensando:

— Que ilha estranha é Tortuga. Parece a própria pátria da liberdade, no entanto, baseia-se na escravidão, que se estende até aos brancos. Não consigo entender o que une essas contradições.

— Existe um elemento, se o senhor refletir. — Exquemeling tocou as têmporas, sinal de que também não se sentia muito bem. Por sorte, chegaram bifes de javali, assados, mas ainda sangrentos. — A sociedade aqui baseia-se no dinheiro e não tem outros valores. Arrisca-se a vida pelo ouro e passa-se o resto do tempo a gastá-lo. Compram-se mulheres, homens, coisas e animais, artigos para consumir depressa, antes de morrer. Não existem outras leis. É isso que dá uma sensação de liberdade, por vezes, inebriante. Mata-se para ganhar e ganha-se para gastar. Depois se mata de novo, até ser morto por alguém mais forte.

Contam-se nos dedos os *filibusteros* que morrem em suas camas. Em número ainda menor estão aqueles que morrem ricos. O ouro que acumularam circulou para outras mãos. A única norma ética de Tortuga é *"homo homini lupus"*.[17]

Rogério estava de boca cheia. A carne de javali era deliciosa, ainda que um pouco dura. Chamuscada por fora, macia e sangrenta por dentro. Pimenta-do-reino e outras especiarias exaltavam sua fragrância.

— Não estou muito de acordo — ele objetou. — Entre os aventureiros, assim como entre os bucaneiros, parece prevalecer a fraternidade.

— Assim também eles creem; e se comprazem nisso. A realidade é que se trata de uma espécie de irmandade de lobos. Não são nada amigáveis com quem não pertence à sua alcateia. O cálculo que os une é elementar: para caçar, é indispensável agir em grupo.

— Eles me pareceram, no fim das contas, muito religiosos.

— Outra ilusão. Entre as tantas coisas que compram, enquanto têm dinheiro, está a graça de Deus. L'Olonnais e Michel Le Basque ergueram igrejas, sim, mas depois de ter violado por meses todos os mandamentos possíveis... Mas é inútil que eu prossiga. O senhor já entendeu. Tortuga parece o paraíso. Em vez disso, é o inferno.

Cada vez mais confuso, Rogério custava a acompanhar as argumentações de Exquemeling. Enquanto expunha suas teses, o cirurgião fizera substituir as *guilledines* por duas jarras de vinho tinto espanhol. Era excelente: sabe-se lá de qual estiva de galeão capturado vinha. Porém, não era adequado a fazer voltar à lucidez quem já estava à beira da ebriedade.

Foi com voz mascada que Rogério perguntou:

— De Grammont falou de um purgatório e de um inferno em Fort Roque. O que quis dizer?

Exquemeling parecia igualmente alterado. Sorriu em exagero.

— "Purgatório" é o nome da prisão de Tortuga, inspirada naquela da fortaleza de San Juan de Ulúa, em Veracruz, que tem esse nome. Já o "inferno" é uma máquina projetada pelo governador Ogeron.

---

**17**  N.T.: Em latim, "o homem é o lobo do homem".

— Que tipo de máquina?

— Uma engenhoca diabólica, uma espécie de gaiola com um sistema de lâminas que permite mutilações refinadas... Só descrevê-la já dá arrepios. Para honrar Ogeron, devo dizer que foi usada apenas três vezes em trinta anos. E exclusivamente para crimes gravíssimos, como a traição e a incitação dos escravos à rebelião.

A fantasia de Rogério, excitada pela mistura de vinho e *guilledine*, perdeu-se em pensamentos sombrios. Seu olhar parou nos bucaneiros ocupados com o jogo. Percebeu pela primeira vez que as manchas escuras em seus trajes de tecido e pele eram de sangue coagulado. Com certeza tinham sido causadas pelo hábito de levar sobre o ombro os javalis mortos, antes de entregá-los aos escravos. Era sangue animal, portanto, o que explicava o mau cheiro que todo bucaneiro emanava. Parecia remeter – como o inferno – a fluidos humanos espremidos à força de corpos pelos quais só se sentia desprezo ou, no mínimo, indiferença.

— Aqui, na costa, mas também no mar, os homens me parecem bonecos feitos para serem estripados a gosto; as mulheres, mercadorias para serem vendidas; as crianças, buracos nos quais extravasar as próprias necessidades — resmungou Rogério, cada vez menos lúcido. Teve que repetir a frase, de tanto que a havia estropiado. De resto, ela já era complexa na origem. — Não há nem um traço de piedade.

Exquemeling engoliu o último pedaço de carne, esvaziou o copo de vinho e arrotou.

— Exato, jesuíta. Isso vale para os Irmãos da Costa, mas também para todos os europeus que chegam a este continente. Deixam para trás qualquer moral. — Ele bocejou. — Procuram o ouro e nada mais. Se isso é uma utopia, é muito triste.

— Utopia? — Rogério não conseguiu receber explicações sobre o termo. Pegou no sono, e sua bochecha foi parar dentro do prato.

Exquemeling dirigiu-se aos bucaneiros, que riam. Abriu os braços.

— Os jovens não sabem mais beber — resmungou, à guisa de desculpa. E parou com um tapa no traseiro uma escrava que passava. — Mais um litro de vinho tinto. E um bife sangrando.

## 27
# Dias de tédio

Rogério passou uma semana inteira a bordo do *Le Hardi* sem saber direito o que fazer. O bergantim de três mastros, parecido com o *Neptune*, apesar de ter mais canhões, oscilava ancorado, esperando a expedição para Campeche tomar corpo. Os outros homens da tripulação, lotados no navio, eram cinco; além do imediato, um tal de Hubert Macary, que ia e vinha.

Muito mais interessante do que ele revelou-se um marinheiro que, por experiência mais do que por ciência, fazia de quando em quando as vezes de timoneiro. Chamava-se Francis Levert, era de Marselha, e fugira de uma das galés reais que, na Europa, o Rei Sol lançara contra os inimigos da vez, depois de mais de vinte anos de guerra ininterrupta.

— Até dez anos atrás, os remadores das galés eram *bénévoles*, isto é, "voluntários", ou então turcos capturados aqui e ali no Mediterrâneo. Vendidos como escravos em Livorno, Veneza, Malta, Cagliari, Candia — explicou Levert em uma manhã ensolarada e já tórrida, enquanto, apoiado no timão, olhava os penhascos verdejantes de Cayona e os outros navios ancorados. — Depois, o rei Luís se aliou ao Império Otomano, e não tivemos mais turcos. Foram substituídos nos remos por contrabandistas, protestantes e outros detentos, além de várias centenas de índios iroquois feitos prisioneiros no Canadá.

— Você pertencia a qual categoria? — perguntou Rogério em tom distraído. Pensava, como sempre, na escrava de seu coração. Não tinha notícias dela havia dias.

— Eu era teoricamente um *bénévole*. Na verdade, os recrutadores, chamados de *racoleurs*, vasculhavam o campo e as tavernas da cidade, embriagavam você e falavam de sabe-se lá quais aventuras. Às vezes jogavam cartas e, se você perdia, perdoavam sua dívida em troca da sua assinatura num contrato de recrutamento. Por tempo indeterminado, é claro. Foi o que aconteceu comigo. Depenado por um trapaceiro numa taverna de Marselha e posto aos remos como um galeote.

— Livre, porém. Nem escravo nem prisioneiro.

— Livre? É desde 1670 que, por ordem do ministro Colbert, os *bénévoles* são acorrentados aos seus bancos, como detentos comuns. — Levert franziu o cenho. A lembrança devia ser das mais dolorosas. — À parte os golpes contínuos de açoite e a fome diária, não há nada pior do que estar acorrentado numa galé de guerra durante uma batalha. Não podemos nos esquivar dos projéteis, nem dos farrapos de vela em chamas que caem sobre nós, nem da chuva de lascas de madeira, quando um tiro de canhão inimigo destroça um mastro ou uma amurada. Se o navio pega fogo, somos condenados a morrer queimados: quem é que iria se dar ao trabalho de nos libertar? Tudo isso sem nem saber contra quem Sua Majestade está combatendo, e quem está nas outras galés.

Com as costas apoiadas no pedestal da bússola, Rogério simpatizou com aquele homem que devia ter vivido tantas coisas. Perguntou:

— Como conseguiu fugir?

— Uma década atrás, decidiram levar de volta para o Canadá os iroquois. Indóceis demais, selvagens demais. Nas aldeias de onde haviam sido raptados, eclodiram revoltas, perigosas para o domínio francês da colônia. Fui escolhido para a tripulação que devia repatriar os índios.

— Em outra galé?

— Não, num galeão. As galés não são adequadas para o oceano: podem navegar apenas rentes à costa, em águas calmas como as do Mediterrâneo ou dos mares do Norte. Foi a minha sorte. Assim que avistei terra, fugi a nado e fui parar numa ilhota não muito distante de Maracaibo. Eu era quase um esqueleto, todo recoberto de chagas por causa das chicotadas e da comida estragada. Cheguei à cidade e, quando os *filibusteros* de L'Olonnais a tomaram, juntei-me a eles.

Rogério pensou nas digressões cínicas de Ravenau de Lussan acerca dos ímpetos animalescos do ser humano. A escravidão reinava em toda parte, e o rei Luís, com suas galés, a aplicava também a brancos recrutados à força.

Em Tortuga não era diferente. No entanto, a ilha tinha uma característica própria. Apesar da intensa fé cristã dos piratas, o comércio de bens materiais e humanos não era posto sob a égide divina. Vendia-se qualquer coisa, comprava-se de tudo. Qualquer espanhol teria, após matanças e crueldades ferozes, implorado o auxílio da fé para justificar seus atos, executados em vista de um bem supremo. Em Tortuga, ninguém sonharia em invocar Deus para proteger suas ações. Havia ouro, e ele precisava ser conquistado, pela lei natural. Deus era louvado de vez em quando, mais como cúmplice do que como patrão.

— O que você fazia em Maracaibo, antes que L'Olonnais chegasse?

Levert deu de ombros.

— Era sobretudo sicário, além de mil outras ocupações. Esganava devedores inadimplentes, gerenciava três ou quatro escravas nos bordéis de Hispaniola ou de Tortuga. Coisas normais. Quando estou no mar, sinto falta disso tudo; quando estou em terra, não vejo a hora de partir de novo. Estranho, não?

— Nem tanto — Rogério abriu os braços. — Estou entediado aqui e só espero nossa partida para a Isla de la Vaca. — Uma ideia ambígua agitava-lhe o cérebro. — Você disse que era sicário em Maracaibo. Não sentia nenhum remorso, matando por dinheiro?

O outro o encarou com estupor.

— E o que vamos fazer em Campeche, senão matar por dinheiro? O próprio rei faz isso, com suas guerras incessantes.

Era uma objeção que não admitia réplicas. Rogério calou-se, mas continuou meditabundo.

Passaram-se mais dois dias sem acontecimentos até que os preparativos da expedição iniciassem de verdade. Os trabalhos começaram entre relinchos e outros sons animais: cavalos, galinhas e leitões eram transportados para bordo dos navios maiores com a ajuda dos grandes botes a uma só vela que os espanhóis chamavam de *barcas longas*, e os ingleses, *pinnaces*. Uma embarcação que os piratas gostavam de usar para surpreender os galeões adormecidos, mas também um meio eficaz de transportar mercadorias volumosas.

De repente, todo o porto de Cayona se animou. Os carpinteiros dedicaram-se a aplicar a última demão de piche nos cascos, os bombardeiros limparam e fixaram suas peças, feixes de fuzis e mosquetes foram içados para os bergantins e goletas que compunham a frota, guindastes volantes e fixos levantaram enormes cargas de bolas de canhão.

Circulava uma sensação generalizada de entusiasmo, resumida na costumeira frase que se ouvia por toda parte: "Para a Isla de la Vaca, como nos velhos tempos!"

Rogério partilhou desse clima eufórico até que um acontecimento inesperado o fez gelar. Ao convés do *Le Hardi*, vindo da barcaça, haviam chegado duas das figuras que menos lhe agradavam: Henri Du Val e Michel Trouin, o contramestre do *Conqueror*.

— O que estão fazendo aqui? — perguntou, sem nenhum traço de amizade na voz.

— Serei seu ajudante de ordens — respondeu Du Val, esticando as pernas. — Lorencillo me passou para De Grammont. Acho que foi por culpa daquele velho tolo do Le Bon, que nunca me suportou. Felizmente, o cavaleiro levou em conta a minha experiência.

— Quanto a mim — disse Trouin —, a fama da minha família se fez sentir. Estou aqui como segundo oficial. Desta vez você está sob minhas ordens, jesuíta.

Não poderia haver, para Rogério, notícia pior.

O outro percebeu.

— Vamos, não fique assim. Na Filibusta ora descemos, ora subimos. E depois, considere que trago uma boa notícia. Hoje à tarde você poderá desembarcar.

— Tenho ordens diferentes — replicou Rogério secamente.

— Esqueça, o capitão mudou as ordens. Pepe Canseco reivindicou sua presença em seu casamento. Ele o considera seu compadre de núpcias, pelo que entendi.

Rogério sentiu o sangue subir-lhe ao rosto. Cambaleou levemente.

— Casamento?

— Sim. Vai se casar com não sei que escrava que libertou. O melhor dessa história é que ele nem sabe o nome dela. — Trouin caiu na gargalhada. — Imagino que antes da cerimônia na igreja vão batizá-la.

Du Val também riu.

— A esta altura, todos conhecem a história do jesuíta com a moura. Bela jogada, português! Como compadre de matrimônio, você vai poder visitar sua bela quando quiser!… Mas não pode comê-la! Cuidado com as regras!

Rogério não lhe deu atenção. Ainda transtornado, dirigiu-se à barcaça de onde os dois haviam saído. Antes que pudesse pôr o pé nela, foi alcançado por Levert, agitado e com o rosto vermelho.

— Não gosto daqueles dois — disse o marselhês. — O cavaleiro De Grammont deve ter tomado um porre quando recrutou canalhas desse tipo. E para o *Le Hardi*, a nau capitânia!

Rogério deu de ombros.

— O que quer que eu diga? Talvez De Grammont ignore quem são, ou então tenha em mente cálculos seus que não podemos saber. — Ele pôs as botas na escada de corda e desceu para a barcaça.

Em terra, fervilhava a mesma atividade que no mar, e barris de água e de rum eram rolados em direção aos botes por pequenas multidões festivas de piratas.

Os primeiros conhecidos que Rogério encontrou na entrada de Cayona foram Haans van der Laan e o negro Bamba, ambos carregando cordame. Eram seguidos por um bucaneiro robusto, com três fuzis sobre o ombro e um punhado de espadas fechado num saco na mão esquerda. Mais distante, um dos arawacos recrutados por Lorencillo carregava um pequeno barril de pólvora.

— Sabe onde vai ser o casamento de Pepe? — perguntou Rogério para Haans.

O holandês o encarou com uma simpatia um pouco cúmplice, à qual não faltava uma nota de comiseração.

— Deveria acontecer na capela de L'Olonnais, mas não será mais lá. O padre Gérard, desde que o governador deixou de nos apoiar, se recusa a ministrar os sacramentos aos Irmãos da Costa. Ele quer que nos dobremos às autoridades. Cedo ou tarde, vamos ter que eliminar esse padreco e capturar outro pároco menos servil.

— Então não haverá matrimônio!

— Lamento por você, jesuíta. Haverá, sim — respondeu Haans, com um tom sinceramente entristecido. — De acordo com as nossas leis, um capitão graduado pode celebrar casamentos. Ouvi dizer que De Grammont oficiará as núpcias. Sua bênção vale muito mais que a de um cura.

— Onde?

— Na casa dele, imagino.

Rogério fez menção de se afastar, mas Bamba, que raramente falava, o interpelou com sua voz rouca e gutural.

— Senhor jesuíta, ouvi dizer que gente ruim vai embarcar no *Le Hardi*. O capitão Lorencillo se livra de quem o incomoda. Homens maus e maus soldados. Fique no *Neptune*.

Um pouco desconcertado, Rogério levantou as mãos.

— Não depende de mim.

— Então cuidado. Gente ruim.

Rogério dirigiu ao negro um gesto de agradecimento e prosseguiu pela ladeira empoeirada. As mil tavernas já estavam de portas abertas, mas ninguém dava atenção às prostitutas que se debruçavam delas, de cabelos revirados e camisolas abertas nos seios. Carretas e mulas sobrecarregadas desciam para o porto, seguidas por animais soltos e grupos de meninos descalços.

Quando, Rogério, todo suado, avistou a casa de De Grammont, cujo teto vermelho se destacava entre as palmeiras, voltou à sua mente o conselho recebido por De Lussan dias antes. Impedir que o cavaleiro visse a escrava. Bem, agora não havia mais como evitar isso.

Sua curiosidade de assistir a um matrimônio entre os *filibusteros* atenuou um pouco seus muitos temores.

## 28

# Um matrimônio

No andar inferior, os noivos aguardavam para serem admitidos à presença do cavaleiro De Grammont. Sorridente, Pepe Canseco correu ao encontro de Rogério.

— Estava lhe esperando, compadre. Segui seu conselho. Uma esposa tão linda não pode continuar escrava. Daqui a dois dias partimos. Melhor casar já.

Rogério viu a africana sentada num sofá. Mantinha as mãos no regaço do vestido branco que usava, todo rendas e transparências. Estava cabisbaixa, mas levantou a cabeça quando Rogério entrou. Dirigiu a ele um olhar inexpressivo. Logo depois, baixou a cabeça de novo.

O português sentiu-se agraciado por aquele simples olhar, ainda que vazio.

— O que pretende fazer com ela?

— Colocá-la para trabalhar, é óbvio. Não existe bordel em Tortuga que não a aceite. É tão linda! Naturalmente, o casamento que está para acontecer é um fingimento. Falta o padre. Mas algumas das minhas esposas anteriores estarão presentes, na função de madrinhas. — Pepe deu uma piscadela. — Até agora são onze. Índias, negras, espanholas capturadas que ninguém quis resgatar. Elas me deram uma ninhada de filhos. Só espero que a escrava que libertei seja a última. Ainda trepo, mas sem o ímpeto de trinta anos atrás.

Rogério ficou enojado com aquelas palavras, mas o projeto que preparava o ajudou a superar a repulsa. Voltou a olhar para a noiva, estranha ao contexto que a rodeava. Ao redor deles havia vários marinheiros do *Neptune*, entre os quais estavam Le Bon, que fumava cachimbo, o capitão Andrieszoon, que o cumprimentou piscando os olhos, e o grumete Filou, na função de pajem. A negra Marie-Claire ajeitava o vestido da *novia*, que a deixava fazê-lo.

Le Bon se aproximou e comentou com Rogério em voz baixa:

— Sei que Lorencillo, com um pretexto, transferiu para o *Le Hardi* os elementos mais perigosos. Absteve-se bem de dizer a De Grammont que Du Val foi contramestre do *Neptune* e foi rebaixado por sua perversão. Ou que Trouin foi acusado de covardia.

— Certamente eu é que não posso contar — objetou Rogério.

— Claro que não. Só estou avisando para ficar em guarda. E, se puder, livrar-se dos dois malandros.

Os olhos de Rogério estavam voltados para a escrava, que, aliás, não retribuía o olhar.

— No momento, tenho mais o que pensar.

— Sei bem disso. — Le Bon tirou o cachimbo da boca e esboçou um sorrisinho. — Também nesse caso, fique atento. Não sei se Pepe de fato é o perigo maior.

Naquele exato instante, o cavaleiro De Grammont apareceu no alto da escada. Desceu, um passo por vez, de braço dado com o dr. Exquemeling. O pirata escondia sob um esgar o sofrimento que cada degrau devia lhe causar. Parecia, como sempre, altivo e investido de autoridade natural. O cirurgião, muito mais alto do que ele, parecia um anão apoiando um gigante.

— E então? E este casamento? — perguntou De Grammont, despachado. — Depressa, tenho assuntos mais importantes a tratar.

Pepe Canseco se adiantou.

— Apresento minha futura esposa, capitão. Era uma escrava, conquistada com a minha mutilação. Eu a declaro livre e rogo para que nos case.

A africana devia ter entendido que falavam dela, porque ficou de pé. Desse modo, expôs toda a sua beleza, que o vestido largo e o véu na cabeça não conseguiam ocultar. Todavia, seus olhos permaneciam, como sempre, móveis e assustados.

Foi claro para os presentes que De Grammont ficou muito impressionado com a beleza da mulher. Ele se desvencilhou do braço de Exquemeling. Aproximou-se dela e, segurando-lhe a mão, beijou-a com um movimento elegante.

— Como se chama, querida?

Esperou inutilmente uma resposta, depois virou-se para Pepe.

— Ela é muda, por acaso?

— Não, meu capitão. Não entende a nossa língua. Tentarei lhe ensinar.

— Você deve saber ao menos o nome dela.

Pepe engoliu em seco.

— Não, confesso que não. De vez em quando ela fala algumas palavras. Não sei se está dizendo o próprio nome ou outra coisa.

— Tortuga está cheia de escravos negros que falam francês ou espanhol. Alguns até inglês. Não deveria ser difícil encontrar algum que possa traduzir.

Pepe estava cada vez mais constrangido.

— Eu tentei, capitão. Nada feito. Minha noiva deve vir de alguma tribo específica da costa da África. Nenhum negro desta ilha consegue se comunicar com ela.

De Grammont pareceu meditar, depois explodiu numa blasfêmia das mais obscenas que Rogério já tinha ouvido. Se fosse dita na Espanha, faria o cavaleiro perder a língua ou ser preso pela Inquisição. Já em Tortuga, era tolerada.

— Pedaço de imbecil — bradou De Grammont, falando com Pepe. — Como posso casar duas pessoas sem saber o nome de ambas? Não sou padre, certo, mas uma coisa é um casamento emergencial, outra coisa é uma pilhéria. Sinto que é a segunda opção que está nos seus planos.

Pepe empalideceu. Parecia prestes a se ajoelhar.

— Capitão, juro que não é isso. Não sei o nome dela, mas vou obrigá-la a me dizer. Eu a conquistei com o sacrifício do meu braço esquerdo. É minha esposa por direito!

De Grammont o ignorou. Aproximou-se da noiva que, atônita, estava de pé. Apalpou-lhe os seios. Em seguida, levantou-lhe a anágua.

Examinou o púbis, as pernas e a mandou virar. Passou-lhe as mãos cheias de anéis no traseiro. Ela não reagiu. Parecia num estado próximo à catatonia.

Terminada a inspeção, De Grammont deixou a saia cair e comentou:

— Bela fêmea. Vale mais do que um braço esquerdo. Lorencillo exagera na generosidade. — Perguntou depois a Pepe: — Você tem um compadre de esposa?

Desprevenido, o espanhol apontou Rogério, que empalidecia, o coração quase parando.

— Ele!

— Ah, meu novo contramestre — disse De Grammont. — A escrava é dele, e você terá uma de menor valor. Esta vamos vender a caminho de Campeche. Obviamente, darei a você sua parte. Agora sumam daqui. A comédia do matrimônio terminou.

Pepe Canseco arregalou os olhos.

— Está brincando! Isso é uma injustiça!

De Grammont, que voltara a se apoiar no braço de Exquemeling e rumava para a escada, fulminou Pepe com o olhar.

— Não brinco nunca, e não é uma injustiça — enunciou. Dirigiu-se a Hubert Macary, parado de braços cruzados perto da porta: — Sr. Macary, procure aquela velha índia que cuida do meu jardim e entregue-a a esse espanhol. Está avançada em anos, mas tem membros ainda firmes, apesar da circunferência. Ela, sim, vale um braço esquerdo.

Muitos dos presentes riram. Não Pepe, que protestou com um fio de voz:

— Capitão, eu vim aqui para me casar...

— Caso você com a velha quando quiser, não se preocupe. — Na sala irromperam risadas, que De Grammont ignorou. Seríssimo, disse para Rogério: — Contramestre, como se chama?

O português estava embasbacado e passava de uma emoção à outra. Caiu em si.

— Rogério de Campos, meu capitão.

— Pegue a negra e leve-a para o *Le Hardi*. Mulheres não são permitidas a bordo, mas escravas, sim. A decisão de libertá-la está anulada.

A estiva da proa, destinada aos negros, está uma imundície. Ache uma cama para ela junto aos alojamentos da popa.

Rogério foi inebriado por uma felicidade infinita. Inclinou-se até o chão.

— Obedeço imediatamente, meu capitão!

De Grammont resmungou uma blasfêmia pior, se isso era possível, do que a anterior.

— Endireite-se. A bordo do meu navio quero homens, não marionetes. — Dito isso, começou a subir a escada com esforço, quase carregado por Exquemeling. — Agora o senhor me faça uma bela sangria das suas, doutor, e depois uma infusão de colchicum. Não quero ir para o mar neste estado depois de amanhã.

Rogério esperou o capitão subir e se aproximou da escrava sem nome, que com certeza não havia entendido nada do que se passara.

Le Bon o segurou pelo braço e falou em seu ouvido.

— Modere o entusiasmo, jesuíta. A paixão do cavaleiro pelas mulheres é conhecida de todos. Ele reservou esse bocado para si próprio, não para você.

Não era o momento oportuno para reconduzir Rogério à calma. Empolgado, ele se desvencilhou e replicou:

— Pelo menos um dos meus rivais eu eliminei!

— Sim, o menor. Resta o outro. Muito maior.

Pepe Canseco ficou no meio da sala, aniquilado. Reanimou-se só quando viu Rogério abordar a escrava e pegá-la pelo braço. Então saltou para a frente, furioso:

— Não ouse tocar nela, padreco imundo! Essa mulher é minha!

Naquele momento Macary voltava, seguido por uma indígena idosa, obesa e toda suada. A mulher usava um lenço xadrez vermelho nos cabelos e tinha o rosto arredondado. Cheirava mal, mesmo de longe.

— *Esta* mulher é sua, Canseco — anunciou, entre as risadas dos presentes. — Não ouviu o capitão? Conforme-se, a decisão está tomada. Quando muito, prepare-se para a verdadeira cerimônia, se quer mesmo se casar.

Uma cólera irreprimível faiscou nos olhos de Pepe. Com a única mão que tinha, desembainhou a espada e a levantou acima da cabeça.

— Quer morrer? Saque sua espada. Combata como um homem, não como o lambe-botas que é!

Um instante depois, Pepe foi obrigado a baixar sua arma. Andrieszoon o havia agarrado por trás e pressionava a lâmina de um punhal contra sua garganta.

— Solte essa espada ou degolo você, seu verme.

Pepe teve que obedecer. A lâmina tiniu sobre o piso de madeira. O som só foi abafado pelo tapete vindo de algum reino africano, ou talvez da casa do espanhol das colônias que o afanara.

— O que faço com este piolho, Macary? — perguntou Andrieszoon com voz neutra. — Solto ou degolo? Eu optaria pela segunda solução, mas não quero emporcalhar a casa do meu amigo De Grammont.

— Pode degolá-lo, capitão — respondeu Macary em tom divertido. — Esta mulher — acrescentou, indicando a negra obesa — deve limpar os tapetes. Ela nos deve isso, correu um belo risco: casar-se com uma nulidade e lhe servir por toda a vida.

O punhal de Andrieszoon serrou a garganta de Pepe de uma orelha à outra. Da ferida jorrou um jato de sangue. Solto pelo holandês, Pepe Canseco amoleceu. Não teve nenhuma agonia: morreu em poucos instantes.

Enquanto limpava a lâmina do punhal com um lencinho, Andrieszoon piscou para Rogério. Sorria.

— Fiz um agrado ao senhor porque lhe tenho simpatia. Não espere outros favores de mim. Seus verdadeiros problemas começam agora. Serão graves demais para que eu possa lhe ajudar.

Pouco depois, em êxtase, Rogério conduzia a escrava, ainda vestida de noiva, até o porto de Cayona e o *Le Hardi*.

— Você não sabe o perigo que evitou — Rogério disse a ela. — Humilhações sem fim, violências, servidão. Pepe Canseco era um concentrado de sordidez. Agora tudo vai mudar. Mas você poderia finalmente me dizer seu nome, não acha?

Como de costume, a escrava não respondeu. Fitava com olhos vidrados o porto de Cayona no crepúsculo. Mastros, cordas e cascos já estavam encobertos pelas primeiras sombras.

## 29
# Prontos para zarpar

Chegou o dia da partida. No porto de Cayona ou fora de seus contrafortes, num dia de abril de 1685, quente mas ventoso, balançavam umas vinte naves, entre bergantins, *sloops*, goletas e maonas de vela quadrada. O calado delas chamava a atenção: apesar dos cascos leves, as embarcações tinham muito de seu corpo submerso por causa do peso dos conveses superlotados de homens e animais. Outros piratas iam se juntar aos Irmãos da Costa na Isla de la Vaca, ao sul de Tortuga, vindo de ilhotas e enseadas escondidas espalhadas pelo Mar do Caribe. A notícia da expedição iminente se espalhara com rapidez, passando de veleiro em veleiro e de taverna em taverna. Alguns comandantes ingleses conhecidos haviam mandado de Port Royal seus votos de sucesso a De Grammont.

— Uma frota tão poderosa não era vista desde os tempos de Morgan e da tomada do Panamá — disse, satisfeito, Hubert Macary a Rogério, enquanto ambos aproveitavam a brisa no castelo de popa do *Le Hardi*, esperando que a tripulação embarcasse. — Nosso capitão, em Veracruz, tinha 17 embarcações, mas quase todas pequenas. Desta vez não faltam canhões.

— A artilharia vai nos ajudar a entrar em Campeche? — perguntou Rogério.

— Não sei. Depois de três saques consecutivos, eles começaram a construir uma muralha destinada a proteger a cidade, além de um par de fortalezas. Nossos espiões disseram que a muralha está ainda muito incompleta, e que no momento há um só forte em condições de se defender. De Grammont tem pressa de atacar também para impedir que os espanhóis se entrincheirem atrás de bastiões melhores que os atuais.

— Parar na Isla de la Vaca não é perda de tempo?

Macary sorriu.

— É uma regra da Filibusta. Antes de uma expedição importante, fazer um consenso dos capitães, num lugar aonde todos possam chegar. Lá, os detalhes são definidos e, enquanto isso, são feitos os últimos reparos nos cascos, que em Tortuga seriam impossíveis. Além disso, na Isla de la Vaca há nascentes de água onde podemos encher os barris... Mas me diga, é verdade que o senhor já foi padre?

Rogério, que não esperava a pergunta, estremeceu.

— Eu estava na Companhia de Jesus... Espero que o cavaleiro De Grammont não esteja a par disso.

— Não, não, fique tranquilo — riu Macary. — O cavaleiro nunca fala com ninguém, exceto Exquemeling, que parece ter uma grande simpatia pelo senhor... Pergunto porque os homens, antes de partirem para o mar, gostam muito de uma bênção. Longe dos olhos do capitão, é claro. De Grammont acredita em Deus, mas escolheu o diabo. De fato, nunca blasfema contra Satanás, diferentemente de Lorencillo. O senhor deve ter percebido.

— Não — murmurou Rogério, perturbado. — Mas por que motivo...

— ... ele faria essa escolha? Bem, a irmã que ele adorava morreu diante de seus olhos, depois de ter sofrido as violências da Inquisição mexicana, no cárcere de San Juan de Ulúa. Ela era huguenote. De Grammont decidiu que, se Deus estava do lado dos padres, o lado certo era o oposto.

Rogério sentiu um calafrio.

— Então ele adora o demônio.

— Eu não diria isso. Adora os bens materiais, como todos os canalhas de Tortuga, de Port Royal e dos outros covis. Sabe que sua vida será breve e que, quanto mais impiedoso tiver sido, mais viverá sua lembrança. Não procure nele motivações profundas, ou uma fé qualquer. Rouba, tortura e mata sob a insígnia do puro egoísmo e da sobrevivência diária. É isso que faz dele o melhor dos comandantes.

— Essas não são as virtudes de um guerreiro!

— São, sim. O melhor soldado é aquele que aboliu todo escrúpulo moral. Isso vale tanto para os Irmãos da Costa quanto para qualquer combatente de um exército europeu.

— Mas o senhor não é assim. Não é um animal. — Rogério pensou novamente nos devaneios paternalistas de De Lussan.

A resposta o surpreendeu.

— Sou, sim. A Filibusta é uma maneira de reconhecer os próprios instintos. De sermos tubarões e querermos nos alimentar. Não existe nada além disso. Aos tubarões, a glória, aos peixinhos, a morte.

— No entanto, o senhor se diz católico!

— E sou. A Igreja, até agora, não se comportou de maneira diferente. Come, mata ou manda matar, acumula riquezas e perdoa. Salvo raras exceções, que não a retiram da categoria dos tubarões.

— O senhor fala como um huguenote! — Rogério estava com a garganta apertada pela indignação.

Macary riu baixo.

— Meu bom jesuíta, o senhor está longe da verdade. A única entidade venerada, nestes mares, é o dinheiro. Piastras, escudos, peças de oito, *jacobis* e qualquer outra moeda. Ouro e prata. Úteis para comprar homens e coisas. Se Deus quis assim, o mínimo que podemos fazer é Lhe agradecer. Ele nos dá dinheiro com Sua bênção constante. E se os espanhóis sofrem nossos ultrajes, pior para eles. O céu escolheu outro partido. O daquele que não tem tanto fingimento quando mira sua recompensa. Um homem rico, ainda que por uma só noite, goza da graça divina. Já quem fica desarvorado não está, claramente, nos favores do Senhor. Senão teríamos que dizer que os escravos são santos, e quem os possui está pecando. A Igreja não diz isso.

Rogério sentia náuseas. Já ouvira o mesmo discurso de bocas demais entre os *filibusteros*. Ele acreditara que De Lussan fosse um caso isolado de cinismo. Agora se dava conta de que a filosofia dele – metade huguenote, metade ateia e libertina – era compartilhada por toda a Irmandade da Costa (talvez com a exceção de Exquemeling e algum outro). Nem os poderes constituídos, emanação dos grandes impérios europeus, furtavam-se a isso. Parecia que o Novo Mundo exercia uma espécie de malefício no espírito. Bons católicos, chegando ali, tornavam-se criaturas ávidas e famintas por presas. Se tinham um Deus, ele servia para legitimar seus apetites e as violências necessárias para satisfazê-los.

Rogério esperou que Macary, tão civilizado e cortês nos modos, decidisse se calar. Foi atendido. Nos molhes, dos quais continuavam a partir botes e barcaças rumo aos navios, haviam aparecido as bandas de música a serviço dos vários capitães. Depois de encontrar lugar em meio à multidão de esposas que se despediam dos maridos em partida, dos escravos e dos grupos de crianças, começaram a rufar os tambores e soar as trombetas. Era o último aviso antes da partida. Continuaram ao menos por meia hora. Finalmente, das colinas de Cayona desceram os capitães: De Grammont sustentado por Exquemeling, Andrieszoon, Le Sage, Godefroy, Bot, La Garde, Vigneron, Laurens de Graaf... A multidão se abriu para deixá-los passar e os saudou agitando chapéus ou sacudindo leques. Os chefes da Filibusta tomaram lugar, com as pequenas orquestras, nos barcos dirigidos aos respectivos navios.

Rogério se viu diante de Henri Du Val e do seu sorriso ambíguo.

— O que faremos agora, chefe? — Parecia querer desafiá-lo a dar a ordem certa.

Rogério nem olhou para Macary; quanto a Trouin, não estava visível.

— Assim que o capitão subir a bordo, vamos desfraldar o velacho alto. Depois, todos para a serviola para zarpar com a margarida.

Isso significava unir à corrente da âncora um conjunto de polias operado manualmente, para reduzir seu peso. Dada a ordem, Rogério dirigiu-se ao imediato:

— Falei bem, senhor?

Macary piscou.

— Muito bem. O senhor é um bom contramestre. Ótima aquisição para De Grammont.

Rogério apreciou tanto o elogio quanto a expressão um pouco decepcionada de Du Val. Um temor o acometeu. Se Du Val – mas também Trouin, talvez – tivessem decidido livrar-se dele, o sistema seria simples. Bastava que fizessem chegar aos ouvidos de De Grammont seu passado de jesuíta. Rogério decidiu tratá-los bem e talvez procurar uma maneira de tirá-los do caminho antes que conseguissem prejudicá-lo.

Ele sorriu para Du Val de uma forma que torceu para parecer espontânea.

— Você se sente bem no *Le Hardi*?

— Ah, sim. Precisa ver os grumetes. Uns brotinhos, louros e de pele branca como a neve. Imagino o calor do cuzinho deles. Não vamos nos entediar a bordo. As putas de Tortuga, com seus buracos todos arrombados, não farão falta para ninguém.

Rogério simulou estar impassível.

— Não sei se o cavaleiro De Grammont tolera comportamentos imorais em seu navio.

— Bem, quanto a imoralidades, ele tem outras coisas em que pensar — gargalhou Du Val. — Sabe de quem estou falando.

Rogério foi atacado pela angústia, ainda que contida. Desde que conduzira a bordo a escrava e a colocara num quartinho adjacente aos alojamentos dos oficiais, não lhe fora mais possível revê-la. Seria seu direito, como compadre de aliança do falecido Pepe, ela automaticamente se tornara sua noiva. Rogério esperava fazer valer essa regra na primeira ocasião, mesmo contra a eventual luxúria do capitão. Entre os Irmãos da Costa, valiam as leis aceitas, não a hierarquia. Isso lhe era continuamente repetido.

Na realidade, nem Macary nem os outros o impediam de descer para visitar a prisioneira africana. Fora ele que se abstivera de pedir isso, temendo uma recusa seca e uma reprimenda. Só cuidara para que levassem para a escrava as melhores comidas, às vezes renunciando à própria porção. Legumes frescos, presunto de javali, fatias de carne bovina. Conservava para si biscoitos e arenque salgado.

Um sacrifício em prol da oficialização do matrimônio, que ele reivindicaria no momento oportuno.

Enquanto isso, apareceu Trouin, que parecia levemente embriagado. Estava trôpego. Perguntou ao seu superior direto, ignorando os suboficiais:

— Ordens, sr. Macary?

— Uma só — respondeu o interpelado com rispidez. — Vá dormir e curar essa esbórnia. Quero o senhor no convés daqui a uma hora, fresco como uma rosa. Senão lhe faço dar uma volta na quilha.

Macary referia-se a uma das punições mais terríveis entre as usadas nas marinhas do mundo inteiro. O castigado era jogado na água, com os pulsos amarrados em dois cabos. Precisava passar sob a quilha do navio, de bombordo a estibordo ou vice-versa. Nos casos mais felizes, saía meio afogado. Mas duas em cada três vezes, emergia completamente afogado ou, quando em mar aberto, mutilado pelos tubarões. Gargalhadas acolhiam o reaparecimento do cadáver ou do tronco ainda animado ao qual faltava algum membro. Já quem se salvava era recebido com aplausos e, a partir daquele momento, era tratado com respeito. Uma espécie de "julgamento divino".

— Vou já descansar — balbuciou Trouin, assustado. Antes de descer do convés, tropeçou várias vezes.

Du Val também se afastou. Rogério observou os piratas que estavam embarcando no bergantim. Tipos duros, mais militarescos do que aqueles que vira no *Neptune* ou no *Conqueror*. Vestidos da mesma forma – tricornes puídos, às vezes emplumados, fraques de veludo, camisas rendadas, botas de cano longo e cintos com espadas e pistolas tilintando –, diferenciavam-se pelo andar, menos desconjuntado. Deviam vir quase todos de navios de guerra. Os bucaneiros eram ao menos uma dúzia, vestidos de peles e curvados sob o peso dos fuzis. Os escravos negros eram o dobro, entre homens e mulheres. Acorrentados, foram levados para a estiva da proa, destinada a abrigá-los e fazê-los lutar com as baratas.

Finalmente, subiu a bordo o cavaleiro De Grammont. Recusou, ao pôr os pés no convés, o apoio de Exquemeling. Mesmo mancando, dirigiu-se ao alojamento com as próprias pernas. Antes de desaparecer, disse a Macary:

— Vamos.

O oficial interpelou Rogério.

— Já sabe quais ordens dar, jesuíta.

O português se esgoelou. O velacho alto foi desfraldado, e o *Le Hardi* soltou as amarras. A serviola rangeu, operada por braços motivados pelas notas lentas de *La Bamba*. Em cada vaso da frota, as orquestras tocavam o mesmo refrão.

Uma brisa deu ao bergantim, rebocado até a saída da enseada de Cayona, o ímpeto certo. O *Le Hardi* avançou estritamente de bolina e saiu do porto rumo ao sul, com os outros navios atrás. Já anoitecia e, no céu avermelhado, começava a surgir uma lua pálida, com seu séquito de estrelas.

# 30

# Adeus, Tortuga

Sentado ao lado de Rogério sobre rolos de massame durante o almoço matutino, Exquemeling o tranquilizou.

— O capitão, no momento, não pensa nem um pouco na sua bela. A gota o faz sofrer muito, e ele está concentrado na expedição.

— Tenho direito àquela mulher! — respondeu o português, agitando a tigela de metal cheia de arroz cozido demais, carne salgada e rodelas de banana assada. A mesma comida que, no alojamento dos oficiais, De Grammont estava comendo, e cuja primeira e mais abundante porção era servida ao contramestre pela tradição marinheira. — Eu estava ligado a Pepe por um pacto de aliança, todos sabem disso. Por que, então, não posso nem ver minha futura esposa?

Exquemeling o observou com um vago compadecimento.

— Porque no mar é proibido se aproximar de mulheres, inclusive escravas. O senhor sabe disso muito bem.

— Mas o capitão pode fazê-lo!

— Ele, sim. Mas não fará. Se eu fosse o senhor, me contentaria com isso.

O apetite de Rogério desapareceu. Ele se encostou na amurada e jogou no mar o conteúdo da tigela. Algumas gaivotas abocanharam uma parte em voo. Sob o leme, cardumes de peixes prateados disputaram o resto.

Rogério voltou ao seu lugar e esvaziou em dois goles a meia dose de rum a que tinha direito.

— Quero me casar com a negra. As leis dos Irmãos da Costa estão do meu lado.

— Diga uma coisa, jesuíta... — murmurou Exquemeling, sorridente.

— Sim?

— Se De Grammont não tivesse pensado nisso, mediante Macary e Andrieszoon, o senhor mesmo teria matado Pepe, não é verdade?

O semblante de Rogério ficou sombrio.

— Talvez.

— Francis Levert, o timoneiro, me disse que o senhor o interrogou sobre seu passado de sicário.

— Repito: talvez.

— Desconfio que o senhor tenha empurrado Pepe para os braços da escrava com a intenção de livrar-se dele e, como compadre, tomar-lhe o lugar. Estou porventura enganado?

Dessa vez, Rogério não respondeu. Exquemeling caiu na gargalhada. Depôs a tigela vazia e acendeu o cachimbo. Ainda ria quando soltou a primeira baforada.

— Quem acusa os jesuítas de ter uma mentalidade distorcida não se engana. O senhor é a demonstração viva disso, meu amigo! Agora que seus planos foram por água abaixo, o que pretende fazer?

Embora muito irritado com o cirurgião, que parecia ler sua mente, Rogério respondeu:

— Fazer valer as regras da Filibusta. Reivindicar minha posse sobre a escrava.

— Não são normas válidas, já que não estão escritas. As únicas cláusulas a fazer valer... mas onde, afinal?

— No conselho dos comandantes, na Isla de la Vaca.

— ... são as contratuais, preto no branco. Uma mutilação séria favoreceria o senhor. Digamos, a perda em combate do braço direito, ou de um olho. De Grammont não poderia subtrair-se ao pacto de partida, assinado por todos os aventureiros. Sente-se disposto a arriscar tanto?

Instintivamente, Rogério tocou o braço, como que para constatar que ainda estava em seu lugar. Respondeu impulsivamente:

— Não! Ela é só uma escrava miserável, com as costas marcadas pelo açoite. Não vale o sacrifício.

Exquemeling fez um meneio com a cabeça, o cachimbo na mão.

— Exato, meu jovem amigo. Evite as penas das quais se arrependeria. Espere que o cavaleiro De Grammont tire da negra todas as suas satisfações, isso se o estado de saúde dele permitir. Depois, ela caberá ao senhor. Um pouco gasta, mas será sua. Esposa, amante: poderá fazer dela o que quiser.

Do castelo da popa veio a voz irritada de Macary:

— Onde está o contramestre, maldito demônio? Ainda comendo? Se quer engordar, o problema é dele. Quando o jogarmos na água, os tubarões vão nos agradecer pela iguaria.

Rogério deixou cair a taça de rum, já vazia, e correu para o castelo da popa. Subiu correndo pela escadinha de corda e fez uma espécie de saudação militar.

— Às ordens, imediato. Quais as novidades?

— Quais as novidades? — repetiu Macary, desconcertado. — Temos vento, imbecil! Desfralde todas as velas úteis! Pendure também a calçola da sua mãe, na improvável hipótese que ela a use!

Rogério voltou para o convés e gritou, com toda a potência que tinha na garganta:

— Abrir as garças-brancas! Desfraldar todas as velas! De boa vontade!

"De boa vontade", no jargão dos marujos, significava "depressa".

O convés do *Le Hardi* tornou-se um formigueiro de homens dedicados às manobras. Os gajeiros, apinhados no alto dos mastros, desamarraram as velas, infladas pelos aromas perfumados do libecho. Estavam se afastando de Tortuga, até aquele momento visível a distância. Velejando entre os recifes de coral, a frota seguia o bergantim de De Grammont. Navegá-lo entre recifes, atóis e bancos de areia era uma grande responsabilidade. Ela recaía sobre as costas de Rogério. O contramestre aboletou-se na proa e, abraçado ao gurupés, começou a gritar para o timoneiro:

— Dois graus para bombordo... um para estibordo! Agora em frente! A proa para o vento!

De olho no fundo do mar, ele não se deu conta da figura negra que aparecera a seu lado. Quando levantou os olhos, estremeceu. Era o cavaleiro De Grammont.

— Pode continuar, contramestre — disse o capitão. — Está demonstrando muita perícia.

Rogério não pôde deixar de engolir em seco.

— Já estamos fora dos corais, senhor. Deste ponto em diante, a frota pode prosseguir com as velas cheias. O vento está contra, mas daqui a um instante estará a favor.

— Sim. — De Grammont tinha uma expressão mais melancólica que de costume. Apoiou-se também ao gurupés, mas para olhar para trás, para Tortuga, ameaçadora e verdejante. — Aquela ilha foi minha pátria por tanto tempo. Não sei se vou revê-la nesta vida.

— Teme pelo êxito da expedição a Campeche, meu capitão?

— Não, nem um pouco. Temo só a política. Por quase cinquenta anos, fomos o ás na manga da Coroa francesa aqui no Caribe. Fazíamos o que a marinha de Sua Majestade não podia fazer. Incendiar cidades espanholas, devastar plantações, depredar e matar. Agora não temos mais o apoio do rei. Acho que a nossa aventura vai chegar ao fim.

Rogério elaborou uma resposta.

— Nem tudo está perdido, capitão. A política é mutável, e o humor do rei também.

— Sim, claro. Mas o que tenho é uma sensação. — De improviso, De Grammont curvou os lábios. Era a coisa mais semelhante a um sorriso que ele conseguia esboçar. Igual a um esgar, e sem nenhum traço de humor. — O senhor, de qualquer forma, sobreviverá ao eclipse de Tortuga, contramestre. Vai desmoronar um mundo marginal, mas os jesuítas foram feitos para resistir a qualquer desventura e construir o futuro.

Rogério empalideceu.

— O senhor sabe... — balbuciou.

— Claro que sei. — De Grammont ajeitou o tricorne, que o vento estava arrancando de sua cabeça. — Que capitão eu seria, se não estivesse a par do passado dos meus homens? De qualquer forma, não se preocupe. Não responsabilizo pelos crimes da Igreja seus expoentes individuais.

Involuntariamente, Rogério comprimiu o peito num suspiro de alívio. As armas da chantagem de Du Val não feriam mais. Só continuava a perturbá-lo a questão da escrava.

Achou que aquele era o momento de aproveitar a disponibilidade de De Grammont para falar disso. Hesitou demais, porém. Antes que abrisse a boca, o capitão levantou o tricorne em saudação e se afastou mancando. Seu longo manto cinza varria a tolda.

Rogério voltou para o pedestal da bússola, ao lado do qual mantinha-se Macary, com uma mão no timão para ajudar Francis Levert. Assim que viu o português, o imediato gritou:

— Cansou de contemplar o panorama? Tem mil coisas para fazer! Está ventando, a vela do mastaréu precisa ser aberta! Está esperando o quê?

— Tem razão — resmungou Rogério. — Ele viu Du Val se espreguiçando e gritou: — Cace ao máximo a escota da grande! — O ajudante de ordens se sacudiu e repetiu a ordem.

Cheia de vento, a vela grande levou o bergantim além da velocidade normal. Sua proa, mais do que fender as ondas, cavalgava-as, voava por cima delas. O *Mutine* do capitão Andrieszoon foi o primeiro a se adequar àquele ritmo. O *Nuestra Señora de Regla* o acompanhou. O resto da frota custou a coordenar a velocidade, mas depois dobrou-se à exigência. Uns vinte veleiros lançaram-se ao oceano quase como se estivessem numa corrida. Competiam para ultrapassar um ao outro.

Quando o *Neptune* chegou ao alcance de sua voz, Rogério gritou para Le Bon, que estava sentado na amurada da proa e se deixava ensopar pelos respingos:

— Vocês são umas lesmas, meu velho! Por que não desce para se enxugar?

À guisa de ameaça, Le Bon agitou o cachimbo apagado e encharcado.

— Quanto quer apostar que o *Neptune* chega à Isla de la Vaca antes do *Le Hardi*? Seu navio range de dar medo, corre o risco de emborcar.

Essa carroça velha já deu o que podia. Logo vai ceder, e vocês vão todos parar na água. Aí vamos ter que salvar vocês! Maldito demônio!

A troca de provocações bem-humoradas continuou por um bom tempo, enquanto os dois bergantins competiam para se ultrapassar. As tripulações riam, esforçavam-se ao máximo. Foi um momento de verdadeira alegria, uma síntese do melhor da vida pirata. Terminou, sem vencedores nem vencidos, quando o *Neptune* e o *Le Hardi* tiveram que diminuir o ritmo para não deixar os outros navios para trás.

Um grito, vindo do cesto de mezena, arrefeceu o entusiasmo de todos.

— Fragatas no nosso encalço! — gritou o homem aboletado lá em cima. — Três! São os franceses!

Rogério foi para o pé do castelo. Macary, turvo, antecipou a pergunta dele.

— Não sei que diabos querem. Se aqueles janotas acham que vão nos obrigar a voltar, não têm canhões, navios nem soldados suficientes.

— Talvez queiram participar das negociações na Isla de la Vaca — sugeriu Rogério.

Macary assentiu.

— Também acho. Vão se decepcionar mais uma vez. Já não há aventureiro que, antes de ir dormir, não sonhe com as riquezas de Campeche.

De Grammont surgiu dos alojamentos. Manquitolou até o pedestal da bússola, pegou uma luneta e a apontou para as fragatas. Ajustou o foco até conseguir vê-las com clareza.

Rogério considerou que aquele era o momento certo para sair do convés sem ser notado. Apesar dos canhões que carregavam, os veleiros do rei da França eram velozes e tinham ultrapassado toda a frota. Mérito de tecnologias novas, empregadas nos estaleiros de Brest e Saint-Malo.

Todos os olhos estavam voltados para bombordo. O português aproveitou e empurrou a portinhola do alojamento dos oficiais. Não foi visto por ninguém. Quase por instinto, descobriu a cabine que abrigava aquela que considerava sua esposa por direito. A porta não estava trancada.

Assim que o viu, a escrava deu um grito e escondeu o corpo nu com as cobertas da cama com dossel onde estava deitada, tão pequena quanto o ambiente minúsculo.

Rogério pôs um dedo sobre os lábios.

— Quieta, vão nos descobrir! — Ele se sentou num canto da cama e ajeitou os lençóis sobre o corpo da amada. — Como você está? — perguntou.

Como sempre, ela dirigiu-lhe um olhar de cervo apavorado.

## 31

# Desembarque em La Vaca

Com o pé-direito muito baixo, a cabine parecia limpa, ainda que úmida, como todos os ambientes de bordo. Respirava-se o cheiro acre do alcatrão, mas isso era inevitável. A luz vinha de uma janela que se abria para o jardinzinho de popa. Em sua gaiolinha, havia uma vela apagada sobre uma mesinha. Ao lado havia uma tigela com restos de comida e um copo d'água pela metade. Um balde cilíndrico, pintado de branco, fazia as vezes de urinol (uma raridade num veleiro, onde todos defecavam e urinavam no mar, e só os oficiais tinham banheiros particulares na galeria de popa).

— Vejo que está sendo muito bem tratada — comentou Rogério.
— Com Pepe, você estaria pior. Precisa de alguma coisa?

Não houve resposta.

— Acho que não. Confio em Exquemeling, parece boa gente. Recomendarei a ele que você obtenha o melhor tratamento possível. De resto, não acredito que o cavaleiro De Grammont queira lhe fazer mal. Acho que normalmente esta cabine hospeda prisioneiras ilustres, que são libertadas mediante resgate. Ele já veio fazer uma visita?

A mulher continuou calada.

— Bem, imagino que não — continuou Rogério. — Está muito doente. Mas agora preciso ir. A Isla de la Vaca não está distante, e logo vão me procurar. — Sorriu para ela e esticou a mão para tocar-lhe os cabelos; ela se encolheu. — Você ainda tem medo de mim! — murmurou o português com benevolência. — Vai descobrir o quanto gosto de você quando formos marido e mulher.

Inebriado por aqueles olhos grandes e lacrimosos, Rogério voltou para o convés. Macary o viu e o interpelou com rispidez.

— Ah, aí está você, jesuíta. Eu me perguntava onde você tinha se metido. A ilha está à vista. Mande enrolar as velas de vante e de mezena e soltar a âncora.

— As fragatas?

— Continuam ali, nos seguem como sombras. Também vão lançar âncora, isso é óbvio. Em terra acertaremos as contas.

A Isla de la Vaca não era completamente desabitada. Alguns aventureiros, que formaram famílias com mulheres indígenas de Hispaniola, haviam se estabelecido por ali décadas antes. Agora administravam o pequeno e velho porto, de acesso estreito, mas amplo como enseada, que no passado acolhera os nomes mais famigerados da Filibusta. Quando começou a ser menos frequentado, os ilhéus voltaram a caçar (metade eram bucaneiros) ou dedicaram-se à pesca. Vários barcos mal-ajambrados eram testemunhas disso. Apesar da decadência de duas décadas, que favorecia a Isla de Gonâve, mais ao norte, maior e mais próxima de Tortuga, os atracadouros e as estruturas portuárias permaneceram intactos e podiam acolher uma frota bastante numerosa. Já os velhos armazéns estavam tomados pela vegetação, e os poucos barracos dos habitantes ficavam escondidos entre os troncos. Não havia recifes, e sim bancos de lama de extensão crescente. A passagem entre eles, contudo, continuava possível.

Logicamente, nem todos os tripulantes desembarcaram. Somente os comandantes, oficiais e membros veteranos da marujada. As fragatas de Luís XIV também lançaram âncora quase em mar aberto. No momento, não partiam botes delas.

O calor, úmido ao extremo, era opressivo. Rogério, na mesma barcaça que transportava De Grammont, Macary e Exquemeling, teve a desagradável surpresa de encontrar também Michel Trouin. O ex-contramestre do *Conqueror*, invisível até aquele momento a bordo do *Le Hardi*, teve a desfaçatez de piscar para ele.

— É um prazer revê-lo, jesuíta. Não nos encontramos muito nos últimos tempos. Estávamos os dois ocupados. Eu na proa, você na popa. Vai saber por quê.

— Não faço ideia — respondeu Rogério, irritado. Desconfiava que Trouin tivesse dormido o tempo todo, escondido em algum recôndito do bergantim.

O outro riu baixinho.

— Talvez um de nós dois estivesse ocupado nos alojamentos.

A estocada não alarmou muito Rogério. Se Trouin pretendia ameaçá-lo ou chantageá-lo por seu relacionamento com a escrava, o crédito que ele tinha era muito inferior ao do português. Durante as operações para zarpar de Tortuga e desembarcar na Isla de la Vaca, Macary nem procurara aquele que teoricamente era seu subordinado imediato. Além disso, Rogério queria regularizar o quanto antes sua posição com a prisioneira africana. E, em caso extremo, se Trouin de fato se tornasse um incômodo, restavam os talentos de Levert para tirá-lo do caminho.

Foram recebidos em terra por um aventureiro decrépito, sentado na base de um canhão enferrujado, rodeado por uma turma de meninos mestiços. Tinha uma perna de pau, e faltavam-lhe o olho direito e o braço esquerdo.

Le Bon, com o eterno cachimbo entre os lábios, alcançara Rogério, com as mãos no bolso. Apontou o mutilado com o queixo.

— Aquele já foi um *filibustero* de valor. Serviu com Montbars e depois com Michel Le Basque em Maracaibo. Não sei o verdadeiro nome dele, mas chamavam-no L'Araignée,[18] talvez porque perdesse patas a cada batalha. Fez fortuna com suas mutilações. Aposentou-se aqui com sua esposa arawaca. Em anos melhores, administrou uma taverna e um bordel. Agora, acho que está só sobrevivendo.

Quando L'Araignée viu De Grammont, com as pernas mais firmes do que de costume, abandonou o canhão e claudicou para fazer-lhe as honras. O cavaleiro foi cordial. Deixou-se arrastar até

---

18 N.T.: Em francês, "a aranha".

uma cabana feita de simples paus a pique sustentando um teto de palha. Debaixo dele havia três mesas rústicas e bancos longos. Ao lado, entre as palmeiras, uma índia velha tentava reacender, depois de sabe-se lá quantos anos, uma estufa de tijolos. Outros ilhéus acorriam, entre bucaneiros e arawacos. De todos os *comedores*[19] de La Vaca, numerosos vinte anos antes, restava somente aquele (dos outros, viam-se as ruínas, invadidas por arbustos e trepadeiras).

Enquanto isso, os outros comandantes haviam desembarcado. Exuberante como sempre, Lorencillo foi sentar-se diante de De Grammont e gritou para o taverneiro:

— L'Araignée, velho canalha, imagino que vai nos dar de comer alguma nojeira...

— Nem tanto, capitão! Aqui ainda temos javalis. Se não conseguirmos acender o forno, sempre há o presunto.

— ... mas deve ter algo para beber, maldito demônio! Não espero grandes vinhos, mas algo forte.

— Temos rum e também gim, que os ingleses fazem. Ainda tenho reservadas garrafas de vinho espanhol, guardadas numa gruta há vinte anos. Acho que ainda dá para beber. — A voz de L'Araignée era alegre, como se a chegada da frota tivesse lhe devolvido a juventude.

— Então vinho, pão e presunto para todos os capitães, a começar pelo cavaleiro De Grammont. E gim e rum para os nossos homens. Acho que desta vez você vai esgotar seus barris.

— Eu ficaria feliz, capitão.

Os comandantes haviam se sentado às três mesas. Já os oficiais, suboficiais e marujos simples permaneceram de pé, em atitude respeitosa, num círculo. Depois de algumas bufadas inconclusivas, o forno se acendeu. Em pouco tempo, espalhou-se ao redor o aroma da carne assada, que, sabe-se lá por qual alquimia, combinava muito bem com o perfume intenso e inebriante das flores. Uma lâmina de

---

**19** N.T.: Em espanhol, "refeitórios".

luz vertical cortava a mesa central, passando por uma fresta do teto, e alimentava o clima sereno.

Lorencillo deslizou o corpo e bateu com a mão no banco, olhando para Rogério.

— Por que está aí de pé feito um dois de paus, português? Sente-se aqui comigo! Não vai me dizer que não gosta de presunto!

A hesitação de Rogério foi vencida por um empurrão de Le Bon. Rogério passou a perna por cima do banco e se sentou. À sua frente estava De Grammont, que conversava animadamente com o capitão Godefroy. À sua direita, Lorencillo, mais cordial do que nunca. À esquerda, Le Sage, distante e contido.

Quando chegaram o vinho e os licores, seguidos pela comida, as negociações tiveram início. Naturalmente, o primeiro a fazer uso da palavra foi De Grammont.

— Amigos — disse, dirigindo-se aos outros capitães —, como sabem, vamos para Campeche. Não me resulta que haja lá grandes riquezas, à parte madeiras e bens de consumo; todavia, moram famílias importantes, ligadas à nobreza espanhola. Certamente têm em casa ouro, prataria, tecidos preciosos e escravos em abundância. Não faltará o que pilhar.

Da outra ponta da mesa, Vigneron objetou:

— Temos no mar uma frota nunca vista, e com certeza outros navios vão se juntar a nós nos próximos dias. Sei por certo que um par de comandantes ingleses deixaram a Jamaica e estão vindo para cá. Não seria o caso de escolher uma presa mais rica? Veracruz, por exemplo. Já a saqueamos uma vez, conhecemos o território. A cidade tem os armazéns sempre cheios.

A resposta veio de Lorencillo. Ele engoliu rapidamente o bocado que mastigava e balançou a cabeça.

— Tomamos Veracruz por via terrestre; e não podemos repetir a estratégia. Tem postos avançados e fortes nos bosques, e galeões de guerra no porto. O forte de San Juan lembra a lição recebida e agora aponta os canhões para o povoado. Seria uma derrota, se não garantida, muito provável.

— Quantos galeões? Não mais do que um par, suponho.

— Sim, mas Veracruz é sempre açoitada pelo vento e flagelada pela chuva. Apareceríamos em ordem esparsa. Por mar é difícil conquistá-la; por terra, impossível.

De Grammont encurtou a conversa.

— Campeche, estou dizendo. Está lá, segura, confiando na muralha que daqui a alguns meses a circundará e que, no momento, está cheia de brechas. — Ele fez uma pausa, tomou um gole de vinho e enxugou os lábios num lencinho bordado, parecido com aqueles que as mulheres costumavam usar. — Não imaginem uma cidade miserável. Tem casas de pedra e até mansões. As damas da alta estirpe andam cobertas de joias. Lá tem até um teatro. Se as riquezas coletivas são poucas, as individuais são muitas.

— Porém lá há também um vice-governador, Dom Felipe de la Barrera y Villegas — resmungou Vigneron. — Deve ter sua escolta.

— Já aniquilamos outras escoltas e capturamos outros funcionários.

— E Mérida fica perto. Ali tem muitos espanhóis.

— Conquistada, Campeche vai se tornar um bom refém para mantê-los na linha.

Seguiu-se um longo silêncio, ocupado pelos presentes comendo e bebendo. Rogério ficou impactado com os modos educados dos comandantes piratas. Ninguém mastigava a comida de boca aberta, ninguém tomava as bebidas fazendo ruídos incômodos. A observância das boas maneiras refletia-se nos trajes. Talvez ricos demais em rendas e com um excesso de sedas, porém, semelhantes às vestes da aristocracia europeia. Os chefes dos Irmãos da Costa davam a impressão de se inspirar não em criminosos (deixando isso, quando muito, para os silenciosos bucaneiros) mas na nobreza de Paris, Londres ou Madri. Quase como se aspirassem, com os roubos, a tornar-se uma futura classe dominante no Novo Mundo.

Havia, porém, uma diferença, e ela foi manifesta, superadas as reflexões, pela intervenção do capitão Le Sage.

— Vamos votar. Naturalmente, podem votar todos os presentes, inclusive os membros das tripulações. Campeche ou Veracruz? Quem defende Campeche levante a mão.

A maioria dos braços se levantou em favor daquela meta.

— Eu diria que não restam dúvidas. Façamos a contraprova. Quem gostaria de ir para Veracruz?

Mãos se levantaram, mas em número irrisório.

— Muito bem — comentou De Grammont. — Ficaremos aqui uma semana, de modo que eventuais irmãos consigam nos alcançar, depois zarparemos para Campeche. A assembleia está encerrada, a menos que alguém tenha algum outro argumento para submeter à discussão.

Era o momento que Rogério aguardava e temia. Ele levantou o antebraço.

— Eu — disse, com um nó na garganta. — Para um assunto pessoal.

O cavaleiro o olhou com seu semblante sisudo e estupefato. Os outros presentes também estavam estarrecidos.

— Então fale — exortou-o De Grammont.

# 32

# Rebelião aberta

Rogério encarou um dos momentos mais difíceis de sua vida com descaramento. Ficou de pé, tomou um último gole de vinho e começou a dizer, com a taça ainda na mão:

— Honrados capitães, e vocês, Irmãos da Costa. Eu era compadre de núpcias de Pepe Canseco, que embarcou no *Neptune* e morreu antes de se casar com uma escrava que havia libertado. Agora ela se encontra aprisionada no *Le Hardi*. Eu reivindico meu direito de sucessor de Pepe na função de marido, e de...

Rogério foi interrompido por um fato imprevisto que o fez voltar a cair sentado no banco. Dos mangues nodosos surgiram o conde de Frontignan, Hubert de Lanversier, e uma dezena de homens armados de mosquetes e bestas, que, aliás, seguravam em riste. Eles cercaram o *comedor*. O conde baixou até as tábuas do chão seu tricorne todo emplumado.

— Cavaleiro — ele disse a De Grammont —, eu teria ordens para prendê-lo. Prefiro discutir.

— Sábia preferência — rebateu o capitão, em tom de troça. — Antes que um só dos seus esbirros conseguisse carregar a arma que porta, vocês seriam degolados, do primeiro ao último, a começar pelo senhor. Poucos minutos depois, suas fragatas iriam a pique. O senhor deve imaginar isso. E agora pode discutir, senhor imbecil.

De fato, os piratas ao redor da mesa haviam empunhado as adagas, espadas e pistolas que carregavam. Alguns bucaneiros, sem perder tempo com os fuzis, empunhavam as clavas com as quais costumavam esfacelar o crânio de javalis, bois, touros e carneiros feridos. Todos gargalhavam. Os soldadinhos do rei, lindos e enfeitados, pareciam ovelhas cercadas por uma alcateia inteira de lobos.

O conde de Frontignan empalideceu. Frases truncadas saíram de sua boca.

— Cavaleiro, nosso soberano quer... Luís XIV pede... A Espanha não pode ser atacada neste momento. Seria... O cacife é muito alto. Por isso o governador de Tortuga me mandou, para fazê-lo desistir dos seus propósitos criminosos. É uma última tentativa.

De Grammont olhou o janotinha de cima a baixo.

— Não entendi porra nenhuma, mas uma coisa ficou clara. O senhor não se chama Luís XIV.

De Lanversier balbuciou, com a língua seca:

— De fato, não.

— Então vá para a França encontrar o rei e volte com ordens por escrito. Só então vou levá-lo a sério.

— O sr. De Cussy representa o nosso soberano nestes mares.

— Deve ser muito viril. Aonde ele não chega, manda seus colhões falarem comigo.

Irromperam risadas. De Lanversier recuou um passo. Parecia mais seguro de si. Restava a palidez sob a peruca branca.

— Essa é a sua última palavra?

— A última. A menos que algum dos presentes tenha algo a acrescentar.

Lorencillo esvaziou a enésima taça de vinho e arrotou sonoramente.

— Nossos arawacos começam a sofrer pela falta de carne humana. Bem salgados, esses ilustríssimos senhores poderiam ser uns bocados deliciosos. Se quiser, almirante, peço que os indígenas assem o senhor no espeto, com seus homens como acompanhamento. Com cebola talvez fiquem saborosos.

Os presentes aplaudiram. De Grammont abriu um sorrisinho e disse:

— Não. É melhor que ele volte para Tortuga para fazer o relato. Agora vou contar até três. Quando eu disser "três", matem todos e profanem seus corpos. Um...

Não chegou nem ao dois. De Lanversier e seus homens saíram correndo. Os Irmãos da Costa se torciam de tanto rir.

— Talvez não vejamos mais nem as velas deles. — De Grammont voltou à seriedade de sempre. Encarou Rogério sem hostilidade, mas também sem calor humano. — O senhor ia dizer alguma coisa a respeito de uma escrava minha.

O português, que voltara a levantar durante o bate-boca com o aristocrata, caiu novamente sentado no banco. A energia de poucos momentos antes havia sumido. Apesar disso, enfrentou o olhar do cavaleiro e disse com firmeza aceitável:

— Capitão, a escrava africana que o senhor hospeda nos alojamentos ia se casar com Pepe Canseco, meu compadre de matrimônio. Acredito que seja meu direito tê-la como esposa.

— Infelizmente não, meu jovem. — A réplica de De Grammont não foi particularmente rancorosa; quando muito, fria. O capitão estava cortando uma fatia de carne, e nela concentrava sua atenção. — O senhor teria razão se as bodas entre Pepe e a mulher tivessem sido consumadas. Isso não aconteceu. Ela voltou a ser a escrava que era, e eu, seu dono. Depois de Campeche, linda como é, quero vendê-la em Port Royal. Por isso a estou trazendo comigo.

Rogério falou com voz embargada.

— Ela está ao lado do seu alojamento...

— Claro. Não quero que suas carnes macias se deteriorem na estiva, onde estão os outros negros.

— Insisto: ela é minha!

De Grammont, que havia terminado de comer e limpava os lábios com um guardanapo, pousou em Rogério um olhar de fingida mágoa.

— Se o senhor tivesse perdido o braço direito, ela seria sua. Se tivesse ficado cego de um olho, ou se outro membro importante lhe tivesse sido arrancado por uma bala de canhão, teria direito à escrava. Nada disso aconteceu. A negrinha é minha, e faço com ela o que eu quiser.

— Contra a vontade dela?

— Que vontade o senhor acha que as mulheres têm? As escravas, então! Seria o mesmo que atribuir uma vontade aos macacos!

Ao redor da mesa ouviram-se risadinhas. Exquemeling, sozinho num canto, fez ouvir pela primeira vez a própria voz.

— Capitão, não julgue mal Rogério de Campos! Ele está conosco há pouco tempo, não conhece as regras!

— Oh, eu não o julgo mal — respondeu De Grammont, com seu ar de nobre bonachão e indulgente. — De fato, já lhe perdoei esse último rompante inoportuno. Espero vê-lo em ação em Campeche. Se ele se comportar com valor, pode ser que eu venda para ele, e não no mercado, a escravinha que parece lhe agradar.

Houve quem aplaudisse frases tão magnânimas. Constrangido, Rogério sentiu-se obrigado a fazer uma mesura de agradecimento. O resto do almoço transcorreu normalmente. Foi marcada para o dia seguinte uma nova reunião, reservada somente aos capitães, para definir rotas e estratégias de ataque.

Finda a refeição, Rogério foi abordado, enquanto se dirigia ao molhe, por Andrieszoon e Lorencillo, ambos muito cordiais.

— Talvez não fosse o caso de expor em público sua obsessão — disse o primeiro. — Mas até que De Grammont pareceu reagir bem. Agora, porém, aconselho um ato de coragem, para se redimir completamente aos olhos dele.

— Ato de coragem? Qual?

A resposta veio de Lorencillo, levemente ébrio e superexcitado, como sempre.

— Vou lhe dizer, jesuíta. Não podemos ter as fragatas de Sua Majestade nos calcanhares até Campeche. Tampouco podemos afundá-las: trata-se sempre de navios do nosso rei. — Ele piscou. — Começa a entender, agora?

— Não — confessou Rogério.

— Como não entende?! Não é tão difícil! Maldito capeta! Um acidente poderia segurá-las aqui. Um fato casual, não atribuível a ninguém. Acontecem tantos, tanto no mar quanto nos portos. Todos os navios são peneiras fedorentas, inclusive os vasos de guerra.

Rogério tinha parado a pouca distância do atracadouro em ruínas. O vento, carregado com o odor da água salgada, agitava-lhe os cabelos.

— Que tipo de acidente?

— Um dos mais típicos é um canhão que se solta e abre um rombo no casco — explicou Andrieszoon. — Há também os incêndios imprevistos, capazes de devorar o mastro principal num segundo. Ou buracos que ninguém notou. Um alagamento da estiva, se o rombo for grande, não é fácil de controlar. Em dois casos a cada três, o veleiro vai a pique.

Rogério, perdido até aquele momento, começou a entender.

— Querem que eu vá sabotar as três fragatas?

— Não as três. Só a nau capitânia. Aquela a bordo da qual está o meia-foda do De Lanversier. Aí as outras duas terão que ficar onde estão.

— Quando eu deveria fazer isso?

— Antes que zarpemos, obviamente. Portanto, dentro de cinco ou seis dias.

— Posso levar ajuda?

— Claro, mas apenas um par de homens, não mais do que isso. — Andrieszoon pareceu calcular a mão de obra necessária. — Melhor um só marinheiro, alguém de confiança. Ninguém pode estar a par da sabotagem. O trabalho será feito à noite, quando a vigilância é mínima. Rápido e eficaz.

Lorencillo deu no ombro de Rogério um tapa tão violento que o desequilibrou.

— Não imagina o crédito que vai ter depois disso, jesuíta! De Grammont vai tratá-lo a pão de ló. Você terá muito mais possibilidades de satisfazer seus desejos.

— Ele está a par disso?

— Claro que está. Concebeu pessoalmente o plano. Mas não havia pensado em você, claro. Envolvê-lo foi ideia minha.

— E por que logo eu?

Lorencillo, decididamente ébrio, imitou com as mãos um pássaro voando baixo. Sussurrou, enfático, apesar da voz rouca:

— Porque você é invisível. Parece não ter nenhuma personalidade, no entanto se apaixona. Chega a desafiar um aventureiro após o outro para conseguir sua presa. É silencioso e raramente notado. Todo pirata faz o maior barulho possível e tenta se destacar. Já você é diferente. Posto à prova, demonstra esperteza e coragem, mas, mesmo assim, ninguém lhe dá atenção. Doma até tempestades, discretamente. Um verdadeiro jesuíta, oculto e laborioso.

— É verdade — acrescentou Andrieszoon. — Ninguém melhor que o senhor pode se insinuar a bordo de uma nave inimiga e sabotá-la. Notei que seus passos não fazem barulho, nem mesmo sobre as tábuas da tolda. Ninguém é mais adequado a uma operação de sabotagem.

Rogério refletiu, enquanto a maresia começava a irritar seus olhos. Aquelas seriam avaliações sinceras ou simples bajulações, para motivá-lo a uma ação de êxito incerto? Naquele retrato, de qualquer forma, ele se reconhecia em parte. Remetia-lhe a imagens diferentes do contexto: claustros escuros, arcadas, frases sussurradas aos confrades em galerias. Até o momento que preferia esquecer.

— Aceito — disse —, mas preciso de dois companheiros.

— Quais? — perguntou Lorencillo.

— Um é Levert, o timoneiro do *Le Hardi*. O outro, escolherei mais tarde. Um homem para a parte braçal.

Depois de se entreolhar brevemente, os dois capitães assentiram.

— Muito bem — respondeu Lorencillo. — Só uma recomendação. Quando chegar o momento de agir, nas fragatas francesas não pode haver mortos. Nem um único.

— Mas será preciso anular os vigias para sabotar o *Gloire du Lys*.

— Certo... as sentinelas tudo bem... Mas nenhum oficial ou suboficial. Em caso de crime mais grave, a França mandaria não três fragatas, mas uma frota inteira. Para a Filibusta, já ameaçada e no limite das forças, seria o fim. Entendeu, jesuíta?

Rogério assentiu.

— Farei o que o senhor disse. Aguardo o sinal para agir.

— Não vai tardar. — Lorencillo caiu na gargalhada. — O que estamos fazendo aqui? Vigiando os peixes? Depois da digestão, indispensável, vem o melhor momento: hora de beber. Vamos voltar para as cabanas. Eu pago a última rodada.

— Não, eu! — rebateu Andrieszoon. — É a minha vez!

— Nada disso! A honra é minha! Se quiser tirá-la de mim, *monsieur*, convém empunhar sua adaga!

Os dois capitães caíram no riso. Tomaram Rogério pelos braços e o levaram de volta para o povoado semidestruído, que, por um instante, estava vivendo uma segunda e inesperada juventude. O futuro era muito mais incerto.

## 33
# Golpe sorrateiro

Com um gesto, Rogério pediu que Bamba parasse de remar e deixasse o bote deslizar sob a popa do *Gloire du Lys*, perto do leme. Chegando na altura certa, Levert lançou um gancho que se prendeu à balaustrada do jardinzinho. O português subiu primeiro. Levert o seguiu. Do pequeno terraço, foi fácil subir para o alto do castelo.

Faltava pouco para o amanhecer e, em pouco tempo, a frota dos piratas partiria da Isla de la Vaca rumo a Campeche. A ela haviam se juntado dois capitães ingleses vindos de Port Royal, ambos em goletas, e um par de americanos que, passando por aqueles mares, tiveram notícia da expedição. Ao todo mil e trezentos homens e uns quarenta cavalos. Agora, porém, dormiam, homens e animais, à espera do sino que os colocaria em movimento.

A grande lanterna do *Gloire du Lys* estava acesa, mas o convés era um deserto. Os dois marinheiros de vigia estavam reunidos na proa, enquanto o oficial de turno, que Rogério reconheceu ser De Ravency, roncava pesadamente, envolvido em seu manto, ao pé da escada de corda que descia dos alojamentos. Nenhum ruído, a não ser, claro, o das ondas e dos rangidos emitidos pelo casco de qualquer veleiro.

— O que vamos fazer? — cochichou Levert, apontando para De Ravency. — Não podemos descer sem acordá-lo.

Rogério falou também em voz baixa.

— Corte a garganta dele. Um golpe limpo, para que ele não possa gritar. A carótida seccionada sem cerimônia.

Levert, no escuro, pareceu estremecer.

— Contramestre, as ordens são para não matar ninguém!

— Sei disso melhor do que você — respondeu Rogério, que tinha seu próprio plano em mente, complicado e de longo prazo, como tudo aquilo que concebia. — Temos duas alternativas. Degolar esse canalha ou voltar atrás. Não vejo outra saída.

— Poderíamos amordaçá-lo.

— Ele teria tempo de gritar, e seríamos descobertos.

— Atordoá-lo?

— Seria arriscado demais.

Levert não estava convencido.

— Lorencillo não vai ficar contente, e o cavaleiro, menos ainda.

— Eles não vão saber. Vamos zarpar daqui a menos de uma hora, não? O importante é levarmos a termo nossa missão. E depois o *Gloire du Lys* vai afundar, e com ele as provas. — Rogério olhou para o céu. — Ande logo, temos pouquíssimo tempo. Faça seu trabalho. Um corte cirúrgico, veja lá, para que não saia sangue demais.

Após uma última hesitação, Levert desceu pela escadinha de corda. Sacou do cinto o punhal de lâmina longa e fina que os espanhóis chamam de "misericórdia". Apertou a palma da mão esquerda sobre a boca do francês e, com a direita, serrou-lhe a garganta de uma orelha à outra. De Ravency arregalou os olhos, mas não conseguiu dizer nada. Os jatos de sangue jorraram em silêncio sobre o convés.

— Muito bem — sussurrou Rogério para Levert, enquanto ele limpava o punhal no couro das botas e devolvia a lâmina na bainha, como profissional do homicídio. — Agora precisamos afundar a fragata. Alguma ideia?

O timoneiro apontou para a lanterna.

— Vamos tirar o sebo aceso e rolá-lo até a vela mestra para que pegue fogo.

— O que está dizendo? A vela está recolhida.

— Ao pé do mastro há rolos de corda e barris. E alcatrão por toda parte, altamente inflamável.

— Demorado demais. — Rogério balançou a cabeça. — Tudo isso não vai arder como rastilho de pólvora. Melhor usar um sistema já testado. Desça até o corredor dos canhões e desamarre quantos puder.

— Vamos ter que lidar com os artilheiros.

— Você acha que eles passam a noite perto dos canhões? Isso só acontece em caso de batalha iminente. Em geral, nos navios de guerra, os bombardeiros descansam com o resto da tripulação.

Sem ouvir mais objeções, Rogério desceu pela escadinha de corda, tentando não fazer barulho. Os marinheiros de vigia continuavam na proa e, provavelmente, mais do que conversando, estavam cochilando. Ele tomou cuidado para não escorregar na poça do sangue de De Ravency, que se espalhava.

Rogério encontrou logo o alçapão que levava ao corredor dos canhões. Como supunha, sob a luz fraca emitida por uma única lanterna acesa, não se viam artilheiros perto das peças. Para cúmulo da sorte, as bocas de fogo estavam presas às janelinhas não com correntes, mas com cordas. Foi fácil cortar os nós com os punhais.

Depois de deixar uma dezena de canhões livres para bater nas paredes, Rogério disse a Levert:

— Já basta. Vamos voltar, depressa. Mas antes, jogaremos o corpo de De Ravency no mar.

— Isso é indispensável?

— Eu diria que sim. Daqui a poucas horas descobrirão o sangue, mas não o corpo. Antes de mais nada, vão procurar o cadáver. Você vai ver, será divertido.

Bamba os aguardava ao pé da corda presa no gancho, com os remos levantados. Uma luz pálida no horizonte, sob um céu ainda dominado pela escuridão, anunciava a aurora. Bamba esperou que os dois sabotadores embarcassem, depois começou a remar de ré, rumo ao porto da Isla de la Vaca.

— Tudo bem, senhores?

— Tudo ótimo. Reme o mais rápido que puder.

Eles subiram a bordo do *Le Hardi* no exato momento em que o sino chamava os homens para o convés, com o primeiro raio de sol.

Rogério foi ajudado por Macary e Du Val. Trouin, de pé ao lado do alçapão central, dirigia os homens para a serviola ou para as velas. Os gajeiros já estavam subindo nas vergas para desamarrar os feixes e desfraldar os retângulos de lona.

— Missão cumprida? — perguntou Macary.

Rogério estava ofegante.

— Sim. Nenhum incidente.

— O *Gloire du Lys* parece intacto.

— Pura aparência. Não vai conseguir sair do porto.

— Muito bem. Vá fazer seu trabalho.

De cada nau da frota partiam toques de sinos, a ponto de compor uma espécie de concerto dissonante. As serviolas rangiam erguendo as âncoras, operadas por homens de dorso nu e já suados, apesar dos rigores matinais. O primeiro navio a se mover rumo à boca da enseada foi o *Neptune*, que não apertou o ritmo: esperou que o *Le Hardi* o ultrapassasse. Do molhe decrépito de La Vaca, os aventureiros anciões, rodeados das famílias, abanavam chapéus. Uma semana de parada dos piratas de Tortuga havia aliviado o declínio de seu porto. Sabe-se lá quando outra ocasião semelhante se apresentaria.

De improviso, do *Gloire du Lys*, que também tentava zarpar, partiu um tiro de canhão. O projétil perdeu-se nas águas profundas. A fragata soltou as amarras, mas balançava. Os outros dois navios do rei a imitavam, indecisas. Ecoou um segundo tiro.

— O que estão fazendo? — perguntou Macary, correndo para a amurada. — Atirando em nós?

Rogério, ao seu lado, riu baixinho.

— Estão tentando, senhor. Eu não apostaria no sucesso deles!

De fato, assim que se afastou do atracadouro, o *Gloire du Lys* explodiu. Seus flancos voaram em pedaços, a tolda desabou, os mastros se inclinaram e caíram. Das amuradas, as peças de artilharia caíam na água, derrubando o que encontravam pela frente. O ruído dos impactos era ensurdecedor. Em poucos minutos, agitada pelas ondas, a fragata se transformou num destroço e ameaçou afundar entre paredes de espuma. Os outros navios reais pararam para descer os botes e salvar os náufragos.

Achando graça, Macary piscou para Rogério.

— Algo me diz que esse desastre tem a ver com sua expedição noturna. Não estou enganado, estou?

— Não, não está, senhor — respondeu o português, sorrindo também.

— O capitão ficará muito satisfeito. Vá descansar agora. Fez por merecer um turno de sono.

Quando Rogério voltou para o convés, quatro horas depois, a frota já estava em alto mar e tinha deixado para trás a Isla de la Vaca. Rumava para o norte. Tantas embarcações no mar, de velas desfraldadas e infladas pelo vento, eram um espetáculo que tinha algo de grandioso. Os conveses, os mastros, as vergas eram um formigueiro de marujos. As proas, cada uma com sua figura (sereias, peixes fantásticos e recurvos, estátuas de Netuno armadas de tridente), fendiam as ondas. Os cantos passavam de um navio ao outro, entoados por *filibusteros* atarefados e febris, ansiosos por voltar para a batalha e afundar as mãos no ouro alheio. Entre todos, prevalecia *La Bamba*, com as palavras do cavaleiro De Grammont que ninguém havia esquecido:

> *Ay, arriba y arriba*
> *Ay, arriba y arriba*
> *Y arriba iré*
> *Yo no soy marinero,*
> *Yo no soy marinero,*
> *Soy capitán,*
> *Soy capitán*

Rogério ficou inebriado com a cena que tinha diante de si. O mar, que lhe agredia as narinas com seu perfume agudo e inconfundível, era deles, não restava dúvida. Era dos Irmãos da Costa, os únicos que, sem amá-lo demais (muitos até o odiavam), sabiam conviver com ele.

O português foi arrancado de seus devaneios pela voz áspera e irônica de Macary.

— Bom dia, contramestre! Agora, se me permite, recorrerei à sua perícia. Os grampos do fende-mar mal se aguentam. Procure um carpinteiro e reforce-os. Além disso, temos muito velame inútil. O joanete, por exemplo. Quando terminar o trabalho na proa, trate de recolhê-lo. Deixe aberto o contrajoanete em lugar dele. Será suficiente para nos dar impulso.

Rogério memorizou as indicações e correu para cumpri-las. Sentia-se cheio de energia, como o resto da tripulação. Iam na direção da glória e da ousadia. A ele pouco importava a riqueza. Interessava-lhe mais um encargo bem executado. Quando jesuíta, seus superiores lhe haviam infundido a apreciação do valor intrínseco disso.

Depois de atravessar a metade do convés, um encontro com Trouin arrefeceu seu ímpeto.

— Aonde está indo, português? — perguntou o bretão com uma risadinha.

— Cuidar dos grampos do fende-mar.

— Sou o segundo oficial. Tenho outras prioridades.

— Se minhas ordens vêm mais do alto, posso ignorar as suas.

Rogério ignorou Trouin e desceu para a proa, sob o gurupés. Viu um carpinteiro, já preocupado com a escassa solidez dos grampos, e o chamou. Fez o mesmo com os marinheiros que manobravam as velas nos arredores. O bretão gritou alguma coisa que Rogério não ouviu. Considerava-o tanto quanto as pulgas que arrancava das pernas e das costas toda noite. Um incômodo que, no momento oportuno, iria queimar na chama de uma vela.

A proa do *Le Hardi* trazia fortes emoções. A quilha descia até sumir no mar, depois subia de novo. A experiência, em outras partes do bergantim, não era tão empolgante. No convés, o movimento era menos perceptível.

Rogério, encharcado, estava feliz. Aquele era o mar. Ele lhe fazia frente, vagalhão após vagalhão. Para um homem livre, não existia condenação melhor. Desafiar a água, seus perigos, seus mistérios. Foi um dos raros momentos nos quais se sentiu novamente em paz com o mundo, e não pensou na escrava. Uma pausa que durou pouquíssimo tempo.

# 34

# Champotón

Depois de uma semana de navegação, do cesto do mastro principal do *Le Hardi* veio o grito que todos esperavam:

— Terra à vista! É a costa mexicana!

O aviso propagou-se de veleiro em veleiro. De Grammont, que estava ao lado de Macary, perto do pedestal do timão, perguntou ao oficial:

— É certeza? Estamos no México?

— Sim — respondeu o outro, que consultava um mapa amarelado, rico em nomes e desenhos mal traçados. — Deveríamos estar perto de Yucatán, na altura de Mérida. Para chegar em Campeche, precisamos navegar mais um dia.

— Não quero desembarcar em Campeche — disse De Grammont. — Há algum pequeno porto que possamos abordar, mais ao sul ou ao norte?

Macary desdobrou o mapa que segurava.

— Aqui está assinalada como acessível a cidadezinha de Champotón, depois de Campeche, um pouco ao sul. Para chegar lá, porém, vamos levar dois dias, não um.

— Champotón? Nunca ouvi falar. O senhor já esteve lá?

— Não. Nem sabia que existia. O cartógrafo posicionou o povoado na margem de pântanos. Não assinalou recifes nem obstáculos. Breves línguas de terra, essas, sim. Ilhotas de forma alongada, acho.

— Muito bem. Vamos desembarcar ali. — De Grammont olhou para Rogério, que estava apoiado na amurada, à espera de ordens.

— Contramestre, um aviso para os outros navios. Que nenhum deles se aproxime da costa por enquanto. Vamos para o mar aberto para não sermos vistos e continuaremos a navegar. A nossa meta se chama Champotón.

Rogério apressou-se em obedecer. O comando era propagado por voz, a partir do *Mutine*, que velejava em formação com a capitânia, e dali seria transmitido para o resto da frota. O português se esgoelou. O capitão Andrieszoon, com um amplo gesto do braço, comunicou ter entendido e mandou interpelar Le Sage e Grognier nos vasos mais próximos do seu. Em breve, cada navio guinou para noroeste, e o México sumiu no horizonte. Somente uma névoa distante indicava a presença de seu litoral.

Rogério havia acabado de mandar orçar a proa quando se viu diante do rosto, já detestado, de Michel Trouin. O ex-contramestre promovido a segundo oficial, sabe-se lá por quais méritos, passeava há sete dias pelo convés do *Le Hardi* aparentemente atarefado, mas sem fazer nada de concreto. Em meio à tripulação que, no limite das forças, fazia o bergantim voar com mudanças contínuas na orientação das velas, ele se ocupava de problemas secundários. A serviola mal azeitada, rasgos a serem costurados, a qualidade da comida servida pelo cozinheiro. Funções típicas dos contramestres, e mais ainda dos ajudantes de ordens. Recentemente, descobrira ninhadas de ratos que infestavam a despensa. Era visto subindo e descendo da tolda com um pequeno esquadrão de homens armados de redinhas.

Quando muito, capturavam dois ratos por dia, que jogavam no mar. Macary tentara induzir seu subalterno imediato a comportar-se como tal, mas acabara desistindo. Não lhe dirigia mais a palavra e pronto. Rogério perguntou-se o porquê daquele comportamento. Provavelmente era ditado pelo respeito à linhagem à qual o bretão pertencia. Existiam, portanto, privilégios de casta mesmo entre os piratas.

O sorriso de Trouin se atenuou, mas uma tira de dentes muito brancos permaneceu à mostra.

— Lamento comunicar, contramestre. Sei como certo que hoje à noite o cavaleiro De Grammont descerá para ver a tua negrinha.

Rogério enrijeceu e se agarrou às enxárcias, sem se preocupar com os respingos que lhe ensopavam as costas.

— O senhor afirma saber disso como certo. Ele mesmo lhe contou?

— Não, mas pediu ao dr. Exquemeling uma daquelas tripas de porco usadas como invólucro das linguiças para esta noite. Você sabe que elas também servem para segurar o sêmen, evitando que a mulher engravide. Por que o capitão precisa disso justamente esta noite? Não é difícil entender o que ele tem em mente.

— Agradeço muito pela informação, senhor segundo oficial — disse Rogério com um esboço de mesura.

— Não há de quê, jesuíta — respondeu o outro, igualmente garboso. O sorrisinho desapareceu. — Onde estão meus caça-ratos? Ah, lá estão eles, sentados nas cordas e fumando cachimbo. Malditos poltrões. Rapazes, acordem! A pausa acabou, vamos voltar para baixo. Temos roedores para capturar!

Assim que Trouin desapareceu no ventre do bergantim, Rogério correu para a cabine de Exquemeling. No meio do percurso encontrou Macary, de pé, como de costume, ao lado do timoneiro, um substituto de Levert, que fazia seu turno de descanso.

Rogério atacou o oficial.

— O senhor tem um subordinado incapaz e meio idiota, mas tolera todos os seus comportamentos.

— Eu não os tolero. Ignoro-os.

— Deveria ser açoitado por vagabundagem e incapacidade flagrante.

— Aqui não se açoita ninguém. Não estamos nem numa galé do rei da França nem num galeão da marinha de guerra.

Rogério ponderou brevemente e voltou à ofensiva.

— Para que serve um ajudante que perde tempo caçando ratos? Um desgraçado que contribuiu para o afundamento do próprio navio, a bordo do qual a disciplina não existia, e que mal sabe o nome das velas?

Macary deu de ombros.

— Não é por acaso que eu não o incumbo de tarefas importantes e o deixo caçar ratos. Prefiro não o ter no caminho. Se começar a incomodar de verdade, ele servirá de comida aos peixes. Por enquanto, é inofensivo.

Rogério foi embora contrariado. Pensou que Trouin era favorecido por conta do seu sobrenome. Estimado pela monarquia francesa e, portanto, útil para os *filibusteros* num período em que as relações com o rei estavam em crise. Existiam conveniências mesmo entre os fora da lei. Dirigiu duas ordens aos gajeiros – era hora de enrolar o velame não indispensável por conta do ímpeto do vento – e chegou aos alojamentos da popa.

Exquemeling fumava cachimbo e lia um grosso tomo, reclinado num divã que ocupava toda uma parede do seu pequeno alojamento. O cubículo, muito luminoso pela presença de uma ampla janela, de onde se via o timão, era diferente daquele ocupado pelo colega De Lussan no *Neptune*. Ali, os livros de medicina ou de literatura variada chegavam até o forro, sobre prateleiras que formavam uma inteira biblioteca. Nada mais estava pendurado nas paredes, e não havia instrumentos cirúrgicos à mostra. Talvez estivessem guardados na maleta preta que ficava num canto. Em vez disso, a escrivaninha, muito estreita e cheia de gavetinhas marchetadas, tinha sobre seu tampo uma resma de folhas já escritas. O cheiro de nanquins divididos em potes enchia o aposento.

Foram exatamente as folhas, quando Rogério entrou, que Exquemeling apontou com o cachimbo fumegante amarelado e gasto.

— Na Europa já dei ao prelo minha primeira versão da história da Filibusta. Agora a estou atualizando com a expedição em curso. Haja o que houver em Campeche, trata-se de uma fase decisiva.

— Decisiva em que sentido? — perguntou Rogério.

— Ora, sente-se, meu amigo! — Exquemeling apontou para o banquinho diante da escrivaninha. — Ou prefere este sofá? — Fez menção de se levantar.

— Não, fique à vontade. O que quer dizer com "decisiva"?

Exquemeling soltou uma baforada de fumaça.

— É a primeira vez que Tortuga contraria abertamente as ordens do governador e a vontade do soberano, bem como da Companhia Francesa das Índias Ocidentais. De Grammont repete a toda hora que Luís XIV não pode saber nada a respeito disso. O rei não conhece os detalhes, mas já expediu ordens claras. Atualmente, ele não está em guerra com a Espanha. Suponho que a trégua não vá durar muito. Enquanto isso, qualquer ato ofensivo contra os espanhóis será considerado pura bandidagem. E punido como tal.

— Acho que o capitão está ciente desse risco.

— Sim, e isso me assusta um pouco. O cavaleiro De Grammont é um morto que anda. Sua vida acabou quando mataram a irmã que ele adorava. Não gostaria que estivesse nos conduzindo para o suicídio.

— Lorencillo não permitiria isso. Ele é a vida em pessoa.

— Sim, mas submisso à morte, que exerce fascínio sobre toda a Confraria da Costa. Hasteamos caveiras, matamos a esmo, depredamos para depois gastar tudo numa noite. Campeche pode ser a última etapa.

— A pirataria não acabará tão cedo.

— Mas pode acabar a pirataria dos homens livres e corajosos. Nosso arremedo de sociedade alternativa. De república dos rejeitados pelos Estados civilizados.

— Nada desaparece para sempre. Depois de um naufrágio, ficam os destroços a boiar.

— Não falo de desaparecimento absoluto. Falo de um fenômeno de rebelião que se torna norma de conduta e de governo. É assim que se enfraquecem os levantes.

O discurso estava se tornando enigmático demais para que Rogério conseguisse acompanhá-lo. Ele estava ali por motivos bem diferentes. Mexeu-se um pouco sobre o banquinho, muito incômodo, e comentou preocupado:

— Doutor, estou realmente desconfortável no *Le Hardi*. Sou coberto de reconhecimentos, mas o navio está cheio de miseráveis embarcados sem nenhum critério e que gozam de total liberdade de ação.

Exquemeling deixou o cachimbo na borda da mesa, já chamuscada pelos fumos do tabaco.

— Por exemplo?

— Michel Trouin. Henri Du Val.

— Faço ideia de quem sejam — respondeu Exquemeling. — Nulidades, fato. De Grammont poderia tê-los embarcado em vista de um projeto de autodestruição que não confessaria a ninguém. A começar por si mesmo. Um pouco como quando se desamarram os canhões de um veleiro.

Rogério teve um sobressalto. Será que o cirurgião estava ciente de sua missão no *Gloire du Lys*? Disse a si mesmo que era impossível.

— Como eu poderia neutralizar essas figuras? — perguntou. — Macary não me escuta. Já se o senhor falasse com ele ou com o capitão...

Exquemeling balançou a cabeça.

— Não ajudaria muito. O melhor é esperar por Campeche. Estamos chegando. Ali se verá no campo de batalha quem tem valor e quem não tem. — O médico acrescentou em voz baixa: — Quer me perguntar mais alguma coisa?

Rogério abaixou a cabeça.

— O senhor sabe.

— Meu rapaz, ainda pode ficar tranquilo. De Grammont demonstra algum interesse pela prisioneira, visto que manda servir-lhe as melhores comidas e lhe manda cobertas limpas todo dia. Porém, nunca desceu para vê-la, e não o fará tão cedo. As crises de gota o estão debilitando, e não adiantam as enfaixaduras apertadas, as sangrias, as infusões de colchicum, o Aloe bebido aos litros. O homem está sendo devorado por uma doença interior que não consigo identificar, provocada por um excesso de bílis negra.

— Desci para visitá-la, mas em segredo.

Exquemeling pegou o cachimbo e reavivou a brasa com alguns tragos. Demonstrava profunda compreensão.

— Jesuíta, é melhor adiar o assunto para depois de Campeche. Intuo que ali serão decididas todas as jogadas, se formos vitoriosos. Num banho de sangue, as almas emergem em sua verdade nua e se revelam tais como são. Algumas triunfam, outras sucumbem.

Rogério arregalou os olhos.

— Por que fala de um banho de sangue? O cavaleiro De Grammont prometeu clemência ao governador de Tortuga!

— Clemência? — Não fosse pelo cachimbo preso entre os dentes, Exquemeling teria gargalhado. — Meu jovem amigo, vi os Irmãos da

Costa agindo em muitos lugares, de Maracaibo ao Panamá a Veracruz. Quem quer riqueza quer cadáveres e corpos torturados. Duvido que Campeche será uma exceção.

Naquele momento, ouviu-se um tiro de canhão disparado de longe. Rogério despediu-se com um gesto e subiu correndo para o convés. Ouviu o grito repetido pelos cestos dos navios da frota.

— Champotón à vista! Tem um torreão com uma peça de artilharia! Um *polverín*! Estão disparando em nossa direção!

## 35

# Marcha em terra

— Bombardeiros, às peças! — urrou Macary. — Prontos para atirar!

A ordem foi ouvida e transmitida por Rogério, Du Val e Trouin, que voltava de sua caçada aos ratos. Ecoou também nos outros navios.

Ouviu-se, no ventre do *Le Hardi*, o rolar dos canhões, empurrados para as janelinhas, e das bolas, retiradas das pequenas pirâmides erguidas ao lado das peças e introduzidas nas bocas de fogo. Os grumetes desciam carregados de barris de pólvora. Aguardava-se apenas a ordem de atirar. Nos bergantins e veleiros maiores, os músicos batiam seus tambores, marcando um ritmo fúnebre e marcial.

Do *polverín* — uma construção atarracada, erguida na extremidade de um canal e rodeada por cabanas — partiu um segundo tiro. Perdeu-se no mar, como o primeiro, mas quase triscou uma goleta pirata.

Somente então De Grammont apareceu, sabe-se lá de onde, apoiado num bastão, a perna direita enfaixada e uma expressão de sofrimento. Trajava tricorne e manto.

— Quantos canhões eles têm?

— Eu arriscaria dizer um ou dois — respondeu o imediato. — Talvez três. Mas o forte, ainda que pequeno, é sólido e bem construído. Muros grossos, guaritas para as sentinelas, ótimos bastiões.

— São loucos de nos desafiar.

— Talvez não esperassem que fôssemos tão numerosos.

— São loucos, repito.

— Ou heróis. Receberam a ordem de vigiar o mar. Tentam fazê-lo.

De Grammont balançou a cabeça.

— Gostaria de homenagear a ousadia deles. Falta-me tempo, porém. Precisamos desembarcar ali, em Champotón. Mande atirar. Liquide-os.

— Fogo! — gritou Macary.

Contramestres e segundos oficiais nem precisaram repetir a ordem. Sob o convés, todos haviam entendido, e não esperavam outra coisa. Antes que o *polverín* pudesse disparar um terceiro tiro, o *Le Hardi* se inflamou, imitado pelo *Neptune* e pelo resto da frota. Os navios oscilaram com o recuo de suas peças, que logo ficaram incandescentes. Parecia que o oceano inteiro se incendiava, coberto por nuvens de fumaça branca.

Por si só, os tiros de canhão já eram ensurdecedores, tanto que os artilheiros costumavam, aceso o pavio, tapar os ouvidos. Disparados de uns vinte veleiros, criavam um inferno de trovões e relâmpagos. Ainda era dia, mas a fumaça escureceu o sol. Os gritos selvagens dos *filibusteros*, inebriados por aquele cenário apocalíptico, provavelmente chegaram até Campeche.

O *polverín* resistiu, apesar dos rombos na muralha. A artilharia medíocre perfilada no seu terraço, não. Foi abandonada, e os espanhóis debandaram em fuga. Tentaram escapar também os poucos habitantes de Champotón. As bolas dispersas derrubavam suas cabanas e casinhas. Um incêndio em toda a aldeia pôs fim à resistência.

— Cessar fogo — disse De Grammont para Macary. — Agora o terreno está como eu gosto. Recolham as velas, lancem a âncora e baixem os botes. De boa vontade. Vamos desembarcar.

Rogério repetiu as ordens transmitidas pelo imediato e foi ele mesmo operar a serviola.

Pouco depois, enquanto começava a escurecer, uns sessenta barcos avançaram, à força de remos, na direção da costa, tendo a bordo mais de novecentos piratas com adagas, espadas e mosquetes. Os botes maiores levavam os cavalos e o armamento pesado, incluindo um par de pequenos canhões móveis e uma colubrina. Capitães e bucaneiros ocupavam as embarcações mais leves e velozes.

Chegando em terra firme, Rogério notou, à luz da lua recém-despontada e das tochas empunhadas pelos marinheiros, um espetáculo de desolação. Os canhões da Filibusta haviam lesionado superficialmente o paralelepípedo do *polverín*, mas arrasado os lares ao redor. Alguns, incluindo casinhas bem construídas que serviam de moradia para os modestos habitantes de mais posses, continuavam ardendo entre os troncos oblíquos das palmeiras. O único edifício de tijolos, sede de uma filial do governo de Mérida, tivera o teto destruído e um muro prestes a desmoronar. Pelas ruas de Champotón vagavam somente poucos negros escravizados, abobados pelo que havia acontecido.

O cavaleiro De Grammont estava às voltas com um de seus ataques de gota. Rogério foi obrigado a ampará-lo pela esquerda, enquanto Exquemeling fazia o mesmo do outro lado. Todavia, o almirante da formação pirata estava lúcido como de costume. Demonstrou isso quando os capitães Vigneron e Godefroy foram ao seu encontro.

— Vamos descansar algumas horas, comandante? — Vigneron era um homem robusto com ares de soldado arruaceiro. A própria antítese de Lorencillo: faltavam-lhe ironia e modos corteses.

De Grammont reagiu com violência, tanto que quase mandou aqueles que o sustentavam de pernas para o ar.

— Descansar do quê? Acabamos de desembarcar! Convém pôr os homens em marcha assim que pisarem na praia. Vamos descansar quando Campeche estiver à vista. Enquanto isso, precisamos avançar o máximo possível.

— Não temos guias nem mapas — objetou Godefroy, tão rude quanto o companheiro, mas de aspecto menos bárbaro.

— Isso pode ser remediado já. — De Grammont apontou para um mestiço que estava parado com a esposa diante de uma casinha em chamas, talvez deles. Para apontá-lo, teve que se soltar do braço de Exquemeling, e isso lhe arrancou uma careta de dor. — Tragam-me aquele meio negro.

Vigneron deu a ordem aos seus homens, e em poucos instantes o mestiço foi lançado com os joelhos na areia diante de De Grammont. De vez em quando, o homem dirigia o olhar à esposa, que chorava a distância. Um menino nu tinha aparecido, e ela o segurava pela mão.

— Vai ser nosso guia até Campeche? — perguntou o cavaleiro em francês. Para que o outro entendesse, foi obrigado a repetir a pergunta em espanhol.

A resposta chegou realmente inesperada.

— Senhores, deixem-nos em paz. Acabamos de perder tudo.

— Ouçam esse descarado! — exclamou Vigneron. E deu um pontapé no traseiro do homem, fazendo-o cair de cara no chão. — Talvez ele não tenha entendido nas mãos de quem se encontra.

Mesmo sem se aproximar, a esposa do mestiço soluçou mais alto. O menino também abriu o berreiro. Escondia o rosto no antebraço como se não quisesse ver.

— O que vamos fazer com este miserável, almirante? — perguntou Godefroy a De Grammont, com a voz gulosa de quem antecipa prazeres iminentes. — Sou a favor do bom método da tradição. Pendurá-lo a um galho pelos genitais.

— Deixem-nos em paz — repetiu o prisioneiro. Agora ele também chorava.

— Não, não temos tempo para esses folguedos. — De Grammont dirigiu-se a Rogério. — Contramestre, vá pegar a esposa do sujeito e degole-a. Se ele não decidir ser nosso guia, corte também a garganta do filho.

No início da sua aventura, Rogério não se julgaria capaz de executar uma ordem desse tipo. Àquela altura, desembainhou a adaga e dirigiu-se à cabana em chamas. Não pensava em nada, não sentia nada. Tinha uma tarefa e iria levá-la a cabo.

— Não! Não! — gritou o homem, desesperado.

Rogério continuou caminhando. Ouviu De Grammont dizer:

— Decidiu? Vai nos levar até Campeche?

— Sim — respondeu o prisioneiro, agitado por um choro convulsivo, a testa na areia e os ombros tremendo.

— Contramestre, volte para cá — ordenou o cavaleiro. — Nosso amigo pensou melhor. — Godefroy e Vigneron caíram na gargalhada.

Rogério refez seus passos e, com uma certa lerdeza, guardou a adaga. Quando chegou perto de Exquemeling, o cirurgião lhe perguntou:

— Você teria mesmo feito isso, jesuíta?

O português não respondeu. Não ousava dizer a verdade.

Exquemeling balançou a cabeça.

— Que mundo. E que tempos — murmurou.

Enquanto isso, o mestiço havia sido deixado sobre as raízes salientes de uma palmeira. De Grammont, finalmente capaz de ficar em pé sozinho, apesar das repetidas caretas de dor, perguntou a ele:

— A que distância daqui fica Campeche?

— 14 milhas.

À luz das tochas, aproximou-se o capitão Brigaut, que comandava uma goleta de velas quadradas, *L'Étoile de Nantes*. Apesar das dimensões reduzidas de seu navio, dotado apenas de oito canhões, ele gozava de boa fama em Tortuga, graças às empreitadas corajosas que conduzira a bom termo. Sua base de operações costumava ser a minúscula Isla de la Tortilla, perto do Panamá. Ele ia para Tortuga e Port Royal vender escravos e mercadorias pilhadas, sempre de grande valor.

— Almirante De Grammont — disse Brigaut — 14 milhas é muito para se percorrer à noite. Corremos o risco de cair em emboscadas. Além disso, peguei os canhões do *polverín*, que os espanhóis não pregaram a tempo. São pesadíssimos, mas úteis em caso de sítio. Não é possível arrastá-los por caminhos escuros que nem conhecemos.

De Grammont refletiu, depois soltou um suspiro.

— Está bem. Vamos acampar aqui. Amanhã, nas primeiras horas, quero a tropa pronta para pôr-se em marcha. E nada de rum esta noite, nem mais comida do que o indispensável para um guerreiro.

Houve um suspiro geral de alívio. A diretiva foi divulgada. Em menos de uma hora, surgiram tendas e cabanas. Acenderam-se fogueiras ao redor do pequeno forte na costa e entre as cabanas destruídas em meio às palmeiras, reduzidas a cinzas ou, em alguns casos, ainda em chamas. O oceano era riscado pelos rastros de luz dos 22 navios ancorados, cada qual com as próprias lanternas. Em terra, respirava-se o ar revigorante da selva, poluído, às vezes, por nuvens passageiras de fumaça. O zumbido das cigarras era ensurdecedor.

Muito cansado, De Grammont esperava numa poltrona, encontrada nos escritórios da governadoria, que se concluísse a construção do barraco a ele destinado, com pedaços de pau como paredes e um encerado como teto. Enquanto isso, após pedir um cachimbo a Macary, fumava sem muita vontade. Rogério, que não tinha tarefas a não ser no mar, estava num canto, esperando o jantar. Panelas fumegantes anunciavam sua iminência.

Chegou Lorencillo, agitado como sempre. Exibiu-se numa reverência desajeitada diante de De Grammont e disse:

— Almirante, fiz um par de escravos encontrados no bosque abrirem o bico, e as notícias não são das melhores.

— Explique-se, Laurens.

— No porto de Campeche está ancorada uma fragata espanhola poderosa, a *Nuestra Señora de la Soledad*. Tem 22 canhões. É comandada por um capitão famoso na Espanha pela coragem. Christóbal Martínez de Acevedo.

— E daí? — De Grammont se encolheu no manto e sufocou um bocejo. — Tomaremos Campeche por terra.

— A fragata pode bombardear a cidade de qualquer lado, movendo-se rapidamente. Sua artilharia pode juntar-se à do forte e às mais de quarenta peças postadas na entrada do povoado.

Depois de um bocejo, De Grammont fechara os olhos. Voltou a abrir um com esforço.

— Tudo isso lhe foi revelado por escravos?

— Sim, almirante — respondeu Lorencillo. Ele caiu na gargalhada. — Estão convencidos de que, depois de servir como informantes, serão libertados. Têm membros fortes, conseguiremos um bom preço por eles.

O cavaleiro se espreguiçou na poltrona e apontou para o mestiço amarrado num tronco. Esposa e filho haviam se juntado a ele. Nenhum deles chorava mais. Haviam esgotado as lágrimas.

De Grammont cuspiu na areia.

— *Mort Dieu!* Eu perdendo tempo fazendo aquela carcaça falar, e o senhor, Laurens, encontra informantes a mancheias. Jesuíta!

Rogério saiu do barraco em construção.

— Diga, capitão!

— Mande uma tropa seleta estuprar a esposa do meio negro. Estrangule o filho dele pessoalmente. Ateie fogo à arvore onde o pai está amarrado. Isso servirá de exemplo.

Rogério estremeceu, mas baixou a cabeça.

— Às ordens, capitão.

De Grammont não o escutou. Encolhido na poltrona, com a perna direita enfaixada e apoiada num banquinho arranjado por Macary, já dormia o sono dos justos.

# 36

## El Cerro de la Eminencia

Rogério não precisou fazer nada do que De Grammont ordenara. Foi o próprio Lorencillo a dissuadi-lo. Tomou-o pelo braço rindo e lhe disse, apontando para o capitão adormecido:

— Às vezes o cavaleiro dá ordens terríveis só para reforçar sua fama de impiedoso. Não lhe importa se são cumpridas. Basta que se saiba por aí que ele mandou fazer isto e aquilo.

Muito perplexo, Rogério objetou:

— Mas o comando dele foi inequívoco.

— Diga, português, você se diverte esganando crianças e queimando pobres diabos vivos?

Depois de uma pausa para reflexão que preocupou sobretudo a si mesmo, Rogério respondeu:

— Não. No fundo, não.

— Gostei desse "no fundo" — comentou Lorencillo, sempre de bom humor. — Você realmente se tornou um dos nossos. Guarde seus piores instintos para os soldados espanhóis. — Ele viu à pouca distância dois dos seus homens, Jean-Baptiste Renard e o negro Bamba, ocupados acendendo uma fogueira. — Vocês dois! Soltem o sujeito amarrado no tronco e deixem-no ir embora, ele e a família. Que o diabo os mande morrer em outro lugar.

Assim que foi solto das amarras, o prisioneiro pegou mulher e filho e correu com eles para a escuridão, entre bosques e pântanos. Talvez temesse que os piratas mudassem de ideia. Enquanto isso, De Grammont continuava dormindo. Agora roncava.

— Eu o considerava um homem mais terrível — observou Rogério. — Alguém que sabe fazer-se obedecer.

Lorencillo ficou muito sério.

— Ele é, jesuíta. Espere amanhecer e descobrirá quanto vale esse homenzinho escuro, malvado e meio manco. Se Tortuga ainda tem esperança, é dele que depende.

Deixado a sós, Rogério procurou um lugar onde passar a noite. Exquemeling o chamou da entrada de uma tenda recém-armada. Uma simples tela sustentada por paus em cruz. Uma lanterna brilhava lá dentro.

— Venha cá, jesuíta. O alojamento deixa a desejar, mas tem lugar para dois. Além disso, uma surpresa o espera aqui dentro.

A "surpresa" consistia numa garrafa de rum inglês velho, no meio das cobertas que faziam as vezes de cama e assoalho. Uma vela engaiolada iluminava o ambiente. O cirurgião tirou do próprio embornal, colocado ao lado da maleta negra da sua profissão, duas taças de ferro. E as encheu.

— O senhor me desconcerta, jesuíta — ele disse, enquanto oferecia uma das taças ao hóspede. — Já parece disposto a tudo, inclusive às ações menos justificáveis.

— Obedeço às ordens do meu almirante — resmungou Rogério, constrangido.

— Entre essas ordens está a de abster-se do rum. No entanto, o senhor já está bebendo.

Rogério olhou para a taça, mas não teve forças para largá-la. Precisava de um gole, mesmo que só para dormir. Para sair do impasse, desviou parcialmente a conversa.

— Doutor, o senhor esteve com L'Olonnais, com Montbars, com Roc, com Morgan. Já viu, e talvez tenha cometido, muitas atrocidades.

Exquemeling deu de ombros.

— Cometi poucas, vi muitas. Não é isso que conta. Sabemos que somos desumanos neste continente. Porém, não sinto piedade pelos espanhóis, mas sinto pelas vítimas deles. Os espanhóis derramaram, e continuam derramando, sangue inocente deste lado do oceano.

Enfurecer-se com eles me parece uma represália, ouso dizer, desejada pelos céus. Já conversamos sobre isso.

— Perdoe-me, doutor, se continuo pensando como De Lussan. Essa, a meu ver, é uma justificativa que não se sustenta e esconde uma vocação para a crueldade. Sejam quais forem os crimes da Espanha, os Irmãos da Costa cometem piores.

— Piores? Tem certeza? — O tom de Exquemeling era inflamado, talvez por causa do álcool, porém não escandalizado. Mais que tudo, o médico parecia querer argumentar. — O senhor nunca viu as minas nas quais os espanhóis obrigam os indígenas a trabalhar para extrair ouro. Buracos fétidos e alagados de lama, onde a sobrevida média é de poucos meses. Não sabe que sevícias foram cometidas contra os arawacos. Mutilados por pura diversão. Fora um braço, fora o pênis, fora o seio de uma mulher. Só para experimentar o fio da espada do cavaleiro da vez.

Rogério fez um gesto de negação.

— Isso foi um século atrás. Agora as coisas mudaram.

— Mudaram muito pouco.

— Além disso, a Filibusta se propõe a tudo, menos a libertar os indígenas. — Inebriado pelo rum (estava na terceira taça), Rogério abandonou sua habitual retração. — Quem faz guerra de rapina sempre diz que tem algum oprimido a resgatar. Besteira. Me admira o senhor, doutor. Acha mesmo que vamos para Campeche libertar os escravos? Abolir a tirania espanhola? Se fizermos prisioneiros, vamos trocá-los por dinheiro, se forem brancos, ou os venderemos nos mercados do Caribe, se forem negros. Os mais fortes vão parar nas galés francesas, substituindo os *bénévoles* que não querem mais remar.

— Eu o julgava menos cínico, jesuíta — resmungou Exquemeling, já próximo da embriaguez. — Dê a sua taça. Vou lhe servir a dose que caberia a De Lussan, o mestre que o instruiu.

Rogério obedeceu.

— Não sou cínico. Vejo as coisas como são.

— E o cinismo não é isso? Em comparação com alguns meses atrás, sua visão mudou completamente. O senhor aceita o inaceitável. Só tem um calcanhar de Aquiles.

— Qual? — perguntou o português, na defensiva. Em seu coração, já sabia a resposta, e a temia.

— A mulher de pele escura aprisionada no *Le Hardi*. — Exquemeling esvaziou a taça, largou-a e ajeitou-se sobre a coberta, o antebraço debaixo da nuca. Bocejou um par de vezes. — É diante dela que sua impassibilidade se parte. O senhor ainda acredita em alguma forma de esperança.

— Num mundo de brutos, precisamos ser brutos para sobreviver — respondeu Rogério. E terminou de tomar seu rum. Seu semblante estava sombrio.

— Mas a escrava não é um animal como os outros, não? Conquistaram o senhor com a ideia de que o homem é escravo do mal. A essa ideia o senhor aderiu com entusiasmo inconfesso. No entanto, a mulher que o atrai não cabe nesse esquema, não é verdade? Para ela o senhor abre uma exceção singular. Pura como é, não parece pertencer ao diabo.

Rogério se deitou. Soltou um suspiro.

— Pertença ela a um anjo ou a um demônio, jamais será minha. — Foi sua vez de bocejar.

— Quem disse? Estude as regras dos Irmãos da Costa. Existe uma maneira de tomar posse da garota. Dolorosa, mas eficaz. Até os capitães precisam obedecer ao código dos aventureiros. Até De Grammont.

Rogério levantou o tronco. Era tarde da noite, e lá fora zumbiam grilos e outros insetos. As fogueiras estavam apagadas, as casas de Champotón tinham parado de queimar. Soprava uma brisa suave, que enchia as tendas e, ao mesmo tempo, as sujava com serpentinas de cinzas.

— O que quer dizer? — perguntou o português, apoiado nos antebraços. — De que regra eu poderia me valer?

Com os punhos sob o rosto, encolhido como um recém-nascido, Exquemeling não se incomodou.

— Estude o regulamento e encontre o senhor a solução — sussurrou, enquanto ajeitava o rosto sobre a coberta enrolada que lhe servia de travesseiro. — Enquanto isso, trate de dormir. Assim que amanhecer, vamos para a guerra. Onde todas as mulheres, inclusive a sua, são esquecidas.

Rogério pegou no sono enquanto ainda escolhia as palavras para responder. Não as encontrou. Caiu de vez na dimensão dos sonhos e pesadelos. A cera da vela continuou a arder até que o céu, na aurora, clareou.

Era 7 de julho de 1685. Os tambores rufavam. Os oficiais gritavam ordens. Alguns piratas estavam a cavalo, outros arrastavam os canhões. As primeiras fileiras eram compostas por bucaneiros e arawacos. Atrás dos comandantes e de suas montarias esvoaçavam os lírios da França e a bandeira preta, com caveira e ampulheta, dos Irmãos da Costa. A tropa, superexcitada e sedenta de sangue, acariciava as adagas e pistolas.

Rogério tomou goles do café que Auguste Le Braz lhe ofereceu e entrou em linha. Na sela, De Grammont parecia à vontade. Ele deu a ordem de marcha. A coluna enveredou pelos bosques, por uma senda quase invisível na grama. Era guiada por um dos dois escravos negros capturados por Lorencillo, um especialista no território. À esquerda, visível entre os troncos, o mar estava calmo. O primeiro sol já fazia suar.

Le Bon, o eterno cachimbo entre os dentes, achegou-se ao português.

— Por estes lados andou, há uma década, o capitão Manswelt, de Port Royal. Um aventureiro corajoso, como o seu compadre, Lewis Scott. Não tomaram toda Campeche: saquearam os bairros indefesos e destruíram a fortaleza. Lá em cima você pode ver os sinais.

O contramestre do *Neptune* apontou para uma colina bastante alta, que se erguia acima das árvores. Seu cume despido abrigava ruínas chamuscadas.

— Aquele era o forte de Santa Cruz — explicou Le Bon —, no alto da serra chamada El Cerro de la Eminencia. Lugar ideal para a defesa. O problema dos espanhóis é que assim que veem os *filibusteros*, fogem com quantas pernas têm.

— Tomara que hoje aconteça o mesmo — riu Rogério.

A caminhada prosseguiu por algumas horas, com um só incidente. Alguns tiros de fuzil vindos do bosque mataram um músico e feriram um bucaneiro. Os aventureiros responderam ao fogo, sem resultados. Não foi possível nem desentocar os agressores. Entre a posição deles e a coluna havia um pântano escondido sob folhas caídas e bancos de areia movediça.

Era já meio-dia quando os piratas chegaram aos pés do Cerro de la Eminencia, de onde era possível avistar Campeche. De Grammont levantou o braço para ordenar uma parada. Não teve tempo de falar: da colina partiram tiros ensurdecedores, e caiu uma chuva de projéteis. Soldados espanhóis saíram em bandos das ruínas e precipitaram-se sobre a armada dos invasores. Eram centenas. Urravam como possuídos, atiravam a esmo.

Rogério esperou De Grammont ordenar a retirada. Não, de forma alguma. O homem de preto se manteve firme sobre o cavalo, que, assustado, tendia a empinar, e gritou:

— Sangue frio, irmãos! Eles estão a descoberto, e nós, não! Mirem bem!

Os bucaneiros foram os primeiros a interpretar a ordem. Apontaram com calma os fuzis apoiados nos tripés. A descarga abriu grandes lacunas entre os agressores e os desorganizou. As flechas dos arawacos fizeram número quase igual de mortos.

Logo em seguida, os *filibusteros* escalaram a colina. Seguindo seu costume, faziam sons simiescos ou imitavam os rugidos das feras. As perdas não arrefeciam seu ímpeto. Saltavam por cima dos mortos, forçavam a garganta em exclamações animalescas. Praguejavam e imprecavam. Agitavam espadas e descarregavam pistolas e mosquetes. Cortavam a carótida dos inimigos que tentavam pedir compaixão. As cabeças decepadas eram atiradas como pedras contra os espanhóis. Isso se estendeu por cerca de meia hora. No fim, o exército espanhol, rechaçado no Cerro de la Eminencia, hasteou a bandeira branca. Invocava piedade.

— Que seja a misericórdia — disse o almirante De Grammont, enquanto tentava aquietar sua montaria. — Campeche já está visível no litoral. Não se pode esperar que lhe caiamos em cima com uma multidão de prisioneiros.

Os músicos bateram nos tambores a ordem de retomar o caminho.

# 37

# Campeche ensanguentada

A cidade de Campeche revelou-se um osso duríssimo de roer. Canhões postados em baterias de quatro vigiavam os acessos principais. Um forte velho e poderoso dominava o porto. Nos atracadouros que avançavam mar adentro estava ancorada uma fragata com as bocas de fogo (Rogério contou doze de um lado, portanto, deviam ser o dobro disso) apontadas para a cidade.

Além daquelas defesas, via-se um povoado encantador. Casas em sua maioria de alvenaria, fachadas multicoloridas, jardins e balcões. Entendia-se por que Campeche atraíra gerações de piratas, de Roc Brasileiro a Lewis Scott, passando por Lorencillo em suas primeiras incursões. Consciente de ser uma iguaria tão desejada, a cidade estava se fechando dentro de muros inexpugnáveis. Mas as obras estavam em curso, trechos inteiros dos subúrbios continuavam sem proteção. O dia – era 9 de julho de 1685 – prometia tempo excelente. Sol escaldante, mas nenhuma umidade, nem mesmo nos bosques. O perfume do oceano pairava por toda parte.

De Grammont apeou do cavalo com relativa desenvoltura e afastou quem desejou ajudá-lo.

— Os tetos — disse. — Vejam, são planos. Vamos subir e passar de uma casa à outra. Os espanhóis esperam ataques vindos de baixo. Ficarão decepcionados.

— E a fragata? — objetou Andrieszoon.

— Quanto a ela… — começou De Grammont. Não teve tempo de completar a frase. O veleiro espanhol que dominava o porto explodiu sob seus olhos. O estrondo afetou os tímpanos dos espectadores. Primeiro foi o castelo de popa que voou pelos ares, derrubando o mastro de traquete. O resto da embarcação pegou fogo. Arderam as velas, a tripulação lançou-se ao mar. Flutuou por alguns minutos a proa, que trazia na amurada o nome do navio: *Nuestra Señora de la Soledad*. Depois a fragata afundou, gerando redemoinhos e deixando rastros de destroços.

— Fizeram de propósito — disse Macary. — Queriam bloquear o porto, ou impedir que um veleiro daquele porte fosse capturado por nós.

— O que nos importa? — respondeu De Grammont. — Artilharia inimiga a menos. Resta o forte. Todos para os tetos. E apontem os canhões para o rochedo. — O capitão desferiu uma blasfêmia irrepetível.

— Ouviram? — urrou Macary. — Os homens sobre as casas! Demônio de merda! — E traduziu a blasfêmia do seu capitão em algo aceitável.

Sob o ímpeto dos seus capitães, os piratas obedeceram num instante. Escadas e ganchos foram usados para escalar os tetos. Do forte partiam tiros de canhão. Já os espanhóis nas ruas foram alvos fáceis. Caíam como pinos de boliche.

— Mate, Filibusta. Mate! — gritava Macary enquanto saltava de um teto a outro.

Ele se viu ao lado de Lorencillo, a espada desembainhada na mão esquerda e uma pistola na direita. Saltando entre as casas, De Graaf pousara como um abutre.

— Nenhum espanhol tem direito de viver! Maldito demônio! — gritou. — Mirem nas mulheres e crianças. Essa raça não deve se perpetuar!

Para dar o exemplo, descarregou uma pistola nos transeuntes. Jogou-a longe e atirou com outra. Na verdade, entre as pessoas em fuga, os espanhóis eram pouquíssimos. Tratava-se sobretudo de escravos, deixados tomando conta das casas enquanto os patrões fugiam para as florestas, rumo a Mérida. Rogério estava sedento por sangue como os companheiros, mas não se deixou desviar do verdadeiro problema: o forte. Os bombardeiros que protegiam as encruzilhadas caíam como animais sob os projéteis que vinham dos tetos, mas o rochedo, o Fuerte del Bonete, parecia inatacável. Vomitava fogo e nuvens de metralha, envolto em fumaça. Não se sabia quantos eram seus defensores. Cada rajada semeava destruição entre os piratas postados nos tetos.

De Grammont, ágil como se o combate o tivesse rejuvenescido, alcançou Lorencillo.

— Assim não vamos conseguir. Perdas demais. Daqui a pouco os homens começarão a se desencorajar.

— Quase todos os postos das estradas foram aniquilados, almirante. Mérito dos bucaneiros.

Os homens cobertos de peles ensanguentadas estavam realizando, como sempre, um trabalho excepcional. Montaram seus tripés sobre os tetos, nos terraços e nas pontes que uniam as habitações de pedra. Atirar era trabalhoso – muitos dos seus fuzis ainda usavam pavio –, mas cada bala atingia o alvo. As baterias de canhões não protegiam mais Campeche. Ao lado dos mortos, os espanhóis feridos urravam em poças de sangue, às vezes parecidas com lagos minúsculos. Os mutilados graves suplicavam que alguém lhes tirasse a vida. As cenas costumeiras de toda guerra. As canaletas da cidade transportavam água tingida de vermelho e farrapos de carne.

A cena sugeriu a Rogério que estava na hora de pôr em ação o plano pensado havia tantos dias. Vira Le Bon andando, de adaga na mão, pela estradinha sob a casa onde ele estava. Desceu do teto e aproximou-se dele em meio à fumaça dos tiros. Mostrou o braço direito.

— Corte-o fora — Rogério pediu a ele.

O velho contramestre do *Neptune* olhou para ele com surpresa, ainda que não muita.

— Você é louco — ele disse.

— Não sou. Você sabe por que estou fazendo isso — respondeu Rogério.

— Não adiantaria de nada!

— A Filibusta tem suas regras, não é verdade? Vou fazê-las valer.

— Por que não pede isso a outro?

— Porque são coisas que só um amigo pode fazer. Depois você vai cauterizar e enfaixar a ferida.

Le Bon suava, mas não de calor.

— Melhor o braço esquerdo. O direito é útil.

— Quero o direito. A recompensa é maior.

Rogério estendeu o braço e fechou os olhos. Os poucos segundos de espera pareceram durar anos. Finalmente o golpe, e logo depois a dor, lancinante, insuportável. Antes de desmaiar, Rogério teve tempo de ver seu braço direito contrair-se no chão ao seu lado. Recobrou a consciência sentindo uma dor ainda mais terrível, capaz de levar um homem à loucura. Exquemeling estava cauterizando a ferida com uma machadinha em brasa, debaixo de uma espécie de tenda. Rogério berrou e desmaiou mais uma vez. Ao lado do cirurgião estava o carpinteiro do *Le Hardi*, que fornecera o instrumento. Atrás dos dois, de braços cruzados, Le Bon e Levert, ambos pensativos.

Rogério acordou deitado, completamente vestido, sobre as cobertas de uma cama normal, numa casinha de paredes nuas. Onde antes estava seu braço direito agora só existiam pontadas dolorosíssimas. Embora enfaixado, o coto ainda sangrava e tingia as bandagens de vermelho. Da janela aberta vinham estouros, tiros de mosquete e de canhão, estrondosos. Levert estava debruçado sobre ele com uma taça de caldo na mão.

— Beba isso — disse o timoneiro. — Vai lhe fazer bem.

— Ainda estamos combatendo? — perguntou Rogério, tentando, sem sucesso, ignorar as dores que lhe atenazavam o ombro direito.

— Sim. Já faz dois dias. Você dormiu muito. O forte continua resistindo. Nós o bombardeamos de sol a sol. Ele não cede.

O português encostou os lábios na taça e tomou um gole de caldo. Estava pelando.

— Onde está Exquemeling?

— Precisa cuidar de outros feridos. Alguns têm mutilações realmente atrozes. Ele tenta costurá-los como pode.

— E Le Bon?

— Ele contou o que aconteceu com você. Um ato de coragem que os Irmãos da Costa vão lembrar com gratidão. Um contra muitos, armado só com uma adaga. Um braço em troca de tantos espanhóis enviados ao Criador. Você será recompensado por isso, ainda que tenha perdido o braço para sempre. Existe um Deus no céu, quer nosso capitão acredite, quer não. Você terá dinheiro e escravos à vontade.

— Escravos de minha escolha?

— De sua escolha, é óbvio.

Rogério relaxou, apesar dos espasmos atrozes no coto. Sua felicidade era maior que a dor. Quase sem perceber, pegou no sono de novo.

Rogério só conseguiu sair na rua dias depois, quando o Fuerte del Bonete já havia sido conquistado, e a cidade se encontrava à mercê dos piratas. Foi Macary que lhe contou como a fortaleza havia caído.

— Na terceira noite, os espanhóis foram embora. Por vontade própria, sem nenhuma intervenção da nossa parte. É verdade que o cavaleiro De Grammont havia mandado instalar algumas peças na casa ao lado do forte, que servia de prisão, e atirávamos de lá o tempo todo. Nossos homens atiravam às cegas, sem saber quem atingiam. O fato é que os defensores ficaram com medo e, aproveitando a escuridão, fugiram. Ficou no forte somente um artilheiro inglês que não queria saber de se render.

— Um inglês?

— Sim, a serviço da Espanha. Corajoso. Seu valor foi premiado. Não só De Grammont o deixou livre para ir embora com todos os seus bens, mas também o cobriu de presentes: prataria, dinheiro, tecidos. Nosso capitão sabe reconhecer gente de valor... Por falar nisso, como vai o braço?

O coto continuava doendo terrivelmente, e só doses suplementares de rum permitiam que Rogério dormisse algumas horas. No entanto, fez um gesto de pouco caso.

— Acho difícil usar só o braço esquerdo. De resto, até que estou bem.

— Não tema pelo seu cargo — Macary o reconfortou. — Já vi muitos contramestres sem um braço em Tortuga. Quanto ao trabalho pesado, Le Bon vai fazer.

— Então vou voltar para o *Neptune*?

— Não, Le Bon é que vai passar para o *Le Hardi*, assim que voltarmos para Tortuga. Os Irmãos da Costa podem mudar de navio, contanto que antecipem o dinheiro da sua estada. Uma lei que não vale para a marinha oficial.

As estradas de Campeche estavam praticamente desertas. Os piratas haviam se espalhado pelos campos circunstantes, à procura dos habitantes que haviam fugido para lá. Circulavam alguns escravos, velhos ou jovens demais, e nenhuma mulher. Pequenos grupos de aventureiros arrastavam para fora das moradias, em grande parte com fachadas decoradas e janelas protegidas por grades de ferro batido, os objetos que podiam ter algum interesse comercial. Pouca coisa: trajes, alguns móveis, artigos religiosos. Os ladrões mais sortudos traziam armas e cavalos pelos arreios. A cidade parecia sovina em riquezas.

Nada disso importava para Rogério. Ele só tinha pressa de ver aquela por quem havia se sacrificado.

— Os navios atracados em Champotón vão entrar no porto, agora que Campeche é nossa?

— Sim — respondeu Macary. — Lorencillo, que assumiu a governadoria do forte, já mandou homens trazerem a frota para a enseada e ancorá-la. O próprio De Grammont partiu a cavalo, em companhia de Trouin, para trazer o *Le Hardi* para cá.

A notícia não agradou nem um pouco a Rogério, que já tinha forças suficientes para sair da cama. Afastou-se de Macary, desceu até o porto e sentou-se no molhe, observando o mar. Às suas costas, ouviu gritos. Algum dos espanhóis fujões devia ter sido capturado. "Incomodavam-no", "*on lui donnait la gêne*", como diziam os franceses, com um reconfortante eufemismo. Significava que ele estava sendo submetido às torturas mais desumanas. Os capitães Vigneron, Focar, Pierre Bot, Andrieszoon e Retexar comandavam os suplícios.

Rogério tocou a manga vazia que um dia contivera seu braço e, com lágrimas nos olhos, emitiu um gemido fraco.

Sobre a fortaleza acima dele, no calor escaldante, um sopro de vento fazia esvoaçar a bandeira com os lírios e, ao seu lado, a *Jolie Rouge*.

# 38
## Provocações

Rogério de Campos esperava tudo, menos ver a escrava com quem sonhava toda noite na proa do *Le Hardi*, perfeitamente livre e enfeitada como uma dama. A pele escura da mulher fazia contraste estridente com o branco das rendas da camisa de gola alta e do casaquinho, fechado sobre uma ampla saia plissada de veludo verde. Na cabeça ela usava um chapéu de caça, preso sob o queixo por uma fita. Estava apoiada na amurada de estibordo. Ao seu lado, De Grammont, igualmente elegante em seu manto negro, parecia lhe mostrar os monumentos de Campeche: a igreja de San Román, o Fuerte del Bonete conquistado, a igreja de Guadalupe, o convento da Mejorada. Ela limitava-se a ficar muda, era evidente.

— Maldito! — murmurou para si mesmo Rogério, falando de De Grammont. — Enfeitou-a como uma concubina! Quer torná-la sua amante!

Talvez ela já o fosse, todavia, o português não tinha como saber, e isso o corroía. Mas sua definição não era de todo exata. Diferentemente das concubinas da corte ou das casas da nobreza, a escrava não usava perucas empoadas. Seus cabelos, negros e lisos, movidos pelo vento, escapavam livres do chapéu e lhe desciam pelas costas. Mesmo à distância, sua beleza ofuscava.

Rogério estremeceu quando a mulher pôs nele seus grandes olhos. Parecia estarrecida. Foi fácil entender o motivo. Procurava um braço que não existia mais. O português retribuiu o olhar, na esperança de que, por algum milagre, a escrava entendesse.

Fizera aquilo por ela. Rogério queria gritar isso e não podia. Um desespero abismal se apossou dele.

Enquanto isso, no *Le Hardi*, as serviolas rangiam, e a âncora mergulhava na água, seguindo as ordens gritadas por Trouin. Henri Du Val incitava os gajeiros a amarrar as aderiças com os rizes. Tinham entrado no porto também o *Neptune*, o *Mutine*, o *Nuestra Señora de Regla* e os outros navios, conduzidos por tripulações reduzidas ao mínimo. Tentavam evitar a fragata afundada na enseada, de onde ainda emergia a ponta do mastro principal. Quando a frota da Filibusta se alinhou, pareceu evidente a subjugação completa de Campeche. Alguns tiros de canhão de festim partiram em sinal de júbilo. De Grammont, com ordens secas transmitidas de lenho em lenho, fez cessar aquele entusiasmo frívolo.

Enquanto isso, as narinas de Rogério foram alcançadas por leves fios de fumaça. Algumas construções da cidade ardiam. Não as maiores, de tijolos, mas as cabanas.

— É uma ordem de Lorencillo — explicou o carpinteiro Dickson, que chegara ao molhe para fumar seu cachimbo em paz. Ele se sentou ao lado do português. — Os espanhóis fugitivos se espalharam pelas aldeias ao redor, e algum felizardo talvez tenha conseguido chegar a Mérida. Restam os escravos. Estamos incendiando seus barracos para obrigá-los a se reunir no centro de Campeche. Eles acham que as igrejas são sua salvação. Assim que estiverem em número suficiente, vamos acorrentá-los e arrastá-los para bordo. Aqui não há bens de valor comercial, além da mão de obra.

Rogério só tinha olhos para o *Le Hardi*, que estava baixando os botes. Perguntou, sem prestar muita atenção na resposta:

— Os armazéns estão vazios?

— Sim. Eu falei que teria sido melhor atacar Veracruz.

— Ouvi gritos de torturados.

— Negros ou indígenas, nada mais. Seguimos o sistema de costume: palha em chamas enfiada na boca. Não parece, entretanto, que eles saibam onde os espanhóis esconderam seus tesouros.

— Portanto, até agora, nenhum prisioneiro ilustre.

— Ah, sim! — Dickson sorriu. — Pelo menos um! Ninguém menos que o vice-governador Felipe de la Barrera y Villegas. Na falta de dinheiro, ele pode nos garantir um bom resgate.

Rogério viu De Grammont, que chegava numa barcaça, com a escrava sentada a seu lado, quase como se fosse sua esposa, mas pouco depois o perdeu de vista. O capitão decidira aportar mais longe, na direção do convento de San Francisco, situado a leste. Talvez tivesse decidido passar a noite no edifício, abandonado pelos frades. Não foi possível trocar mais olhares com a mulher.

Ao anoitecer, Rogério dirigiu-se às casas ao redor do forte, que Lorencillo requisitara e destinara às tripulações. Agora todos os mil e trezentos piratas estavam em Campeche, e pelas ruas brilhavam enxames de lanternas. Como de costume, os *filibusteros* cantavam a plenos pulmões, andavam em bandos, saqueavam as tavernas abandonadas pelos donos. Alguns escolhiam, entre os escravos e indígenas que continuavam a se amontoar na Calle Trinchera de Playa, tangidos pelo incêndio dos seus casebres, as mulheres mais bonitas, e as arrastavam para os alojamentos. Não havia muitas, e faltavam as de pele branca. Provavelmente, os grumetes pagariam mesmo em terra o preço dessa carência. Rogério viu quatro ou cinco deles agachados atrás de alguns barris, e um escondido sobre um teto. Desejou-lhes silenciosamente que a noite caísse depressa.

Ele se sentia febril, mas desde que perdera o braço, aquele era um fenômeno recorrente. Sofria também de uma leve náusea. Não tinha muita vontade de se aproximar das tavernas arrombadas e dos bivaques. Seu humor estava péssimo. Em vez disso, saiu à procura do cozinheiro Auguste Le Braz, que cumpria tão bem sua função a bordo do *Neptune*. Encontrou-o ocupado, cozinhando o *salmigondis* num panelão. Piratas desconhecidos, de cachimbo na boca e tigela de ferro na mão, esperavam que a gororoba ficasse bem cozida. Eram a companhia ideal para o português, que se sentou no meio deles.

Le Braz o cumprimentou.

— Não será um prato particularmente saboroso, jesuíta — anunciou. — Por sorte, algum índio tinha umas vacas semimortas de fome e de velhice, senão nem carne teríamos.

— Jesuíta? — perguntou um dos homens que fumavam. — Veja só. Eu também era da Companhia de Jesus, antes que me suspeitassem de simpatias jansenistas e me pusessem aos remos numa galé. Eu estava no Collège de France. Será que por acaso nos conhecemos?

— Creio que não. Eu estava em Lisboa — respondeu Rogério secamente. Nem olhou para o interlocutor. Por outro lado, naquelas condições de iluminação, não poderia enxergar seus traços.

— Meu nome é Alain Saint-Martin. Tenho a impressão de ter encontrado o senhor muitos anos atrás.

— Impossível.

— A papa está pronta! — anunciou Le Braz. — Façam fila com a tigela na mão.

Não foi fácil, para Rogério, segurar a tigela de ferro com a mão esquerda. Sua mão tremia, o coto do braço direito causava pontadas agudas. Como Deus quis, conseguiu pegar sua porção. Não conseguiu usar a grande colher ou a faca. Teve que sugar ruidosamente o que podia e arrancar com os dentes a carne dos ossos. O *salmigondis* não estava ruim, apesar da prevalência de verduras e fatias de peixe. O que lhe faltava eram os sabores da pimenta-do-reino, das outras especiarias e do vinho tinto.

— Que miséria de conquista — disse um aventureiro sentado ao lado de Rogério num tronco abatido, diante da fogueira. — Nada de dinheiro, mercadorias desprezíveis, poucas cabeças de gado, um pouco de lenha, alguns escravos caindo aos pedaços.

Rogério engoliu o bocado.

— De que navio o senhor é? — perguntou.

— Do *Nuestra Señora de Regla*, do capitão Pierre Bot. Um dos maiores. — De fato, tratava-se de um bergantim de três mastros, com uns trinta canhões e quase noventa homens na tripulação. Quarto veleiro, em ordem de tamanho, depois do *Le Hardi*, do *Neptune* e do *Mutine* de Andrieszoon. — Conosco embarcou também o ex-jesuíta que falou com o senhor agora há pouco. Há dias ele repete que viu o senhor em algum lugar.

— Está enganado. Não o conheço. Não quero ter nada a ver com ele.

— Como desejar. Mas veja o que chega! Vai nos compensar pela comida medíocre!

Começava a passar de mão em mão um garrafão de rum envolvido em palha trançada. Todos bebiam no gargalo. Quando chegou a Rogério, estava no fim.

— Talvez eu acabe com ele — avisou.

— Vá em frente! — exclamou o homem ao seu lado. Não se preocupe. Aqui em Campeche não tem quase nada, mas outra garrafa vamos achar.

— Quem a trouxe foi Alain Saint-Martin, e ficou claro para Rogério que a intenção do ex-*sodalis*[20] era ver bem seu rosto. — Estou convencido de que já nos encontramos — disse o outro. — O senhor nunca esteve no Collège de France? Ou no de Clermont?

— Não. — Aborrecido e inquieto, Rogério tomou um último gole de rum, passou a garrafa aos vizinhos e se levantou. A ação custou-lhe um gemido. Caminhou na direção das moradias sequestradas por Lorencillo. Naquela noite, dormiu num quarto onde roncavam, entre sofás e camas, outros quatro camaradas, atordoados pela embriaguez. Era uma habitação burguesa, iluminada pelos incêndios lá fora, que fazia intuir os luxos que os espanhóis se permitiam no Novo Mundo. Tapeçarias, pedestais, cobertores de cetim. Faltavam os candelabros de prata e os quadros que, em sua fuga precipitada para os bosques, os donos da casa deviam ter retirado.

Na manhã seguinte, centenas de piratas, muitos dos quais a cavalo, encontraram-se ao pé da fortaleza. Já fazia calor, a água do oceano devia estar morna. O céu de um azul profundo era riscado, acima dos navios atracados, por revoadas de gaivotas. A paisagem inspirava uma doçura que contrastava com as cenas de destruição que presenciara.

---

**20** N.T.: Em latim, "colega".

O cavaleiro De Grammont apareceu na sela, menos sombrio do que de costume. Segurava pelo rabo de cavalo um prisioneiro, obrigando-o a correr ao seu lado: o vice-governador De la Barrera, amarfanhado, suado, com o casacão comprido e o colete bordado manchados de sangue. Quando o almirante o soltou, caiu de joelhos. Parecia chorar.

Ao redor de De Grammont, também a cavalo, já estavam os outros capitães: Andrieszoon, Lorencillo, Bot, Godefroy, Retexar, Grognier, Pednau... Em trajes elegantes que beiravam o exagero, carregados de armas e de plumas multicoloridas, representavam por um lado um espetáculo ameaçador; por outro, uma imitação quase parodística da aristocracia europeia. *Parvenus*[21] à procura de renda e de um lugar ao sol, teria dito um observador externo. Mas o juízo não estaria totalmente correto. A avidez daqueles guerreiros caricaturais não era motivada pela necessidade de uma vida tranquila e pacífica. Pelo contrário: eram movidos por um frenesi de cunho ferino de pilhar e apropriar bens. Não pediam mansões, títulos e terrenos. Reivindicavam vítimas e bens a serem delapidados o mais rápido possível.

Quando o silêncio se fez, De Grammont anunciou:

— Os covardes espanhóis fugiram e se esconderam nas aldeias, nas florestas e nos pântanos. Amanhã vamos procurá-los. Antes de partir, porém, quero ler a vocês a carta que escrevi para o governador de Mérida, Dom Juan Bruno Téllez de Guzmán. Vai ser entregue ainda hoje. — De Grammont estendeu a mão para Pednau, que lhe passou uma folha enrolada. Ele a abriu e leu:

— "Senhor governador, o cavaleiro Michel François Nicolas de Grammont, general e almirante, e o capitão Laurens de Graaf, que atualmente administra o Fuerte del Bonete, lhe estendem suas mais respeitosas saudações. Ambos obedecem ao rei de França, Luís XIV, aos seus governadores nestas terras e nestes mares, e à vontade de Deus. Em nome deles, tomaram posse da cidade de

---

**21** N.T.: Em francês, "novos-ricos".

Campeche, por dolorosa necessidade de guerra. Abster-se-ão de destruí-la se obtiverem de V.S.ª, cuja generosa índole é notória, quatrocentas cabeças de gado e oitenta mil *pesos* espanhóis em moedas de ouro. Ressaltam que manterão prisioneiro o vice-governador, Dom Felipe de la Barrera y Villegas, vários oficiais e muitos cidadãos. Um ato de liberalidade salvar-lhes-á a vida e impedirá futuras tragédias. Com grande respeito, os abaixo-assinados De Grammont e De Graaf."

Uma salva de "hurras" acolheu o comunicado. Andrieszoon interrompeu a gritaria com um gesto largo.

— Todos os homens válidos conosco, nos campos. Os mutilados estão isentos: podem prestar serviços nos navios e no forte. Voltaremos carregados de ouro, e haverá o suficiente também para eles.

Os "hurras" foram coletivos. Foram empunhados adagas, machados, pistolas e fuzis. Os capitães viraram os cavalos, seguidos pelo contingente ordeiro dos bucaneiros e pelo desorganizado dos arawacos. Os Irmãos da Costa enfileiraram-se e rumaram para a periferia de Campeche, com o passo cadenciado pelo som dos tambores.

Por ser mutilado, Rogério viu os companheiros passarem ao seu redor e adentrarem os bosques. Tinha muitas horas para gastar antes do retorno da armada, e precisava empregá-las da melhor maneira. Uma ideia ele já tinha.

# 39

# Uma vitória duvidosa

O alojamento do cavaleiro De Grammont não era o Fuerte del Bonete, ou "fortaleza velha", administrado por Lorencillo, e sim o Fuerte de San Benito, construído no mar, não muito longe do Cerro de la Eminencia e do baluarte de Santa Cruz. Era composto por dois aterros, dos quais o mais baixo era dotado de dezesseis canhões, apontados para quatro frentes: campos, mar, cidade e praias. Era um mistério por que os espanhóis não tinham orquestrado dali sua defesa, em vez de se trancar no mais antiquado dos dois. Talvez temessem que San Benito fosse vulnerável às artilharias da frota pirata, ou que sua posição isolada tornasse fácil bloquear o abastecimento.

Rogério não tinha muitas esperanças quando enveredou pela passagem tortuosa que conduzia à entrada principal do forte; todavia, valia a pena tentar. Encaminhou-se com desenvoltura. Sob o arco do portão, dois bucaneiros, apoiados aos fuzis, estavam conversando. Eles o olharam com ar interrogativo.

— Sou o contramestre do *Le Hardi* — disse Rogério. — Trago uma mensagem do meu capitão para a escrava. Aquela que desembarcou com ele.

Um dos bucaneiros falou num francês áspero, nasal, com vogais abertas demais e cheio de expressões antiquadas, típico da sua confraria.

— Temos ordens de não deixar entrar ninguém. — Provavelmente, o homem não esganava um javali havia muitos meses; no entanto, seus trajes e sua barba descuidada continuavam fedendo a sangue. — Diga-nos o que quer falar para a *pitoune*,[22] transmitiremos o recado.

O outro interveio, tão sujo e selvagem quanto o seu colega.

— Reconheço esse aí. É o jesuíta. Estava no *Neptune* e agora está com De Grammont. Acho que podemos confiar nele.

O primeiro bucaneiro coçou a cabeça por baixo do gorro cônico. Pelas roupas, ambos pareciam insensíveis ao calor.

— Sim. Contanto que o encontro dure poucos minutos. — Ele indicou para Rogério, do outro lado do portão, um vasto pátio ensolarado com um poço no meio. — A *pitoune* fica zanzando feito uma alma penada o tempo todo. Vai encontrá-la ali. Só ela está no forte. Mas ande logo.

Rogério, que não fazia ideia do que significava *"pitoune"*, não esperou o convite ser repetido. Foi parar num pátio pentagonal com muitas portas. Uma escada levava aos bastiões e às torres de vigia. A mulher estava lá em cima, apoiada numa seteira baixa e reforçada. Olhava para o mar, talvez para aproveitar a brisa que vinha dele. Trajava um vestido de passeio leve e elegante, com certeza proveniente de uma das casas saqueadas na cidade. No lugar do chapéu, usava uma pequena tiara de prata. Um pequeno colar de âmbar caía sobre seu peito.

Ela só se virou quando Rogério começou a subir os degraus. Pareceu surpresa, mas, mais do que tudo, pela manga vazia da camisa dele. O jesuíta a encarou com olhos arregalados e indagadores. Entreabriu os lábios, mas não disse nada.

Ofegante pela subida rápida demais e pela emoção, Rogério entendeu o que prendia o olhar dela. Fez uma mesura e lhe disse, sorrindo:

— Você já viu no molhe o que aconteceu comigo. Agora não consegue entender, mas o fará mais tarde. Saiba apenas que o sacrifício de um braço é a condição para a nossa iminente felicidade.

---

22 N.T.: Em francês, termo usado no Quebec para referir-se a uma mulher atraente.

Ela não sorriu, mas também não o encarou com aversão. Cruzou os braços – usava joias nos pulsos – e se sentou no vão da seteira, como se aguardasse alguma coisa. Suas pupilas negras eram vivas e móveis, no entanto, pareciam perscrutar um mundo separado por distâncias incomensuráveis.

O português julgou que chegara o momento de voltar à carga. Apontou para si mesmo.

— Eu, Rogério — disse. Apontou o indicador para a mulher. — E você?

Dessa vez, a escrava murmurou alguma coisa, mas tratava-se de palavras incompreensíveis e praticamente impronunciáveis, pertencentes a sabe-se lá qual dialeto africano. Porém, era um primeiro passo, de alguma forma encorajador.

— Pode repetir? — pediu Rogério, que sentia o entusiasmo crescer dentro de si.

Como única resposta, a escrava virou o rosto com um movimento gracioso e voltou a fitar a espuma das ondas que arrebentavam nas praias e nos contrafortes de Campeche. Dava a impressão de adorar o leve vento que lhe agitava os cabelos retintos.

Era o momento para um gesto decisivo. Rogério percebeu a necessidade, mas para agir, teve que superar muitas hesitações. Nas suas fantasias, a mulher havia perdido suas conotações carnais. Não ousava nem olhar para os seios dela, a única parte do seu corpo, além dos braços, parcialmente descoberta, graças ao decote amplo e às transparências de sua blusa. Temia conspurcar, apenas com os olhos, um possível amor perfeito e espiritual.

No entanto, era preciso fazer algo de concreto. Com a única mão que lhe restava, segurou o queixo dela. Virou-lhe o rosto e mais uma vez ficou inebriado com aquele semblante perfeito, apesar da cor da pele. Pressionou seus lábios contra os dela. Sentiu-os volumosos e cheios de sabores. Todavia, embora passivos, permaneciam cerrados. Não se entreabriram. O beijo passional que Rogério imaginava não passou de um selinho infantil. Insistiu um pouco, depois se retraiu.

Do pátio, um dos bucaneiros gritou:

— Ei, jesuíta, já terminou com a *pitoune*? Desça, seu tempo acabou. Não podemos contrariar nossas ordens por tanto tempo.

Rogério afastou-se da escrava, que imediatamente limpou os lábios na manga da blusa. O português não deu atenção ao gesto.

— Voltarei logo, meu amor — prometeu.

Ao pé da escada, encontrou o bucaneiro que o deixara entrar, mais entretido do que irritado.

— Um recado longo demais. Gosta da negrinha, não é verdade, jesuíta?

Rogério tentou se defender.

— A mensagem que eu trazia era longa. Não gostaria que pensassem...

Foi interrompido por uma risada.

— Não se preocupe. Todos os Irmãos da Costa sabem da sua paixão pela *pitoune*. — O bucaneiro, mais fedido do que nunca, apontou para o coto do português. — Boa jogada, essa. Se for esperto, ficará com a negra por direito.

— Mas eu não...

— Deixe para lá. Saia daqui. Se levar mais de um minuto, abriremos fogo.

A Rogério só restou voltar para a cidade quase deserta, silenciosa sob a canícula. Ouvia-se o zumbido de enxames de moscas e o coçar das unhas das iguanas sobre os tetos. Ao longo das ruas alinhadas com regularidade monacal, as casas de pedra estavam todas com as portas arrombadas. Na entrada de todas, ou perto dela, jaziam mercadorias e objetos que os aventureiros haviam depredado para depois abandonar: cortes de tecido, roupas, suprimentos, bugigangas, alguns quadros, algumas imagens religiosas. Era costume dos Irmãos da Costa roubar tudo, para depois jogar fora as peças de menor valor ou difíceis de vender.

A comida, por exemplo. Numa valeta, entre os fragmentos de uma estatueta neoclássica, cães sem dono disputavam aos latidos os restos de um leitãozinho assado. O pirata que o encontrara lhe dera umas mordidas, depois, não podendo consumir nem guardar o prato todo, jogara-o no chão. Durante o dia, matou a fome de cães e gatos; à noite, os ratos limpariam o que restava da carcaça.

O mesmo valia para os cadáveres, com os quais Rogério, no seu vagar por Campeche, topava com certa frequência. Exibiam todos os sinais de agonias prolongadas e estavam cobertos de moscas. Um negro escravizado ainda pendia, nu, de uma janela, com uma corda amarrada nos genitais. Deviam tê-lo feito balançar na esperança de castrá-lo. Sem conseguir, acabaram por cortar-lhe a garganta e deixá-lo ali. Uma pequena matilha de cães sem dono saltava, tentando abocanhar o cadáver.

Outro corpo havia sido incinerado até a virilha. Uma mulher africana, depois do estupro, fora estripada e estava com os intestinos enrolados nas pernas. Nenhuma das vítimas – Rogério contou umas quinze – tinha pele branca. Os pouquíssimos espanhóis capturados tinham, aos olhos dos aventureiros, um valor econômico, pelo resgate que podia ser pedido aos familiares. Também os índios costumavam ser poupados. À parte as teses de idealistas como Exquemeling, que viam a Filibusta como um castigo lançado contra os espanhóis pelas suas atrocidades contra os índios, em geral, os piratas temiam os nativos. Precisavam conviver com eles nos recônditos do Mar do Caribe, e matar algum deles que pertencesse a uma tribo desconhecida poderia deflagrar vinganças incontroláveis. Todos se lembravam do fim de L'Olonnais, que era feroz demais com os arawacos.

Sem saber o que fazer numa cidade já morta, e enojado pelo fedor do sangue e da putrefação incipiente, Rogério dirigiu seus passos para o porto. No passado, o que vira teria lhe revirado o estômago, ainda que, quando criança, ele tivesse assistido ao esganamento de um luterano e visto vários outros morrerem na fogueira. Agora ele se adequara, a contragosto, a uma espécie de nova concepção do mundo, e nada mais conseguia abalá-lo. Sua única esperança de resgate moral estava trancada numa fortaleza, olhando para o mar e, talvez, para novas praias.

No molhe, ele encontrou quatro aventureiros vigiando os barcos. Um ele conhecia de vista. Fazia parte da tripulação do *Le Hardi*. Petru Vinciguerra, um corso.

— Pode me levar a bordo? — ele perguntou. — Sem um braço, não consigo remar.

— Com prazer, contramestre, mas o que vai fazer lá? Só três homens estão a bordo. A única ocupação deles é lavar o convés, quando querem.

— E aqui, o que eu poderia fazer?

— Daqui a pouco vamos preparar o almoço. Temos bom rum e também uma garrafa de vinho. Depois estamos pensando em jogar cartas.

Rogério decidiu ficar. Passou assim a tarde, bebendo e jogando com os camaradas, e abocanhando, de vez em quando, pedaços de javali assado. Esqueceu um pouco suas mazelas, ainda que dores lancinantes atormentassem de novo seu braço perdido. Com elas veio a febre, mas ele tentou não lhe dar atenção.

Ao anoitecer, relinchos, batidas e passos na Trinchera de Playa anunciaram a volta da expedição de De Grammont do interior. Assim que a coluna chegou à altura dos jogadores, ficou claro que alguma coisa dera errado. Os capitães estavam eretos nas montarias e pareciam impassíveis. Atrás deles, porém, aventureiros sustentavam companheiros feridos e enfaixados às pressas, alguns com mutilações graves. Os casos piores eram transportados em macas improvisadas. A tropa tinha um ar nada alegre. Os tambores e as trombetas estavam calados. Ninguém falava.

Rogério subiu para a estrada poeirenta paralela ao oceano, mas não ousou interpelar um dos capitães. Em vez disso, dirigiu-se a Levert, a pé e encurvado pelo pesadíssimo fuzil que levava no ombro.

— O que aconteceu? — perguntou.

— Uma emboscada, comandada pelo governador de Mérida em pessoa. Novecentos espanhóis nos esperavam na floresta. Mataram vinte dos nossos, entre eles, o capitão Garderies, lendário por sua honestidade e coragem. Comandava a goleta *Notre Dame de la Fortune*, que herdara de Michel Le Basque. Uma daquelas com velas triangulares.

— Portanto, uma derrota — murmurou Rogério.

— Não. No fim vencemos, graças à genialidade militar do cavaleiro De Grammont. Eles tinham nos cercado, mas nós os cercamos de volta. No fim da coluna vêm os prisioneiros. Pelo menos uma centena.

Rogério não conseguia entender.

— Por que essas caras tão tristes, se tiveram êxito?

— Porque não pusemos as mãos em nada. Vai saber onde estão os espanhóis e seus tesouros. Somente prisioneiros e escravos que não poderemos nem transportar para Tortuga. A única esperança de obter alguma coisa da expedição é que o governador de Mérida aceite as condições de De Grammont. Ouro e gado para evitar a destruição completa de Campeche.

— Há alguma probabilidade disso?

— Não sei. Esperamos que Téllez de Guzmán responda. A proposta está nas mãos dele.

Rogério afastou-se para a beira da estrada. Viu desfilar o cortejo dos prisioneiros: muitíssimos, de fato. Uns vinte soldadinhos espanhóis aterrorizados, mais cerca de quarenta escravos negros e outros tantos indígenas, que certamente seriam libertados.

Entre os *filibusteros* da retaguarda estava Alain Saint-Martin, que avistou Rogério e sorriu.

— Finalmente me lembrei do senhor! Sim, nos conhecemos. O senhor é o jesuíta que foi expulso da Companhia pelo pior dos crimes políticos. Para mim, não é um crime. Bem, depois falaremos disso!

Rogério ficou abalado com aquelas palavras. Considerava aquele dia – não sabia a data exata, mas era em julho de 1685 – um dos piores de sua vida.

# 40

## Cabeça após cabeça

Nos dias seguintes, os *filibusteros* desafogaram sua cólera pela falta de tesouros nas aldeias do interior: Multunchac, Ebulá, Castamay, Chibik, Uayamón e outras. A cada manhã partiam, a pé ou a cavalo, e incendiavam pequenos aglomerados de cabanas. Voltavam trazendo poucas cabeças de gado e muitíssimos prisioneiros, quatro quintos deles indígenas e um quinto, negros. Chegaram a ter nas mãos quase seiscentos reféns sem nenhum valor, que amontoaram no pátio do Fuerte del Bonete. Submeteram boa parte aos mais ferozes tormentos, sem nenhum resultado. Alguns faleceram, os sobreviventes não sabiam nada a respeito de tesouros escondidos. Todos urraram, ao serem submetidos a queimaduras, escalpelamentos e mutilações atrozes, que os espanhóis haviam se trancado em Mérida, sob a proteção de milhares de soldados e atrás de muralhas inexpugnáveis.

O pátio do Bonete começou a feder a sangue e excrementos. Os suprimentos começaram a escassear. Por sorte, chegou finalmente o homem que De Grammont esperara até aquele momento. Um espanhol a cavalo: talvez um pequeno aristocrata, a julgar pelos trajes e pela espada pequena. Era o mensageiro do governador de Mérida, Téllez de Guzmán. Trazia uma missiva endereçada ao vice-governador De la Barrera.

De Grammont mandou trazer diante de si o ilustre prisioneiro, enquanto os *filibusteros* se postavam em semicírculo entre o forte e o mar. Entregou a De la Barrera a mensagem e ordenou:

— Leia em voz alta.

O vice-governador, depois de tantos dias aprisionado, estava pálido e macilento. De Grammont também estava exangue, pelas dores contínuas que a gota lhe causava, mas, mesmo assim, autoritário e, em alguns momentos, imponente. Os outros capitães e as tripulações da frota o adoravam. Rogério tinha motivos menores de simpatia, mas era obrigado a apreciar o rigor do cavaleiro. Governava as fileiras de uma expedição claramente falida com mão de ferro. Saía todas as manhãs à frente dos grupos de saqueadores, sempre na primeira fileira. Incutia um respeito natural.

Depois de tossir diversas vezes, o prisioneiro leu:

— "Do governador de Mérida por graça de Suas Majestades os soberanos de Espanha, Juan Bruno Téllez de Guzmán, ao vice-governador sediado em Campeche, Dom Felipe de la Barrera y Villegas.

"Meu amigo, conheço a situação penosa em que se encontra, e isso me angustia. Rogo, apesar disso, que repasse minha resposta ao homem que o mantém prisioneiro, um obscuro súdito do rei de França que atende pelo nome de Michel de Grammont. Ele teve a audácia de me ameaçar com a destruição total de Campeche se eu não satisfizer sua demanda por dinheiro e cabeças de gado. Tem alguns prisioneiros espanhóis, eu também tenho alguns dele e, enquanto escrevo, ouço o martelar dos carpinteiros que constroem, no centro de Mérida, um número adequado de forcas para executá-los.

Diga ao suposto cavaleiro De Grammont que pode fazer com Campeche o que quiser. O reino da Espanha tem ouro suficiente para reconstruir a cidade. Quanto aos nossos cidadãos em sua posse, que ele tome cuidado. Se tocar num fio de cabelo deles, responderá por isso diante de Deus, mas, antes disso, diante de mim. Que ele venha para as muralhas de Mérida, se tiver coragem. Não o fará, sabe que são inexpugnáveis. Sabe também que a frota espanhola está chegando. De mim ele não terá nem animais nem dinheiro. Só um conselho: que ele vá embora enquanto é tempo. Seu próprio rei não o apoia. Partindo de Campeche, não saberá onde atracar."

Um urro furioso, que já se formava durante a leitura, tornou-se um verdadeiro rugido no momento da conclusão. Os *filibusteros* avançaram, espumando de raiva. Agitavam espadas, adagas, pistolas, machadinhas.

— Para Mérida! Para Mérida! — gritavam alguns.

— Morte aos espanhóis — berravam outros —, vamos estripá-los!

— Que nem um só deles fique vivo, que a raça espanhola desapareça do Novo Mundo!

O último grito foi dado por Rogério e repetido por centenas de vozes roucas.

De Grammont, cujos traços finos agora pareciam levemente diabólicos, levantou a mão direita.

— Silêncio, irmãos. — Foi obedecido na hora, também graças à blasfêmia que se seguiu ao comando. Dirigiu-se a Lorencillo, na sela ao seu lado. — Laurens, onde está o mensageiro do governador de Mérida?

— Lá está ele.

O pequeno nobre espanhol, trêmulo e encurvado, era mantido em pé por dois arawacos. Talvez aquele simples contato já fosse uma tortura para ele. Sabia que eram canibais e esperava o pior.

— Quantos prisioneiros de pele branca temos? — perguntou De Grammont.

— Vinte e cinco ou vinte e seis — respondeu Lorencillo. — São aqueles que mais cagam no pátio do meu castelo, que o diabo os carregue. Um negro caga menos, um índio não caga nada. No Bonete, governo uma série impressionante de flatulências.

De Grammont nem ouviu os queixumes de De Graaf. Ordenou secamente, depois de uma sonora blasfêmia:

— Daqui a cinco minutos, quero os espanhóis capturados aqui, de joelhos. De mãos e pés amarrados.

Foi obedecido imediatamente. Pouco depois, todos estavam diante dele, com os joelhos na areia, prisioneiros de pele branca de várias classes. Iam dos ex-comandantes de fortes a um par de oficiais, passando por soldados rasos, donos de tavernas, operários e criadas. Choravam, tremiam, murmuravam frases desconexas. Nenhum deles havia sido torturado. Tratava-se de reféns que podiam ter algum valor econômico, ainda que modesto.

De Grammont olhou em volta. Notou a musculatura possante de Haans van der Laan, e a espada de abordagem em seu flanco, logo abaixo do cinto. Com um gesto, mandou que ele se aproximasse. Apontou para o ex-comandante do Bonete.

— Consegue cortar a cabeça daquele miserável com um só golpe?

— Posso tentar — respondeu o marinheiro.

— Então faça isso. Se for capaz, terá o dobro do prêmio de partida.

— Às ordens, capitão.

Haans levantou a espada e a baixou com todas as suas forças na nuca do prisioneiro. A cabeça se destacou e rolou para longe, com um estranho sorriso estampado nos lábios. O corpo amoleceu, espirrando sangue com a força de um gêiser.

Os *filibusteros* aplaudiram. De Grammont balançou a cabeça, satisfeito.

— Muito bem. Agora decapite os outros.

Os homens de joelhos urraram, suplicaram, se retorcendo no chão. Alguns invocavam a Virgem, outros, a própria mãe. De la Barrera correu até De Grammont e tocou o joelho dele. Um erro grave, porque o gesto arrancou do capitão uma careta de dor. O vice-governador não percebeu e disse, angustiado:

— Não pode fazer isso!

— Claro que posso — respondeu De Grammont. — Fique longe de mim, ou sua cabeça rolará com as outras.

Haans continuou o trabalho, só que agora estava cansado, e os prisioneiros se mexiam. Os golpes tornaram-se imprecisos. Para cortar um pescoço, ele precisava descer a espada várias vezes, enquanto a vítima gritava como se estivesse possuída e derramava lagos de sangue. No quinto decapitado, o marinheiro limpou o suor, que já o cegava.

— Peço substituição, capitão.

Aproveitando a parada, De la Barrera precipitou-se, de mãos postas, aos pés de Lorencillo. Tinha lágrimas nos olhos.

— O senhor é mais humano! Intervenha, eu imploro! Faça cessar essa barbárie!

Lorencillo nem olhou para o suplicante, mas encostou seu cavalo no de De Grammont.

— Eu diria que já chega, almirante. Cinco espanhóis sem cabeça. Até o carrasco está cansado.

O cavaleiro o olhou com surpresa.

— O que deu no senhor, Laurens? Não sabe quanta gente a Inquisição consegue queimar viva num único dia? Eu deveria ser mais caridoso do que a Coroa e a Igreja da Espanha? Por quê?

Com astúcia, Lorencillo recorreu aos únicos dois argumentos capazes de demover De Grammont.

— Os homens já estão saturados, almirante. Aplaudiram as duas primeiras decapitações. Agora não aplaudem mais, parecem aborrecidos e descontentes. — Lançado o primeiro tema, acrescentou: — O senhor está destruindo um dos poucos despojos de guerra descobertos em Campeche que têm valor comercial. Um branco, ainda que de condição humilde, pode ser objeto de resgate. Se eliminarmos os vinte remanescentes, só nos restarão seiscentos, entre negros, que valem pouco, e índios, que não valem nada. Uma carga infectada, que nos mercados do Caribe se vende por duas patacas. Não é uma boa política livrar-se da mercadoria de qualidade para preservar a avariada. Maldito demônio!

De Grammont franziu a testa. Percebeu-se que refletia. Finalmente, levantou um braço.

— Chega. Já matamos o suficiente.

Da multidão de *filibusteros* partiu um suspiro libertador. Acostumados às piores crueldades, suportavam com desconforto vê-las aplicadas a homens à sua mercê, alinhados de acordo com sua classe. Isso lembrava demais as disciplinas das quais haviam fugido: das galés de guerra, das marinhas militares, dos batalhões de infantaria de assalto. Um aventureiro matava e depredava, mas à sua maneira, sem um cálculo consciente. Era uma fera, sim, mas não um sabujo solto numa caça à raposa.

O próprio Rogério aplaudira a primeira decapitação, tecnicamente perfeita. Também a segunda, quase igual na execução. As seguintes causaram-lhe repulsa. Não era justo perseguir um homem que se retorcia no chão como um verme e lhe infligir múltiplos golpes até destacar sua cabeça. O português temia revisitar certos uivos desumanos nos seus pesadelos. Em que espécie de inferno tinha ido parar?

De Grammont mandou trazer diante de si o mensageiro do governador de Mérida. Arrancado do cavalo, era pequeno e insignificante. Cambaleava sobre as pernas: cada membro seu tremia. O rosto de burguesinho medíocre quase se esvaía na palidez. Perdia rios de muco pelo nariz, como se respirasse a duras penas. Tossia.

— Senhor — o cavaleiro lhe disse —, acaba de ter prova da minha humanidade. Cerca de seiscentos homens e mulheres, entre os quais vinte espanhóis, continuam vivos. Que Dom Téllez de Guzmán não se atreva mais a me enviar cartas ultrajantes. Agora conduzirei o senhor pelas ruas de Campeche. Assistiremos à queima das casas que sobraram. Não as cabanas: aquelas de pedra. Fique de olhos abertos, precisa relatar tudo.

O mensageiro recuperou um fio de voz.

— Mas quem é o senhor, que o opera o mal?

De Grammont puxou as rédeas do seu cavalo, que bateu os cascos. Lançou um olhar divertido ao espanhol.

— Não sou o diabo, se é o que acha. Sou o futuro, isso, sim. — Ele irrompeu numa blasfêmia à Nossa Senhora de uma obscenidade jamais ouvida. — Arranje uma montaria. Vamos infligir em Campeche o golpe de misericórdia. O governador de Mérida, quando entrar aqui, encontrará uma cidade moribunda. Ou totalmente morta, se não aceitar as minhas condições.

Começou uma cavalgada impressionante, que durou horas. Os *filibusteros* que seguiam seu capitão estavam metade possuídos, metade assustados. Rogério pertencia à segunda metade. Ao anoitecer, aquele trecho do litoral era só chamas e ruínas.

— Volte para Dom Téllez de Guzmán — disse De Grammont ao mensageiro. — Não parece, mas posso fazer ainda pior. Desafio qualquer um a me impedir, mesmo que seja o bom Deus em pessoa.

Aterrorizado, o espanhol meteu as esporas no cavalo e desapareceu a galope, entre incêndios e muros que desabavam.

# 41
# Nova partida

No dia 25 de agosto de 1685, os aventureiros que ocupavam a planície de cinzas e destroços que fora Campeche celebraram o dia onomástico do seu soberano, Luís XIV. Foi um dia inteiro de fogos de artifício, de danças desvairadas entre marinheiros ao redor das últimas fogueiras, de cantos e bebedeiras. Na cidade em ruínas, não restou nenhuma garrafa cheia, nenhum barril intacto. Todavia, os capitães, sóbrios por ordem de De Grammont, cuidaram para que a festa não degenerasse em barbárie. Ao contrário, conduziram os frades emaciados e trêmulos do convento de San Francisco, que ninguém tivera a audácia de saquear, até o porto, para que celebrassem uma missa solene em homenagem ao rei da França.

Foi um espetáculo bizarro ver centenas de piratas, coordenados por Lorencillo, ajoelhando-se na areia e, ébrios como estavam, fazendo mil esforços para se levantar de novo.

Obviamente, o cavaleiro De Grammont não participou da cerimônia, embora a tivesse ordenado. Não tinha tanta ojeriza pelo clero quanto por Deus em pessoa: para ele, a religião popular de seus homens era, no máximo, algo útil, capaz de dar um sentido aos delitos deles. Tampouco participaram da função os capitães de fé huguenote, como Focar e Retexar, nem os poucos ingleses agregados à expedição. Entre os piratas católicos, inclusive os bucaneiros, as preces fluíram, entremeadas por arrotos.

Na hora da homilia, um franciscano espanhol, empurrado por seus confrades, tentou resmungar alguma coisa.

— O amor que move o mundo… — balbuciou. — O sacrifício de Nosso Senhor… até em tempos tão violentos…

— Cale a boca, sua gralha! — gritou Le Bon das últimas fileiras. Para a ocasião, tirara até o cachimbo da boca. — Temos conosco um jesuíta que representa ao mesmo tempo, melhor do que qualquer outro, o bom Deus e os Irmãos da Costa. Sabe inclusive acalmar as tempestades à fúria de orações e usar a espada como convém. Ele é que deve celebrar o dia onomástico do rei e fazer o sermão. Não é verdade, camaradas?

A maior parte dos presentes aplaudiu. O franciscano, intimidado, retirou-se do altar, talvez com alívio. Rogério, tornando-se o objeto de tapinhas nos ombros e empurrões amigáveis, encontrou-se no centro da assembleia, sem entender o que estava acontecendo.

Teve que limpar a garganta antes de conseguir alinhavar um discurso coerente, ainda que improvisado.

— Irmãos — começou, em seu francês incerto — aqui saudamos o dia onomástico do mais poderoso rei da Europa. Ele foi capaz de conter a prepotência espanhola, que exigia para si este inteiro continente. Protegeu de todas as formas a fé católica e seus porta-vozes. Deus está com ele, mas também está conosco, que em nome de Luís combatemos nestes mares. Punimos duramente Maracaibo, Panamá, Veracruz e agora Campeche. Com intenções cristãs, vingamos as crueldades sofridas pelos índios e repartimos o saque com equidade e justiça, sem esquecer de reservar parte dele ao nosso rei. Tratam-nos como bandidos, mas somos heróis que a pérfida Espanha teme com razão. Acredito que não causarei ultraje à sagrada instituição da missa, e aos bons franciscanos aqui presentes, se agora os convido a brindar mais uma vez a Luís. É uma homenagem não só ao rei, mas também ao Nosso Senhor, que o quis no trono. É a nossa maneira de rezar.

Rogério havia falado desmedidamente, procurando consensos. Esperava que sua peroração tivesse sucesso, todavia, não naquelas proporções. Foi uma salva de "hurras", de gritos roucos, de "vivas" interrompidos por soluços. As garrafas ainda intactas voltaram a passar de boca em boca, sem que os capitães, um pouco inquietos, pudessem fazer nada. A missa foi esquecida por completo, e os franciscanos, temendo o pior, fugiram na surdina. Alguns *filibusteros*, com as pernas trôpegas, chegaram a se sentar no altar, não sem antes persignar-se com devoção.

Gritavam: "Viva o rei! Viva a França! Viva Luís!" e "Viva o nosso jesuíta!" Houve quem entoasse *La Bamba*, imitado por um coro de vozes desafinadas. Os últimos fogos de artifício riscaram o céu com seus rastros multicoloridos.

Entre as várias exclamações mais ou menos coerentes, uma alcançou Rogério com a violência de um tabefe e o fez estremecer.

— Abaixo o traidor Fouquet! Viva quem o encarcerou e assassinou!

O português procurou febrilmente com os olhos quem dera o grito. Cruzou olhares com Alain Saint-Martin, sentado num murinho em ruínas ao lado de Michel Trouin. Foi um olhar hostil. Isso queria dizer que o ex-jesuíta havia lembrado as circunstâncias em que encontrara Rogério e que estava a par do seu passado. Um perigo gravíssimo. O português suou frio.

Os outros aventureiros, dois terços deles embriagados, não prestaram atenção ao que Saint-Martin gritara. Provavelmente poucos entre eles tinham ouvido falar de Nicolas Fouquet, superintendente das finanças de Luís XIV, morto cinco anos antes na fortaleza de Pignerol, em circunstâncias que jamais foram esclarecidas. O homem tinha ligações com uma ala da Companhia de Jesus e era malvisto pela outra, fiel à Coroa. Um julgamento de métodos duvidosos desembocara numa prisão que indignara até os piores inimigos de Fouquet, inclusive Voltaire. Depois viera a morte, talvez por envenenamento. Poucos dias antes, o superintendente caído em desgraça havia recebido a visita de um jesuíta que ele tentara arrastar para o seu lado. Um português.

Rogério foi arrancado à força de suas reflexões. A marujada, agora completamente bêbada, cantava e dançava. Ele foi agarrado por braços robustos e carregado em triunfo, em meio aos "vivas" e aplausos. O coto do braço começou a doer até levá-lo às lágrimas, de tão lancinantes que eram as pontadas. Ninguém percebeu. Deixaram-no cair no chão só depois de tê-lo arrastado até um cercado para o gado onde estavam amontoados escravos e indígenas capturados. Aos *filibusteros* interessavam as mulheres, por mais obesas, feias e muitas vezes idosas que fossem, ou então ainda meninas. Esqueceram o "jesuíta" e ocuparam-se de outras coisas. Uma última rajada de fogos de artifício sulcou o azul puríssimo do céu, a única coisa pura naquele contexto. A celebração do dia onomástico de Luís XIV terminou ali.

A orgia e suas consequências fizeram atrasar em três dias a partida. O cavaleiro De Grammont não era do tipo que tolerava obstáculos aos seus planos. Os Irmãos da Costa não admitiam açoitamentos, pena costumeira para os indisciplinados nas frotas regulares. Assim, o capitão escolheu cinco bêbados ao acaso e os deu de presente aos arawacos, para serem comidos.

Enquanto os desgraçados ainda urravam no bosque sobre um leito de brasas, ele reuniu as tripulações no molhe e anunciou:

— Senhores, hoje à noite partiremos. Há o risco de que o governador de Mérida nos ataque aqui com forças superiores. Sei por certo que dezenas de galeões de guerra espanhóis estão prestes a vir em nosso encalço. Temos somente um dia para ganhar terreno. Devo confessar que Campeche — acrescentou, apontando o panorama de destroços ainda fumegantes às suas costas — nos decepcionou. Pouca prata, pouquíssimo ouro. Madeiras finas, sim, não muitas. Escravos numerosos, mas sem valor comercial. Já mandei libertá-los, depois que os mutilados escolherem os seus. Na falta de dinheiro, repartiremos as pessoas, conforme o contrato.

— Libertar os escravos? Um grande ato de humanidade, almirante — comentou Lorencillo, ao lado de De Grammont, ao pé do aterro do Fuerte del Bonete. Um vento impetuoso, cujas lufadas repentinas atenuavam o mormaço, agitava o seu manto. O sorrisinho impertinente de De Graaf não permitia descobrir se estava troçando ou falando sério.

De Grammont fuzilou-o com um olhar feroz. Voltou a dirigir-se à plateia de *filibusteros*.

— É impossível fazer outras partilhas enquanto não vendermos ao menos uma parte da pilhagem. Todavia, já podemos ressarcir os irmãos feridos gravemente com o número de negros que lhes cabe. Negros e não índios, para não criarmos inimizade com todos os selvagens da costa e com aqueles que combatem conosco. Os que têm direito deem um passo à frente.

Eram cerca de trinta, uns apoiados em muletas, outros com um olho ou uma orelha enfaixada, outros ainda sem uma mão ou privados de ambos os braços. O único completamente cego era sustentado por um companheiro. Um homem sem pernas arrastou-se na areia.

Rogério respirou fundo e marchou para a frente do grupo. Le Bon e Exquemeling intuíram as suas intenções. O primeiro pôs a mão no ombro dele.

— Não faça bobagens, jesuíta. Não é o momento certo.

— Solte-me — respondeu Rogério. E continuou andando.

— Falo sério, espere uma ocasião melhor — cochichou Exquemeling. — Um ato impensado poderia ter consequências trágicas. Pense em como acabou Pepe Canseco.

— Sei bem o que estou fazendo.

De fato, Rogério tinha avaliado criteriosamente os possíveis riscos que corria e as vantagens das circunstâncias. De Grammont, para além das aparências, era um comandante enfraquecido, que não soubera garantir para seus homens um saque decente. Como poderia mandar cortar a garganta do seu contramestre, que a homilia de três dias antes tornara popularíssimo? Além disso, quando teria outra oportunidade como aquela? Era agora ou nunca.

O português se postou diante de De Grammont, cumprimentou-o com uma reverência e disse, apontando para o braço que faltava:

— Capitão, lutei com honra, pelo senhor e pela França. Sacrifiquei um membro. Acredito ter conquistado o direito a um escravo de minha escolha.

O cavaleiro franziu o cenho. Com certeza intuíra onde o subordinado queria chegar.

— Ninguém lhe nega esse privilégio — respondeu, bem-humorado. — Vá até o cercado e escolha o negro que mais lhe agrada.

— Não é um escravo, é uma escrava. E ela não está no cercado.

— Explique-se.

Rogério endireitou o tronco. Encarou De Grammont e enunciou:

— Quero a mulher africana que está trancada no forte. Aquela que o senhor levou para o *Le Hardi*. Outros escravos não me interessam. Ela é minha por direito!

Da multidão de aventureiros elevou-se um burburinho. De Grammont soltou a pior blasfêmia de sua vida pecaminosa.

— É sua por direito em nome do quê, padreco dos meus colhões? — Ele levou a mão à guarda da espada.

Rogério não se deixou intimidar.

— É minha por direito porque eu era compadre do falecido Pepe Canseco e, portanto, casado pela metade com a garota. É minha por direito porque fui eu que salvei a vida dela. É minha por direito porque perdi um braço combatendo pelo senhor. É minha por direito porque a lei dos Irmãos da Costa não permite que um capitão, valendo-se de sua patente, usurpe a um marinheiro os seus direitos.

Houve um silêncio prolongado. De Grammont, escandalizado com tamanha impertinência, não sabia o que dizer. Atormentava a espada, mas não decidia desembainhá-la. Então, nas últimas fileiras, alguém se atreveu a bater palmas.

— Viva o jesuíta! — gritou. Rogério pensou reconhecer a voz de Auguste Le Braz, o cozinheiro do *Neptune*, mas não teve certeza.

Um instante depois, todos aplaudiam, empolgados. Os gritos eram ensurdecedores.

— Viva o jesuíta!

— A escrava é dele por direito!

— Tem que ser dele! É a lei!

De Grammont empalideceu como em seus piores ataques de gota. Lorencillo, que não sorria mais, percebeu. Tocou-lhe o braço, fazendo-o soltar a guarda da espada.

— Temo que não haja alternativa, almirante. Precisa deixar a beldade para o seu contramestre. — Sem esperar resposta, dirigiu-se à marujada. — Homens da Filibusta! Em conformidade com nossas regras, o cavaleiro De Grammont aceita a reivindicação do jesuíta e lhe cede a escrava que deseja. Que vivam felizes, maldito demônio dos infernos! Alguém tem alguma objeção?

— Eu. — Quem falava era Michel Trouin.

Lorencillo olhou para ele com estupefação.

— Qual seria o impedimento?

O bretão apontou Rogério.

— O jesuíta é um espião de Luís XIV e de Colbert. Foi enviado para cá para nos arruinar.

## 42

# O crime de Rogério de Campos

Fez-se um silêncio estupefato. Nervoso, Lorencillo apontou o indicador para Michel Trouin.

— Suas acusações são graves, oficial. Está em condições de prová-las?

— Sim. — Trouin apontou o homem ao lado dele, Alain Saint-Martin. — Ele era jesuíta. Vou deixar que deponha. Fale, Alain.

O outro acariciou a barba curta e disse:

— Precisei de tempo para reconhecer esse canalha. Agora tenho certeza. É o mesmo português que testemunhou no processo contra o superintendente Fouquet, depois de ter conquistado sua confiança e ter lhe prometido o apoio da Companhia de Jesus. É o mesmo que visitou Fouquet pouco antes que ele morresse envenenado. Um traidor, uma cobra!

Rogério libertou-se logo dos temores que o haviam invadido. Os *filibusteros* não entendiam muito dessas acusações, que diziam respeito a uma esfera política completamente estranha a eles. O próprio Lorencillo parecia perplexo.

— O que o leva a pensar que ele quer nos arruinar a todos? — perguntou De Graaf.

A resposta não foi capaz de dissipar as dúvidas.

— É um agente da corte! — gritou Trouin. — Um servo de Colbert! Não pode estar aqui por acaso!

Lorencillo virou o olhar na direção de Rogério.

— Jesuíta, como responde a essas acusações?

O português recobrou instantaneamente a calma mais completa. Falou com um sutil tom de troça.

— Agente do rei? Mesmo que fosse, ao que me consta, três dias atrás celebramos o aniversário de Luís, confirmando nossa obediência a ele. Mas não é o caso, não sou agente de ninguém. Fui capturado e alistado à força. O senhor sabe disso melhor do que ninguém, capitão. Aos Irmãos da Costa prestei serviços apreciados, inclusive alguns que não é bom revelar publicamente, e que o senhor e o cavaleiro De Grammont conhecem. Além do mais, com a patente que tenho, não poderia arruinar ninguém.

Os olhos quietos e novamente irônicos de Lorencillo demonstravam que a autodefesa fora eficaz. Ele perguntou, mais que tudo por obrigação:

— Alguém mais quer intervir?

— Eu! — Francis Levert ergueu a mão. — Sei por experiência direta que o jesuíta não age sob ordens da Coroa. Não sei quem diabos foi esse Fouquet e pouco me importa. Não tenho dúvidas, porém, do fato de que o português é um bom camarada, e quem o acusa é um velhaco.

Era um simples timoneiro falando, no entanto – ou talvez justamente por isso –, seu depoimento foi decisivo. Ergueram-se "hurras" a Rogério, que Lorencillo interrompeu levantando a mão. Olhou para De Grammont.

— O que o senhor decide, almirante?

Rogério estremeceu. O momento era delicado. O cavaleiro poderia se aproveitar das acusações, por mais nebulosas que fossem, e livrar-se dele, ou arrancar-lhe a amada.

De Grammont era de índole demasiado nobre para tirar proveito da ocasião.

— Já perdemos tempo demais — bufou. Apontou Trouin e Saint-Martin. — Esses dois criadores de caso eu não quero a bordo. Já temos padrecos demais. Que sejam jogados aos peixes. — Ele proferiu a enésima blasfêmia. — Quanto ao jesuíta, terá a recompensa que reivindica. Agora, todos para os navios. Os espanhóis estão próximos. Não podem cair sobre nós enquanto perdemos tempo com falatório inútil.

A ordem foi recebida com entusiasmo. Os aventureiros já estavam fartos de ficar em terra, entre as ruínas de uma cidade que já não podia oferecer-lhes mais nada. Menos de duas horas depois, desfeitos os acampamentos e libertados os escravos excedentes, dezenas de botes e barcaças singraram sobre a água, entre os reflexos de um sol já baixo e aumentado, na direção dos veleiros. As embarcações maiores levavam os cavalos, além de vacas macérrimas, leitões e frangos pilhados na selva. Muito menor era o peso do saque, à parte as madeiras nobres: quinquilharias douradas e prateadas, candelabros, talheres, quadros de valor duvidoso. Alguma espada, um feixe de fuzis, barris de vinho e de aguardente. Um bricabraque de poucos milhares de escudos.

Rogério, remando com Levert, Macary e outros do *Le Hardi*, não partilhava da alegria dos companheiros. Sim, havia se livrado de dois inimigos, Trouin e Saint-Martin. Sentira prazer ao ver os dois lançados ao mar, dentro de gaiolas de ferro de forma humana, por uma multidão feroz e festiva. Agora, porém, a bordo do bergantim, ficaria cara a cara com o cavaleiro De Grammont. O capitão lhe garantira a recompensa esperada e certamente não faltaria com sua palavra. No entanto, isso não protegeria Rogério do seu provável rancor.

O único consolo efêmero, para o português, era a presença nos remos do negro Bamba, que passara do *Neptune* para o *Le Hardi*. Tivera raras ocasiões de conversar com o ex-escravo, todavia, se beneficiava de sua alegria natural e contagiante.

Foi o próprio Bamba a perguntar a Macary, ofegante por causa do esforço:

— Quais são as ordens, senhor imediato?

— O que quer dizer?

— O que faremos? Aonde iremos? Se é que posso perguntar.

Macary, também ofegante, deu de ombros.

— A frota vai se dividir, também por razões de prudência. Andrieszoon, Vigneron, Focar e outros procurarão alguma ilha para reparar os cascos. Grognier voltará para Port Royal com Retexar e Pednau. Lorencillo, De Grammont e Nicolas Brigaut, que chegou há poucos dias numa goleta capturada, pensam em velejar até a Isla Mujeres, para calafetar os cascos e escolher novas presas. Pierre Bot pretende voltar para Tortuga para ver qual é a situação.

"A Isla Mujeres. Ótimo", pensou Rogério. Olhou para a barcaça distante onde embarcara De Grammont. A escrava estava sentada na popa, perto do timão. Ainda trajava roupas elegantes, de grande dama. Ele a olhou intensamente, como se isso pudesse induzi-la a retribuir o olhar. Ela não se virou. Com os dedos na água, parecia brincar com as ondas.

Não foi fácil, com um braço só, subir pelas escadas de corda que levavam ao convés do *Le Hardi*. Macary o ajudou, mas sem sinal de amizade nos gestos e no olhar. Quando chegaram a bordo, De Grammont e a escrava já tinham descido para os alojamentos havia algum tempo.

— Contramestre, dê as ordens — disse o oficial, com muita frieza.
— Quero que sejamos os primeiros a zarpar.

Rogério olhou uma última vez para Campeche, os muros em ruínas, as casas destruídas, o tapete de cinzas onde antes estavam os casebres das pessoas de cor. Permaneciam de pé apenas os fortes e as igrejas. O português se perguntou se aquele povoado golpeado mortalmente algum dia ressurgiria, como o governador de Mérida prometera. Talvez sim, com o tempo. Ele, de qualquer forma, nunca mais voltaria para lá.

— Armem a serviola! — gritou à tripulação. — Passem a corrente! Levantar âncora! Içar! — Dirigiu-se aos gajeiros: — Desfraldar a vela-mestra e a de mezena! Rizar os velachos! Temos vento, vamos sair em velocidade média!

Assim que a âncora foi arrancada do fundo do mar e ficou pendurada na amurada de estibordo, o *Le Hardi* rangeu por inteiro e rumou para o alto mar. Rogério viu-se invejando os marinheiros nas vergas, com os pés colocados no apoio precário de uma corda. A tarefa dos gajeiros era duríssima, de perigos mortais. No entanto, dava satisfação quando, com o vento açoitando o rosto, o homem do mar via as velas por ele desfraldadas se abrirem e se encherem. O português nunca mais experimentaria nada parecido. Invejou, em certa medida, as silhuetas esbeltas que, cumprida a ordem, desciam ágeis, agarradas às enxárcias, passando de corda em corda como macacos entre os cipós de uma floresta.

Rangendo e pendendo para bombordo, o *Le Hardi* foi o primeiro a sair do porto. Seguiu-o o *Neptune*, com as velas principais desfraldadas. A pequena goleta do capitão Brigaut esforçou-se para imitá-los, mas foi logo ultrapassada por outros veleiros, rumando para rotas diferentes. De um navio ao outro saudações eram trocadas, partiam gritos bem-humorados ou amigáveis. Iriam se rever, não restava dúvida. Talvez não todos, e talvez não em Tortuga. O Mar do Caribe, de qualquer forma, estava cheio de presas. Nenhum *filibustero* abandonaria aquelas águas tórridas sem sua parte justa de bens pilhados. Pensasse o bom rei Luís o que quisesse.

Francis Levert estava no leme. Rogério o alcançou.

— Belíssima navegação, essa do nosso bergantim — observou. — Parece voar.

Levert grunhiu.

— Sim, estaria tudo bem, não fosse aquela urucubaca ambulante do corso.

— Que corso?

— Petru Vinciguerra. Ele tem sonhos estranhos. É aquilo que na sua língua se chama um *mazzere*, segundo diz.

— O que significa isso?

— Alguém que sonha estar caçando javalis. Sempre, no sonho, ele põe as carcaças à beira de um rio. Os animais se transformam em conhecidos dele, destinados a morrer em poucos dias ou semanas.

— E Vinciguerra…

— Sonhou-nos como javalis degolados, deitados perto de um rio. Sonha a mesma coisa toda noite e sai repetindo. As pessoas começam a ficar inquietas.

Rogério teve um calafrio, mas não deixou transparecer.

— Superstições. Vou mandar esse corso parar com isso. Aliás, vou mandar que fale com Exquemeling, que é a racionalidade em pessoa. Ele está na sua cabine?

— O cirurgião? Não, embarcou no *Neptune*. Talvez temesse tensão demais a bordo do *Le Hardi*. Só vai vir aqui se a gota fizer o nosso capitão sofrer em demasia.

Rogério se sentiu mal. Agora, no navio que o transportava, não tinha mais amigos. Macary se mostrava pouco cordial, e mesmo Levert era menos afável do que antes, talvez porque tivesse seus medos. Restava o negro Bamba, mas defini-lo como um amigo era exagero.

O vento estava em popa e aumentava de intensidade. Isso lhe deu ocasião para se distrair.

— Braços cruzados! — gritou para a tripulação, sem esperar que o imediato lhe transmitisse uma ordem evidente.

Os homens correram para as manobras. O bergantim, com as vergas quase perpendiculares ao eixo do casco, diminuiu a velocidade. Isso permitiu que os navios de Lorencillo e de Brigaut o alcançassem. Já os outros veleiros estavam distantes, rumando para metas diferentes. O sol se punha rapidamente. Dali a uma hora e meia seria necessário acender as lanternas de popa.

— Contramestre — disse o timoneiro —, posso perguntar uma coisa?

— Pode falar.

— A bordo do *Gloire du Lys*, você me mandou matar De Ravency...

Rogério olhou ao redor, alarmado.

— Fale baixo, idiota! — Ele viu que Macary estava no castelo, a uma boa distância. — E daí?

— Os franceses vão querer se vingar. Em Campeche, éramos uma frota, agora somos somente três navios. Todos sabem que, depois de atacar a costa mexicana e antes de voltar para Tortuga ou para a Jamaica, o cavaleiro De Grammont faz uma parada na Isla Mujeres. É a base da Filibusta mais próxima de Yucatán.

— E o que quer dizer com isso?

— O governador De Cussy e o conde de Frontignan também devem estar sabendo disso.

Rogério forçou um sorriso.

— Suas fantasias se igualam aos sonhos de Vinciguerra. Não pense nisso, preocupe-se em manter a rota.

Um grumete, que também servia de valete para os oficiais, chegou correndo. Cumprimentou Rogério.

— Senhor, o cavaleiro De Grammont pede que jante com ele. — O rapaz tomou fôlego e acrescentou: — Ele quer discutir a sua recompensa.

"Chegou a hora", pensou Rogério. Seu coração batia forte.

# 43

# Jantando com o demônio

Rogério entrou na pequena sala de jantar, onde o cavaleiro De Grammont o esperava, com sentimentos confusos. Havia nele apreensão, mas também a firme vontade de não deixar escapar aquela que já era sua por voto popular. Portanto, estava emocionado, mas não em demasia. Ele fez a mesura obrigatória e se aproximou da mesa.

— Aqui estou, capitão.

De Grammont estava muito pálido e mantinha a perna direita sobre um banquinho. Ele tirou o tricorne e atirou para o lado. Usava uma peruca empoada. Retribuiu a saudação.

— Sente-se, contramestre. Temo que nosso jantar não será um banquete. Os suprimentos encontrados em Campeche não eram muitos. Os melhores estão diante de você.

Rogério viu sobre a mesa, iluminada por velas fechadas em suas gaiolas de ferro, tigelas de prata com grossas fatias de presunto ibérico, sopa fria, leitão assado temperado com aromas e fatias de nopal, queijo, além de um cilindro de *tortillas* mantidas aquecidas com um guardanapo. Tudo em modesta quantidade, além de uma travessa de frutas, até abundante demais para duas pessoas.

Quem servia as comidas e o vinho de algumas garrafas espanholas empoeiradas era o grumete que acompanhara o português até ali. Um menino gorducho, de ar tímido, vagamente sorridente. Rogério fez votos de que ele jamais fosse parar nas mãos de Henri Du Val. Ignorava quem fosse o cozinheiro do *Le Hardi*. Talvez um chinês que ele já vira deslizar pelo convés como uma sombra.

Os funcionários da cozinha muitas vezes eram chineses. Não que isso lhe interessasse em particular. Outros pensamentos ocupavam sua mente.

De Grammont ergueu o copo com num brinde.

— A maiores fortunas! — exclamou.

Rogério ergueu o vinho, mas o outro já havia retirado o copo.

— A maiores fortunas! — repetiu em voz baixa. — Aos Irmãos da Costa!

De Grammont já estava ocupado mastigando um bocado de presunto. Engoliu, tomou um gole e disse:

— Jesuíta, talvez o senhor tenha me julgado mal.

— Eu? Certamente não, capitão!

— Por exemplo, me considera cruel. É a guerra que é cruel. Eu me adapto. Na Europa, cometi crimes piores do que aqueles aos quais o senhor assistiu. A serviço da verdadeira fé, seja ela qual for. Decapitei não sei quantos huguenotes em nome do Papa ou do rei. Se eu fosse huguenote, faria o mesmo com os católicos.

— Acho que entendo o senhor — respondeu Rogério.

Ele olhou bem o homem que tinha diante de si. A gota de que ele sofria, fazendo-o viver na dor, vincara-lhe o rosto. Outras dores não físicas haviam se juntado a ela com o tempo, deixando suas marcas. A barba curta e o bigode estavam grisalhos, bochechas e testa eram sulcados por rugas profundas. Os olhos, entre o preto e o castanho, eram pensativos e fundos. A boca, de lábios apertados, formava uma linha dura.

De gestos elegantes, De Grammont emanava a um só tempo tristeza e autoridade. Entendia-se a ascendência que ele exercia sobre as tripulações que comandava e sobre os outros capitães. Poderia-se dizer que ele matava por uma maldição do destino, mais do que por vontade própria. E, mesmo assim, fazia-o com distanciamento aristocrático. As próprias roupas simples que trajava, distantes das peças espalhafatosas e coloridas de seus colegas de patente, sugeriam uma elegância natural e uma nobreza de fundo. Se tivesse podido levar uma vida normal, teria fossem dirigidos a ele, mas o que importava? A estibordo, a goleta de Brigaut, com todas as velas ao vento, rumava para a Isla Mujeres.

Rogério lembrou-se de seus deveres de contramestre.

— Afrouxar as velas! — gritou. — Todos os homens livres para a serviola!

A tripulação correu de um lado para o outro pelo convés. A âncora mergulhou no mar, e as velas foram enroladas nas vergas.

# 46

## A goleta desaparecida

Vinte e quatro horas depois de se afastar do *Le Hardi*, a goleta de Nicolas Brigaut, denominada *L'Étoile de Nantes*, ainda não retornara. Somente Rogério intuía o que podia ter-lhe acontecido. Entre os aventureiros, reinavam o temor e o desconforto.

O cavaleiro De Grammont apareceu na porta dos alojamentos e interpelou Macary.

— O senhor ouviu tiros de canhão?

— Não, meu capitão. Apesar de estar bem atento.

— Sinais de alguma tempestade, ainda que distante?

Macary apontou para o céu.

— O senhor mesmo pode ver. Nenhuma nuvem.

Com a testa franzida, De Grammont voltou para a sua cabine. Só saiu algumas horas mais tarde.

— Vamos zarpar — ordenou. — Inútil ficar apodrecendo aqui, enquanto Brigaut pode estar precisando de nós.

O obediente Macary arriscou uma objeção.

— Mas, capitão… ! Não seria mais prudente irmos para outro lugar?

— E abandonar um homem valoroso à própria sorte? Imediato, depois de tantos anos de serviço, ainda não me conhece bem. Vamos para a Isla Mujeres. Mande levantar âncora. E carregar os canhões, obviamente. Onde está a orquestra que Lorencillo me deu de presente?

— Ao pé do mastro de vante, vadiando e bebendo rum.

— Preciso dos tambores. Ritmo de batalha. Quer combatamos ou não. Espero que não seja necessário. — Blasfemou de forma pouco elaborada, como quem tem pressa.

Macary alertou Rogério, que começou a gritar.

— Todos para a serviola! Içar a âncora! Os gajeiros, às vergas! Velas desfraldadas! De boa vontade! Os bombardeiros, às suas peças!

— Não esqueça os músicos — lembrou-lhe o oficial.

— Os tambores para o convés! Ritmo de ataque!

A multidão de aventureiros correu para suas respectivas tarefas. Nas entranhas do *Le Hardi*, um ronco grave revelou que os grumetes estavam rolando bolas de canhão e barris de pólvora até os bombardeiros. Feixes de mosquetes e de pistolas foram espalhados no tombadilho. Os bucaneiros posicionaram-se ao longo da amurada, com seus fuzis sobre tripés. Os arawacos, uns vinte, encarapitaram-se nas laterais, com as aljavas a tiracolo e os arcos em punho.

Os tambores rufaram. A bandeira negra com a caveira, as tíbias cruzadas e a ampulheta foi hasteada no mastro de mezena. Ainda não se sabia se de fato haveria uma batalha. Muitos torciam por isso. Amavam a conquista, mas mais ainda a guerra.

O *Le Hardi* fendeu as ondas, seguro e veloz. Para alcançar as praias habitáveis da Isla Mujeres era preciso entrar por um canal cercado de vegetação muito densa, com as raízes salientes e ossudas dos mangues. Depois, demandar uma enorme laguna, com margens distantes e vagamente enevoadas. A proa, em sua corrida, espantava grupos plácidos de crocodilos e afugentava garças. Do *L'Étoile de Nantes* não se via nem sinal.

— Reduzir as velas de vante e de mezena! — ordenou Rogério. — Recolher os velachos e a bujarrona de fora! — Tratava-se de reduzir a velocidade, num espelho d'água grande, porém limitado.

Ele não conhecia o homem no timão, um colosso cujos olhos demonstravam falta de cérebro. Rogério pensou que Levert devia estar aproveitando seu turno de descanso. Ficou preocupado quando viu o timoneiro sair dos alojamentos dos oficiais, cabisbaixo. Interceptou-o.

— Não contou a ele...

Levert abriu os braços.

— Um capitão é um capitão. Um contramestre é um contramestre. Eu sou um simples marujo. Para mim, a hierarquia conta.

— Então contou a ele o que fizemos no *Gloire du Lys*?

— Só contei o que eu fiz... mas o cavaleiro quer conversar com você. Convidou-o para a sua cabine.

Rogério sentiu um calafrio. Temia algo do tipo. Todavia, não podia desobedecer a uma ordem clara. Entrou nos alojamentos e desceu pela escada de corda.

Encontrou De Grammont refestelado numa poltrona, de olhos fechados, a perna dolorida estendida sobre um banquinho. Ele fechara as folhas dos janelões, mas a luz que entrava era suficiente para clarear o ambiente. O capitão contraía o rosto numa careta de dor. Ao seu lado, no tapete, havia duas garrafas de vinho, uma vazia, a outra pela metade. Um cheiro acre de tabaco estava estagnado no ar.

— Estou às suas ordens, almirante — disse Rogério para se anunciar. Desconfiava que De Grammont dormisse.

Mas o cavaleiro não dormia. Fez um movimento preguiçoso, sem abrir os olhos.

— Às minhas ordens, contramestre? — A voz de De Grammont era arrastada e sofrida. Não continha nenhum traço de rancor. — Digamos que está às ordens de outro. Colbert? Do rei Luís em pessoa? De qualquer forma, de alguém que decidiu encurtar os meus dias.

Rogério foi obrigado a engolir em seco. Replicou sem convicção:

— Não entendo sua acusação, almirante. Estou lhe servindo fielmente, como fiz antes com Lorencillo.

Desta vez De Grammont abriu os olhos. Estavam cansados, opacos. Esticou a mão para o vinho. A garrafa pela metade lhe escapou, caiu e inundou o tapete de vermelho.

O cavaleiro suspirou.

— Nem isso consigo mais fazer. Conceder-me um gole. — Um esforço permitiu que ele se endireitasse. Encarou Rogério com melancolia. — Não sei se a sua captura fazia parte de um projeto concebido faz tempo. Talvez jamais venha a saber. O senhor precisava sabotar os navios franceses que nos espionavam. Levert relatou ter matado, por ordem sua, o sr. De Ravency. O senhor não tinha como ignorar as consequências.

— Que consequências? — gaguejou Rogério.

— A França não pode perdoar um ato de franca hostilidade dirigido a ela. Tentava nos controlar. Agora vai nos combater... Mas por que perco tempo explicando? O senhor sabe disso muito bem.

— Realmente não compreendo, almirante. A bordo do *Gloire du Lys*, soltei os canhões. Isso por si era um ato de guerra. A morte de De Ravency foi um efeito colateral.

De Grammont riu, mas fez uma careta.

— Aí está um linguajar digno de quem, por toda a vida, exerceu a profissão de sicário... Não se apoquente, senhor jesuíta. Seja qual for a armadilha em que me prendeu, eu o perdoo. Desejo morrer. Obviamente, como guerreiro, de espada na mão. O senhor me oferece a ocasião. De certa forma, fico grato.

Rogério respondeu com tanta veemência que quase acreditou nas próprias palavras.

— Não é verdade, meu capitão! Tenha confiança em mim! Não lhe armei nenhuma armadilha! Deus é minha testemunha!

Sob o bigode, um sorriso debochado subiu aos lábios de De Grammont.

— Eu preferiria testemunhas em carne e osso, que possam falar. — Deixou-se escorregar na poltrona, até apoiar as costas num braço e as pernas no outro. — Agora deixe-me descansar. Voltarei para o convés no momento da emboscada.

— Emboscada?

— Sim. Pode ir. Não tocarei num fio de cabelo seu.

Rogério hesitou. Havia outro assunto que lhe importava muito. Como expô-lo naquelas circunstâncias? No entanto, era preciso.

— Almirante, o senhor havia prometido que eu e a escrava...

De Grammont abriu um olho só. Nele fulgia uma severidade muito próxima da indignação.

— Tentarei subtrair aquela criatura ao crime que o senhor premeditou. O que mais pretende de mim? Se realmente gosta dela, saiba que farei de tudo para que ela não corra perigo. Mas dá-la de presente a um miserável da sua laia seria demais. Não acha?

Incapaz de responder, Rogério retrocedeu até a porta. Procurou às apalpadelas a maçaneta e saiu para a tolda. Cambaleava, o coto do braço direito lhe causava uma dor insuportável.

O *Le Hardi* adentrara a mais ampla das lagunas internas da Isla Mujeres. Sua proa batia continuamente em crocodilos parecidos com troncos, que se dispersavam. Outros crocodilos, amontoados, moviam-se lentamente uns sobre os outros no manguezal. O calor úmido cortava a respiração. Nas árvores viam-se macacos e papagaios.

Levert estava no leme. Rogério não falou com ele: dirigiu-lhe apenas um olhar duro, que o outro não pareceu notar. Macary, silencioso, observava a água quase parada, como à espera de algo. Os homens, ao contrário, executavam animadamente suas tarefas de sempre, esperando que a sineta avisasse da hora do almoço. Cantavam *La Bamba*. A orquestra, deixando de lado o rufar marcial dos tambores, os acompanhava. Um grumete dançava, um velho aventureiro havia recuperado um violino e dava golpes de arco.

O que o imediato talvez temesse se materializou depois de uma curva quase oculta pela vegetação e pelos galhos dos salgueiros que roçavam a laguna. Uma fragata francesa. Duas. Três. Rogério acabou contando sete. Todas hasteavam a bandeira branca com lírios. Estavam lotadas de canhões.

À frente vinha o *Gloire du Lys*, remendado, porém inteiro. Do gurupés pendia um cadáver enforcado. Não foi difícil reconhecer, pelos trajes espalhafatosos e pela longa cabeleira de camponês bretão, o corpo de Nicolas Brigaut.

## 47
# Batalha final

A visão de tantos navios no mar contra eles e com uma artilharia de superioridade esmagadora não intimidou nem um pouco os Irmãos da Costa. Ao contrário, empolgou-os. Os cento e oitenta homens da tripulação, bombardeiros à parte, correram para o convés como endemoniados. Seguindo seu costume, urravam como gorilas, faziam gestos obscenos, agitavam espadas, machados e mosquetes. Muitos deles haviam pintado o rosto com várias cores, à maneira dos indígenas. Escalaram as enxárcias, penduraram-se nas vergas. Urravam e imprecavam. O violino desapareceu da orquestra. Ficaram os tambores, batendo um ritmo de batalha sombrio e ensurdecedor.

O insucesso de Campeche fora esquecido. Aqueles marinheiros combatentes sonhavam com a guerra, entoavam hinos à morte – a própria ou a alheia. Como que possuídos, e excitados pelo sangue que logo veriam, lançavam saraivadas de obscenidades ao inimigo, indiferentes ao fato de que até poucos meses antes ele tivesse sido seu aliado e protetor. Tratava-se de matar e pilhar: não existiam outros ideais, tampouco prazeres mais sublimes. Em meio ao caos, somente os bucaneiros e os arawacos mantinham a lucidez. Os primeiros posicionaram os fuzis sobre as amuradas e esfregaram os pavios. Os segundos puseram as flechas envenenadas em riste. Exasperado pela confusão, Macary chamou Rogério. O português acorreu.

— Contramestre — disse o imediato —, a tripulação não entendeu que é melhor evitar o confronto. Vamos sair perdendo.

— Sim, senhor.

Macary bateu o pé, despeitado.

— Não fique aí dizendo que sim! Ordene a guinada enquanto é tempo. Temos poucos instantes para nos salvar. O senhor é idiota ou o quê?

— Às ordens, senhor! — Rogério mal teve tempo de mandar Levert virar o leme.

Ele estava prestes a comandar a orientação das velas quando o cavaleiro De Grammont subiu para o convés, contrariado e agressivo. Trajava preto, e o vento agitava às suas costas o manto de veludo, enquanto quase lhe arrancava as plumas do tricorne.

— Nada de guinar, Levert — ele disse ao timoneiro. — Direto para o inimigo a velas desfraldadas. Este é um daqueles casos em que um rato foge, um felino combate. Não contam as conveniências, conta a honra.

— Mas, almirante... — gaguejou Macary, angustiado.

— Cale-se! — silenciou De Grammont. — Como diz a canção, eu não sou marinheiro, sou capitão. Se for para morrer, morreremos. O que conta é sair de cena de cabeça erguida. Se necessário, sete contra um... aliás, oito contra um.

Naquele momento, às sete fragatas, surgidas de enseadas lacustres cheias de surpresas, unira-se uma oitava nau. Uma das mortais galés que Luís XIV usava em suas guerras europeias. Movidas a remo, com velas latinas. Era bastante incomum vê-las no Novo Mundo. Navios assim eram feitos para a cabotagem de curta distância.

Foi na direção da galé que o *Le Hardi* apontou. Todos a bordo sabiam que ela era impulsionada por escravos, prontos para largar os remos e quase mortos de medo. Os canhões ficavam no convés e, portanto, faziam balançar a embarcação a cada tiro. Eficiente e letal em mares fechados, onde exércitos de prisioneiros acorrentados aos remos eram obrigados a massacrar-se reciprocamente, a galé de pouco adiantava entre lagos e pântanos, contra a navegação anárquica de veleiros muito mais ágeis. Era o elo mais fraco da recém-surgida frota francesa.

Macary decidiu acelerar.

— Alar a aderiça da grande! — urrou.

— Abrir a vela de traquete! — Rogério transmitiu a diretiva.

Os homens correram para as manobras, endemoniados, suados, cada vez mais ferozes. A vela grande subiu e se encheu, em meio ao trovejar obsessivo e constante dos tambores. A proa do *Le Hardi* saltou para a frente. No lenho escolhido como alvo, os remos caíram. Os franceses estavam dominados pelo terror.

— É o momento! — gritou De Grammont. — Artilheiros às peças! Fogo, fogo à vontade!

Os flancos do bergantim se incendiaram e vomitaram nuvens de fumaça. O som veio depois, surdo e dilacerante. Antes que a galé pudesse responder com um único tiro, seus flancos se esmigalharam, os dois mastros com suas velas trapezoides foram abatidos. O casco afundou em poucos instantes, levando toda a sua tripulação de mortos-vivos acorrentados.

— Agora, guinar para escapar! — esgoelou-se Macary. — Guinar! Guinar!

Era preciso fugir do redemoinho que o afundamento da galé iria provocar. O bergantim obedeceu docilmente, incomodando novos grupos de crocodilos. Navegou torto, de bolina. Faltavam ainda outras sete fragatas para mandar a pique. Talvez De Grammont esperasse que, destruída a galé, cujos mastros continuavam queimando acima da água, os outros capitães se assustassem. Não aconteceu. Aliás, foram os primeiros, desta vez, a abrir fogo.

O som pareceu uma tempestade distante, com os seus trovões, enquanto os raios partiam dos flancos dos navios. As embarcações inimigas dispararam em uníssono. Como em toda primeira saraivada, erraram o ângulo, calculado por aproximação. Uma chuva de bolas de aço caiu ao redor do *Le Hardi*. A segunda ráfica seria mais precisa.

De Grammont antecipou a ordem que Macary provavelmente iria dar.

— Rápido, para a segunda fragata, a maior. Velas ao vento, depressa. Os próximos tiros devem passar sobre nossas cabeças! — Acrescentou uma blasfêmia infernal.

O bergantim já se tornara um instrumento dócil, conduzido por endemoniados. Ensurdecido pelos tambores, inebriado pelos rugidos provenientes de homens à procura do confronto feroz, estranhamente exaltado pelo fato de que aquela luta não tinha esperança, Rogério traduziu as indicações em comandos precisos, sem esperar pela mediação de Macary.

— Desfraldar os velachos e a giba! — Não havia alternativa. As outras velas já estavam cheias e estalavam.

— Timoneiro, rota nor-noroeste! — acrescentou Macary, espumando.

O *Le Hardi* não conseguiu esquivar-se da segunda chuva de bolas, mas, veloz, evitou o pior. O velacho de traquete partiu-se totalmente, e o marinheiro do cesto precipitou-se no mar. O gurupés foi lascado, as velas de manobra da mestra foram perfuradas em vários lugares. Caíram na água rolos de enxárcias partidas. Partes do casco voaram em pedaços.

— Fogo! — urrou De Grammont. — Vamos atirar também! Se nos espera a morte, vamos deixar cicatrizes! Deus nos odeia: que saiba que também O odiamos!

O bergantim oscilou com o recuo dos canhões, que trovejaram simultaneamente, tanto a bombordo quanto a estibordo. Uma nuvem de fumaça impediu a visão. Espalhou-se o cheiro acre da pólvora. Os aventureiros já estavam quase surdos, mas continuavam a se esgoelar. Os músicos, excitados, batiam freneticamente nos tambores.

Assim que a fumaça se dissipou, a fragata decorada com os lírios da França ficou visível. Mortalmente atingida, quase demolida, estava afundando. Não tinha mais mastros, ardia da popa à proa. Boiava entre fragmentos de tecido e madeira. Estava tentando lançar ao mar um bote, um dos quatro que possuía. Figurinhas agitadas tentavam impor ordem à confusão. Acabou que homens demais saltaram para a barcaça, que afundou como o veleiro. Os crocodilos se desvencilharam dos montes na praia e correram, em busca de carne. O sangue se espalhava em manchas oleosas e emanava seu odor desagradável. Do *Le Hardi* partiu um "hurra".

— Duas a menos! — exultou De Grammont. — Só faltam seis fragatas! Apontar a proa para a próxima!

— Rota para oeste! — comandou Macary para Levert. — O navio está ao alcance do armamento leve! Prontos os bucaneiros!

Depois de duas perdas graves, a frota inimiga fazia menção de debandar. Talvez o cavaleiro De Grammont esperasse que, depois das derrotas sofridas, eles fugissem. Não aconteceu. Ordens que não se podia ouvir reagruparam fatigadamente as fragatas sobreviventes na entrada da laguna. Uma ficara para trás. Pertíssimo do *Le Hardi*.

— Bucaneiros! Fogo! — gritou Macary.

Os semisselvagens cobertos de peles e de sangue animal apontaram os fuzis e acenderam os pavios. Foram tiros de alta precisão. Esvaziaram o convés, abateram os artilheiros que operavam os canhões giratórios.

— Agora, os irmãos arawacos — latiu Macary. — Uma vítima por flecha!

Assim aconteceu. Por que a fragata, denominada *Les Ducs de Bourgogne*, não usava a artilharia, perguntou-se Rogério. Logo depois, chamou-se de idiota: a resposta era clara. Efetivamente, nenhum canhão francês estava apontado para o *Le Hardi*. O inimigo, temendo golpes duros demais, preferia ficar de frente. Quase convidava à abordagem, certo de que teria reforços.

As flechas desenharam suas parábolas: aparentemente apontadas para o céu, para depois abater-se sobre os infelizes. Do convés de *Les Ducs de Bourgogne*, tentaram disparar com fuzis e mosquetes. A mira resultou aproximativa, as balas furaram a amurada. Só um aventureiro caiu na água com um mergulho, de braços abertos. Ninguém se importou.

Os Irmãos da Costa agora esperavam a abordagem, na qual eram especialistas, e se amontoaram ao longo da amurada com adagas e espadas na mão, prontos para saltar para a tolda inimiga. Decepcionaram-se, e Rogério intuiu o motivo. As cinco fragatas ainda não envolvidas procediam tortas, e cada canhão delas disparava a pequenos intervalos. A distância era excessiva, as bolas caíam na água bem longe do *Le Hardi*. Logo, porém, o bergantim estaria ao alcance da artilharia inimiga.

— Estamos pesados demais! — gritou De Grammont. — Lancem ao mar as mercadorias supérfluas, a começar pela madeira e pelos escravos! Alguns canhões também. Não precisamos de todas as peças!

Macary olhou para o seu chefe, estupefato.

— Almirante, entre os escravos a jogar fora... ela também?

— Óbvio que não, imbecil! Estou falando do lastro! Vamos, dê a ordem!

Rogério transmitiu as diretrizes do imediato, depois mandou uma equipe de gajeiros diminuir o velame. Sem aviso prévio, um vento furioso começara, e nuvens escuras condensavam-se no céu. Anunciava-se uma daquelas tormentas inesperadas típicas do Mar do Caribe naquela estação. Conduzidos para o convés, unidos por correntes, os prisioneiros negros foram jogados na água como um rosário de carne. Os primeiros arrastaram os últimos, e todos afundaram. Seguiram-se caixas, barris e feixes de troncos. Os aventureiros executavam a ordem com eficiência insólita. Ansiavam pela batalha, e pouco lhes importava que se perdesse o tesouro destinado a recompensá-los. Enquanto isso, outro perigo ganhava consistência. Superada a velhacaria, o *Les Ducs de Bourgogne* estava guinando para exibir o flanco de estibordo. Das bocas espreitavam ao menos vinte e cinco canhões.

— Fogo! Atirem primeiro! — berrou De Grammont. — Vamos afundá-los!

O *Le Hardi* foi sacudido pela violência da sua artilharia. Emitiu uma fumaça cinza, sufocante. Partiram projéteis individuais, bolas acorrentadas, vômitos de metralha. Ninguém conseguia ver o que estava acontecendo. Quando uma lufada de vento dispersou a fumaça, o *Les Ducs de Bourgogne* já era um casco desprovido de mastros, arrombado em vários lugares. Estava se inclinando, pronto para submergir. Os homens ao mar nadavam desesperadamente para fugir dos crocodilos.

— E três — suspirou De Grammont, enquanto limpava o suor com o antebraço. Seu rosto estava enegrecido pela fumaça. — Faltam só cinco!

— Orçar a proa! Direto à frente! — rugiu Macary.

O céu estava se tingindo de preto.

48

# A tempestade

O *Le Hardi*, muito mais leve, deslizou para o seu destino: a muralha intransponível das cinco fragatas que barravam a saída da laguna. Todas apresentavam o flanco de bombordo. Todas tinham os canhões saindo das bocas. O veleiro mais majestoso era sem dúvida o *Gloire du Lys*, remendado, porém possante. Castelo de popa altíssimo, proa pontuda, uma tripulação numerosa. As bocas de fogo subiam e desciam, procurando o ângulo certo de tiro.

As outras fragatas faziam o mesmo. Estudavam o arco de tiro com frieza científica. Esperavam que o *Le Hardi* estivesse ao seu alcance.

Macary afastara Levert com um empurrão e assumira ele mesmo o leme. Examinava o céu.

— Nuvens negras demais. O furacão está para chegar. O vento sopra mais forte a cada minuto.

— Quer que eu me importe? Melhor assim. — O cavaleiro De Grammont avançou pelo convés, ereto sobre as pernas. Olhou em volta. — Onde está o negro Bamba? Vocês o jogaram no mar com os outros escravos?

— Não, patrão! — O interpelado se apresentou, descendo pela escada de corda do traquete. — Aqui estou!

— Desça aos alojamentos e traga para fora a prisioneira que está trancada ali. — Ele marchou na direção de um grupo de homens que, sobre a amurada de estibordo, urravam a plenos pulmões para as fragatas distantes, agitando as espadas. Entre eles estava também Rogério. — Vocês! Lancem ao mar um bote de resgate. A barcaça, aliás. De boa vontade!

— Além da barcaça, só temos dois botes, capitão! — objetou um dos tripulantes, assustado com sua própria ousadia. — Insuficientes para toda a tripulação. Seria o caso de desperdiçá-los?

Com um movimento rápido, De Grammont sacou da cartucheira uma pistola e puxou o cão. Apontou o cano para a testa do marinheiro.

— Você me entendeu ou não? Dei uma ordem. Ou você obedece, ou estouro seu crânio.

O pequeno grupo, Rogério incluído, correu para a barcaça. O português, distraído por outros pensamentos, negligenciados até aquele momento por conta da situação dramática, foi capturado por sua obsessão. Destacar o pequeno lenho – cujo comprimento, porém, era o dobro de todos os outros botes – dos suportes que o mantinham erguido sobre o convés não era tarefa fácil. Tratava-se de tirar a pontapés os apoios de madeira, desatar muitos nós, girar uma serviola. Difícil em circunstâncias normais, a ação tornava-se improvável com um vento tão forte. Por fim, a barcaça desceu ao mar, espirrando água para todo lado. A água a encheu até a metade, mas o problema não era esse. A ameaça séria eram as primeiras pancadas de chuva e a frota francesa que teimava em disparar.

Uma fumaça cinza escondeu as fragatas entre os estouros. O *Le Hardi* foi, desde o primeiro instante, atingido mortalmente. O mastro principal e o de mezena foram abatidos. O velame caído tirou velocidade do bergantim, que guinou involuntariamente. Assim, alinhou seus canhões de bombordo.

— Fogo! — urrou De Grammont, exaltado.

— Fogo! — repetiu Macary. — À vontade!

Mais uma vez, o *Le Hardi* foi envolvido pela fumaça, que a chuva não conseguiu dissipar imediatamente. A laguna brilhou com os reflexos das línguas de fogo, enquanto do céu os primeiros relâmpagos caíam sobre a floresta. Os vagalhões desabavam na proa do bergantim com fúria indescritível. Os mastros caídos foram arrastados pelo vento, parecendo pandorgas gigantescas. Cada estrutura rangia, como se estivesse para cair.

— Buraco na quilha! — gritou um carpinteiro. — Preciso de voluntários!

— Outro buraco na popa! — ecoou o carpinteiro-chefe. — Estamos fazendo água!

Macary ignorou os chamados e deu o comando mais temido.

— Recolher as velas de traquete! Rápido!

Era preciso subir nas vergas, num lenho esbofeteado pelo vento, para reduzir o velame. Arriscava-se a vida, nada mais, nada menos, numa embarcação já condenada. No entanto, ninguém a bordo demonstrava sentir medo. Os *filibusteros*, cegos pela fumaça e encharcados pela chuva, escalaram organizadamente. Alguns caíram, outros continuaram a subir. Movia-os a miragem do confronto direto, da abordagem, do massacre. Da própria morte ou da morte alheia.

Rogério cuidava para que a barcaça não se soltasse do *Le Hardi*, nem se despedaçasse contra o seu casco, flagelado pela espuma. Não fazia ideia do que as fragatas francesas estariam fazendo. Não atiravam. Provavelmente se equipavam para superar a tormenta. A visibilidade era mínima, mal se enxergava. Viu apenas, com satisfação, Henri Du Val, agarrado à verga do velacho alto, precipitar-se do alto para a amurada, quebrar a espinha dorsal e cair no mar com um urro. Pareceu-lhe que sua perna sangrava. Rogério desconfiou que um grumete, de pé nas escadas de corda com um punhal na mão, tivesse algo a ver com aquilo. Ele, porém, tinha outras coisas em que pensar.

Finalmente, viu vindo em sua direção, trôpegos, a escrava e Bamba, os dois com uma lona às costas. Ele lhes deu uma ponta de corda.

— Não há outra maneira de descer. Andem logo. Remem e fiquem longe do casco. Não sei quanto tempo o navio ainda vai aguentar.

— E o senhor, patrão? — perguntou Bamba.

— Quando for possível, tentarei alcançá-los.

Bamba pôs a escrava sobre o ombro e, com uma mão e o auxílio dos pés, desceu pela corda até a barcaça. Um esforço desmedido. Assim que pisou no casco que balançava furiosamente, já cheio de água pela metade, Bamba depôs seu fardo sobre uma tábua e pôs-se a remar. Rogério, com a espada, cortou a corda. Por só ter a mão esquerda, teve que dar repetidos golpes. A corda cedeu, e o barco se afastou. Aliviado, o português voltou para o centro da tolda.

Os homens ainda estavam ocupados, nas vergas do traquete, a recolher as velas e prendê-las com as amarras. Um esforço frustrante, porque cada lufada de vento arrancava o tecido de suas mãos e o rasgava. Por fim, todo o velame foi amarrado. O *Le Hardi* abandonou-se à correnteza. Exatamente naquele momento, a artilharia das fragatas voltou a trovejar, às cegas. Ouviram-se estrondos, gritos, imprecações.

— O leme não obedece mais, senhor! — avisou Levert. — Deve ter sido atingido!

— Mais dois buracos na quilha! — gritou desesperado o carpinteiro, enfiando a cabeça pelo alçapão central. — Daqui a pouco afundaremos!

— Decida alguma coisa, almirante! — implorou Macary, normalmente muito mais pacato.

O cavaleiro De Grammont parecia estar apreciando a tormenta. Ereto sobre o castelo de popa, agarrado ao balaústre, não evitava os esguichos: nem os da água da chuva, nem os do mar. Perdera o chapéu havia algum tempo, e a longa cabeleira preta lhe batia nos ombros. Seu rosto pareceria de pedra, não fosse a intensidade do olhar.

— Podemos nos salvar somente pela abordagem — ele disse a Macary. Portanto, deu o mais louco dos comandos, considerando a situação. — A bandeira negra foi arrancada. Quero outra *Jolie Rouge* no traquete. Alta e bem visível.

Se houve perplexidade, ela se limitou a Macary, Levert e poucos outros. A tripulação reagiu com entusiasmo, e hasteou o pavilhão de guerra. O *Le Hardi*, afundado até a metade do casco, já não era governado por ninguém. A popa estava se inclinando. Os canhões, à exceção dos poucos que ainda disparavam, iam parar no mar. Todavia, os aventureiros, endemoniados e furibundos, continuavam temíveis. Cada raio parecia excitá-los mais. Durante todo aquele tempo, os músicos, reunidos na proa, não haviam parado um só momento de bater os tambores, correndo o perigo de entregar aos artilheiros inimigos a posição exata do bergantim.

Por fim, as nuvens se dissiparam, a chuva parou, os raios cessaram. Aconteceu praticamente num segundo. O *Le Hardi* surgiu como um pobre destroço, movido só pela vela de traquete, diante de fragatas muito danificadas, mas em condições de manter suas posições. A *Gloire du Lys*, a mais próxima, surgia majestosa, com o dobro da altura do bergantim. As bocas de fogo recuavam para serem recarregadas. Equipes ordeiras de ajudantes das peças certamente corriam no seu ventre. Grupos de infantaria bem organizados agachavam-se atrás da amurada. Sob o sol enorme do fim de tarde, reaparecido de surpresa, os cinco veleiros faziam entender onde estava o poder do Estado. Divisavam-se as plumas dos tricornes metidos sobre as perucas dos oficiais.

— Uma última descarga das baterias! — espumou De Grammont. Àquela altura, já dava ordens diretamente. — Depois abordaremos! Preparem os ganchos e as granadas! Arawacos, lancem as setas! Bucaneiros, disparem e façam estrago! Todos os outros, no traquete, prontos para saltar!

— Almirante, em nome de Deus! — exclamou Macary, angustiado. — O senhor não entendeu que estamos afundando?

— De que Deus está falando, miserável? — respondeu De Grammont, furibundo. — Não estamos a serviço Dele, ainda não entendeu? Estamos a serviço da morte, nossa única dona!

Aquelas frases exaltaram os aventureiros, mesmo exaustos. Os canhões do *Le Hardi* ainda em condições de disparar eram quatro ao todo. Os outros haviam caído pelos flancos arrombados do destroço, ou então estavam com a pólvora molhada. De qualquer forma, a pontaria da saraivada foi cuidadosa. Bolas acorrentadas esmagaram a base do mastro principal do *Gloire du Lys* e o inclinaram. Um êxito magro, porém significativo.

A reação foi mortal. A fragata do rei de França esgotou suas reservas de pólvora e de projéteis de aço. Recorreu também à metralha, às bombas, às bestas. Os bucaneiros caíram uns sobre os outros, indígenas e marinheiros avermelharam a laguna com seu sangue. Os crocodilos saíram de seus amontoados e correram para almoçar.

Foi um feixe de lenha que não se decidia a afundar de uma vez por todas o que arremeteu contra o *Gloire du Lys*. No *Le Hardi*, sobreviveu quem havia subido no traquete. Entre eles De Grammont, fora de si, indomável. A antítese do coxo que fora até um dia antes. Mostrava a espada, blasfemava com ferocidade. Seus homens estavam galvanizados.

Já Rogério, que por não ter um braço não conseguira subir, viu-se com água pela cintura. Espiou a laguna para ver se a barcaça havia voltado, sobre as ondas de novo calmas. Não conseguiu encontrá-la. Decidiu aproveitar-se do choque entre os restos do *Le Hardi* e o flanco do *Gloire du Lys* para tentar saltar de um navio para o outro. Mesmo para um aleijado como ele, seria difícil, mas não impossível. Ele agarrou uma escada de corda que balançava no vazio.

Viu Levert vindo em sua direção. Com água até o peito, tossia com a fumaça dos tiros de canhão.

— É tudo culpa sua, jesuíta — disse o timoneiro. — Foi você que nos meteu nesta enrascada. Mas não vou negligenciar o fato de que tem um braço só. Agarre-se às minhas costas, vou tentar transportá-lo para a fragata que estamos abordando.

— Agradeço infinitamente — respondeu Rogério. Abaixou-se tanto que a espuma molhou sua testa. — Fique de costas. Vou subir em você. São poucos que pensam nas dificuldades de um mutilado.

Assim que Levert deu-lhe as costas, Rogério puxou a espada da bainha, debaixo d'água, e partiu-lhe a nuca. O golpe, dado com a esquerda, não foi letal: teve que repeti-lo. Foi atingido por esguichos de sangue. Olhou a laguna à procura da barcaça: não estava visível. Então, soltando a espada com a lâmina ensanguentada, agarrou-se com o braço esquerdo às enxárcias e saltou a amurada do lenho inimigo. Recolheu a adaga de um francês morto. O ataque dos Irmãos da Costa ao *Gloire du Lys* estava em pleno curso.

# 49

# Golpes de espada

A força dos *filibusteros* era seu ímpeto. Pousaram na ponte do *Gloire du Lys* com agilidade de tigres. Logo encenaram o espetáculo de costume: rugidos, blasfêmias, exibições de ferocidade. Sacudiam as longas cabeleiras, agitavam espadas e machados. Lançaram punhados de pés de corvo e as granadas que conseguiram trazer. Explodiu menos de um terço delas, sem causar danos graves.

O fato é que os aventureiros desta vez não eram numerosos, e a tormenta os havia esgotado. Tinham diante de si não marinheiros ou galeotes, mas soldados de verdade, treinados para a guerra, e convencidos pelo soldo regular, pelas refeições nutrientes, pela fidelidade à Coroa francesa, pela superioridade de suas forças. Hubert de Lanversier não passava de um janotinha, mas com o corpo a corpo tinha familiaridade. A primeira fileira dos seus fuzileiros ajoelhou-se, a segunda atirou. Depois agachou para recarregar, enquanto os outros ficavam de pé e apontavam os mosquetes.

Era a ciência bélica contra a desordem. Os piratas foram ceifados. De Grammont teve o manto perfurado e perdeu o lóbulo de uma orelha. Estancou com a mão esquerda o sangue que lhe escorria para o pescoço, e com a outra tirou uma pistola do cinto. Atirou a esmo. Continuava convencido de que o duelo final chegaria de qualquer forma às armas brancas, e que as armas de fogo não contavam nada. Ignorava que a guerra, nas duas décadas que se passaram desde que ele deixara a Europa e chegara ao Novo Mundo, havia evoluído no sentido contrário.

— Avante, Irmãos da Costa! — urrou a plenos pulmões. — Matem! Matem!

Compactos, os fuzileiros franceses recuaram para a popa. A uma ordem de De Lanversier, suas fileiras se abriram. O castelo abrigava dois canhõezinhos móveis, que exatamente naquele momento engoliam baldes de metralha: lascas de metal, fragmentos de vidro.

Rogério, que havia participado do primeiro ataque, retrocedeu, também por uma dor repentina no pé. As estrelas de quatro pontas, úteis durante o ataque, estavam se voltando contra os *filibusteros*. Poucos deles, diferentemente dos franceses, calçavam botas de sola de couro. A maioria estava descalça, ou usava as alpargatas de pele de javali confeccionadas pelos bucaneiros. Rogério estava entre os últimos.

— Varram o convés! — ordenou De Lanversier aos artilheiros que operavam os canhões móveis. — Façam uma faxina nessa canalhada!

Os soldados encostaram as chamas nos pavios. O estrondo foi moderado, porém letal. Projéteis de todo tipo choveram sobre os agressores. Corpos metralhados voaram longe.

A fumaça cinza que se soltou concedeu aos *filibusteros* um instante de trégua. Voltaram para a proa e se esconderam sob o gurupés. Rogério olhou para o mar, além da amurada de bombordo, e percebeu que o *Gloire du Lys*, aparentemente imóvel, na verdade navegava. Quase alcançara, sem intenção, a barcaça onde Bamba remava, enquanto a escrava se sentava perto do timão, as costas eretas e a pose altiva.

Estavam rodeados pelos fragmentos do *Le Hardi* que se desfazia. Navegavam entre barris que boiavam, rolos de enxárcias, objetos de todo tipo. Três cavalos batiam as patas e tentavam nadar, dando relinchos desesperados. Os homens visíveis estavam todos de bruços, as costas boiando, o rosto na água, os membros inertes. Somente o sal da laguna os mantinha à tona. Turmas de crocodilos debandavam dos grupos formados nas praias e deslizavam no lago, ávidos por carne fresca. Toda onda estava manchada de sangue. Os répteis nadavam de boca já aberta.

Rogério pensou que aquela era a sua hora. Agora ou nunca mais. Agarrou-se com a esquerda ao gurupés e deitou nele. Levantou a mão que lhe restava na direção de Bamba, até que o negro pareceu vê-lo. Gritou:

— Encoste o máximo que puder! Vou saltar a bordo! — Ele temia que o destroço do *Le Hardi*, que estava afundando, engolisse o bote.

Rogério esqueceu completamente o contexto, perdido no sonho da mulher que julgava ser sua. As outras fragatas, todas em ótimas condições, já estavam se aproximando do *Gloire du Lys*, e seus soldados preparavam-se para a abordagem. Os canhões móveis estavam de novo carregados e procurando a mira. Os *filibusteros*, ameaçados por novas descargas de metralha, não ousavam sair de seu refúgio na proa. O próprio De Grammont não falava. Estava de pé, a espada na mão. Talvez esperasse novas nuvens de fumaça para ordenar um ataque.

A descarga veio, e foi mortal. Dizimou os piratas, deixou vivos somente um punhado. Entre as amuradas, correu o sangue, misturado com vísceras, farrapos de miolos e membros decepados. O próprio velame recebeu jatos vermelhos. Os gritos de desafio foram substituídos por lamentos e urros de dor.

Apesar da tragédia, De Grammont, incólume, percebeu o que Rogério, agarrado ao gurupés, estava para fazer. A barcaça flutuava a pouca distância. Num instante estaria sob a fragata.

— Ah, não, miserável, assassino de aluguel maldito! — urrou o cavaleiro, com baba escorrendo pela barba. — Aquela mulher não será minha, mas tampouco será sua! — Com um golpe de espada, cortou o tendão do calcanhar de Rogério.

O português soltou um grito e se deixou deslizar para o convés. Sua mão esquerda recolheu a adaga de um morto. Endireitou-se mancando, o rosto alterado pela fúria.

— Pobre demoniozinho, vou arrancar suas tripas!

— Sou eu que vou tirar as suas, padre excomungado, sicário de segunda!

A cena que se seguiu foi surreal. Enquanto os *filibusteros* sobreviventes tentavam se reagrupar para uma última defesa, enquanto De Lanversier mandava recarregar de metralha os canhões móveis, enquanto os soldados das outras fragatas procuravam uma maneira de passar para o *Gloire du Lys*, De Grammont e Rogério, ambos claudicantes, se empenhavam num duelo furioso, no limite da demência. Suas armas curtas bateram uma na outra, soltando faíscas. Não era seguida nenhuma regra da esgrima. Aos golpes selvagens seguiam-se pontapés e socos, além de um vômito de insultos.

— Maldito canalha — urrava o cavaleiro —, assassino velhaco! Quanto pagaram para você me trair?

Rogério se esgoelou.

— Não o suficiente, sujeira das minhas botas, fracassado, capitão de fantasmas! Mas estou prestes a lhe cortar a garganta! Talvez isso me valha um prêmio suplementar!

— Naquela mulher você vai tocar como cadáver!

— E você nem vai tocá-la!

Os piratas, estarrecidos, pararam para observar os dois abilolados que trocavam estocadas furibundas, agarravam-se ao gurupés para ficar de pé, escorregavam no sangue espalhado no convés, tossiam, cuspiam. Estavam cobrindo um ao outro de cortes superficiais. Rogério lutava em desvantagem porque combatia somente com a esquerda, o outro tinha mais dificuldade para manter-se de pé. Eram duas máscaras de ódio e dor.

Impactado pelo espetáculo, De Lanversier deteve com um gesto artilheiros e fuzileiros. Parecia estupefato.

— Nunca vi nada parecido e, com certeza, nunca mais vou ver. Estão loucos de pedra. Deixem-nos à vontade. Vamos ver como isso acaba.

Rogério perdia sangue de uma ferida no peito e outra no abdômen. Conseguiu lançar um olhar para a barcaça. Ainda estava próxima da proa da fragata, mas já se afastando, levada pela correnteza.

— Espere por mim, Bamba! — gritou, com a voz que lhe restava.

De Grammont, que tinha o rosto coberto de sangue devido a um corte na testa, gargalhou.

— O que quer que ele espere? Seu cadáver?

As duas lâminas bateram mais uma vez. Enquanto isso, a noite caía depressa. Rogério viu uma pistola carregada na cartucheira de um *filibustero* moribundo. Livrou-se da adaga, arrancou a pistola e puxou o cão. Apontou o cano para o cavaleiro.

De Grammont baixou a espada.

— Covarde até o final, não é verdade, jesuíta? — murmurou. — Pode me matar.

Rogério não se fez de rogado. Apertou o gatilho. O cão percutiu o compartimento da pederneira e produziu a faísca. A pólvora explodiu.

O cavaleiro Michel de Grammont, conquistador de Veracruz e de Campeche, penúltimo dos grandes guerreiros da Filibusta (Lorencillo continuava vivo), tentou inutilmente pressionar o fluxo vermelho que lhe jorrava do esterno. Caiu de joelhos, depois de costas. Quem estava perto dele ouviu-o sussurrar num estertor:

— De toda forma, não será sua.

# 50

# A liberdade

Rogério de Campos vacilou, diante do que fizera. Viu os aventureiros, exceto aqueles que rodeavam os restos ensanguentados de Michel de Grammont, levantarem as mãos e se renderem. Se fossem prisioneiros dos espanhóis, seu fim seria garantido. Não era assim com os franceses, aos quais haviam servido por décadas. Alguns confiavam numa maior clemência.

Rogério jogou longe a pistola, depois se arrastou até a amurada de estibordo. Com o único braço que podia usar, agarrado às enxárcias, conseguiu escalar a borda da amurada e ficar de pé. A barcaça tangida por Bamba à fúria de remos ainda estava próxima. Boiava entre manchas oleosas, redemoinhos e destroços de todo tipo. O esqueleto do *Le Hardi* já havia afundado, e liberava as mercadorias que restaram nele, caixas e barris. Tantos cavalos quanto porcos afogados proporcionavam aos crocodilos a melhor refeição de sua vida animal.

Rogério estava para saltar quando foi interpelado por Hubert de Lanversier. Este primeiro gritou aos seus homens, inclusive aos artilheiros:

— Não atirem! Já vencemos! Que a ordem seja comunicada ao resto da frota! — Depois disse a Rogério: — Pode saltar, homenzinho. Não vou impedir. Você me fez um favor: matou um homem temido e feroz. Mas era um grande homem. Agora vá. Quem sabe o amor não o resgate da sua mediocridade.

Rogério ficou sem fôlego. Não soube o que responder.

— Vamos — exortou-o De Lanversier, sisudo. — Alcance a sua garota. Não tocarei num fio de cabelo seu. Talvez na França tenham premeditado que um covarde traiçoeiro e assassino daria fim à história de Tortuga. Mergulhe logo. Os dedos dos meus fuzileiros estão coçando. Daqui a um instante vão atirar.

Rogério caiu na água e engoliu de tudo. Óleo, chorume, até vinho. Reemergiu, ofegante, a pouca distância da barcaça. Bamba soltara os remos e lhe estendia a mão. O único braço válido do jesuíta emergiu e a apertou.

Não foi uma operação fácil, e consumiu uns dez minutos. Enquanto isso, a noite caía rapidamente, e no céu acendiam-se as estrelas. Além da lua, redonda e brilhante. As fragatas haviam se reunido numa só esquadra. Ocupavam uma baía interior na Isla Mujeres. Desprovidas de inimigos, lotadas de *filibusteros* que haviam se rendido, baixavam as âncoras. Mas Rogério, que esperneava como lhe era possível, não tinha ciência disso. Agarrou a borda do grande bote. Primeiro arrastou as costas, depois o resto do corpo.

— Tem uma vela? Tem uma, sim, latina — resmungou, enquanto expelia água salgada, encurvado sobre as feridas que faziam sangrar seu tórax. — Vamos aproveitar a noite e o vento e sair desta laguna de almas penadas!

Bamba recolheu o português e o sentou num banco. Içou a vela. Voltou aos remos e remou com energia. Ninguém das fragatas tentou impedi-lo. Deslizou para a costa com a lua que, subindo enorme e ainda clara, lhe permitia enxergar a areia. Deixou aquele espelho de detritos e cadáveres, depois de bater em vários. Colidiu com as escamas de répteis imóveis como troncos.

Finalmente, a meta estava à vista. Rogério começava a se sentir um pouco melhor. Passou de um banco a outro, na direção da escrava. Cada vez que levantava as pernas, sentia pontadas terríveis.

Então a mulher falou, em português. Dirigiu-se a Bamba.

— Entendes a minha língua?

Um pouco abalado pela surpresa, o negro gaguejou, com sotaque brasileiro:

— Um pouco… Melhor que o espanhol. Fui serviçal no Rio de Janeiro… Então a senhora fala!

— Sim, mas somente com quem é digno disso. Conheço o idioma português. Nasci em Madagascar. — A mulher apontou Rogério, que se precipitava na sua direção. — Bamba… Chamas-te Bamba, não é verdade?

— Sim, senhora!

— Eu me chamo Reina. Livra-me daquele verme. Dá-o de alimento aos crocodilos.

Rogério não acreditava no que estava ouvindo. Parecia estar vivendo um pesadelo. Parou de se arrastar, tentou se endireitar. Quando Bamba tirou o remo da forquilha, Rogério não entendeu o que ele ia fazer. O golpe violento, no peito riscado de cortes, chegou de surpresa. Tentou segurar-se em alguma coisa com o braço, mas a barcaça não tinha cordas. Agarrou-se a uma fralda da vela, que não o sustentou. Foi parar na água.

Em poucos instantes, Rogério de Campos se viu cercado pelos crocodilos. Tentou gritar. Gritou muito mais alto quando as bocarras escancaradas se fecharam em suas carnes.

Bamba ajudou Reina a pisar na praia, com toda a galantaria que os espanhóis, e depois os portugueses, haviam lhe ensinado. Ela se livrou logo dos objetos fúteis, como a sombrinha, a peruca, o corpete e a armação que sustentava a saia. Tentou observar a floresta. A luz era insuficiente.

— Não há ninguém nestes mares que possa acolher gente como nós?

— Como nós em que sentido?

— De pele negra.

Bamba precisou refletir.

— Os indígenas normalmente não são hostis. E existem as cidades fundadas por ex-escravos fugidos dos galeões e dos navios negreiros. Há várias delas. Sobretudo no México.

— Distantes?

— Muito distantes.

— Bem, tempo não nos falta. Quero ir para lá. — Reina endireitou-se com altivez, ajeitou os cabelos, estufou o peito. Era de uma beleza que dava vertigens, e sabia disso. — Contanto que seja gente melhor do que aquela com quem convivemos por tantos meses.

Bamba esboçou um sorriso.

— Ah, isso não é difícil.

— Que respeite a liberdade. Que não acredite que o ideal supremo seja ser uma besta-fera.

— Isso não posso garantir, porque não conheço as sociedades criadas pelos escravos fugidos. — Os músculos de Bamba estavam inchados pelo esforço de arrastar a proa da barcaça para terra firme. Ofegava. Ele havia recolhido a vela, guardado os remos, jogado fora os objetos inúteis. Todavia, tratava-se de um esforço ingrato para um homem só. — Minha senhora, existe sempre o risco que sobre essas comunidades livres se abatam os espanhóis, para tomá-las, ou os piratas, para depredá-las. A vida ali é insegura.

— Não me chames de "minha senhora". Chama-me pelo meu nome, Reina — admoestou-o a mulher em tom severo. Acrescentou: — Bamba, estas terras são sem fim. Dão ganas a ladrões de todo o mundo. Os escravos fugidos de seu destino poderiam fundar nelas modos de vida diferentes. Mais humanos.

Bamba olhou a mulher com surpresa.

— Minha senhora… — balbuciou. — Aliás, Reina… a senhora usa… você usa… palavras difíceis. Muitas eu não entendo. A senhora foi à escola?

— Sim, num passado distante. Os portugueses, em Madagascar, criaram escolas para os indígenas, nas quais admitiam selvagens domesticáveis. — Reina deu de ombros. — Não quero pensar nisso… Como se chamava aquele português que jogaste aos crocodilos? Aquele sem um braço?

— Rogério de Campos. Não era má pessoa, na verdade. Não era nada. Apenas ambíguo.

— Agradava-me mais o cavaleiro manco. Não me assediava, era respeitoso e gentil. — Reina viu, na escuridão da selva, algumas fogueiras brilhando. — Vamos para lá — disse. — Com precaução.

A muitas milhas de distância, Lorencillo descia do cesto do mastro principal, castigado pelo vento. Era muito raro um capitão subir tão alto. O *Neptune* velejava sereno, entre ondas calmas, tangido por um sopro de vento. A manhã era clara, o calor explodiria mais tarde. A sineta acabava de chamar a tripulação para o rancho das dez.

— Onde diabos estamos? — perguntou Lorencillo, depois de saltar as últimas escadas de corda e pousar na tolda. — Só vi ondas em volta.

— Acho que nos encontramos nas imediações das Ilhas Sopravento setentrionais — respondeu Philippe Callois, do pedestal da bússola. — Os instrumentos que temos não permitem maior precisão.

— Filho de Satanás, temos sempre que navegar às cegas? — imprecou Lorencillo.

François Le Bon, que comia sua porção sentado na borda do castelo, tirou o garfo da boca.

— Tem gaivotas ali, capitão. — Apontou para o céu. — Esses bichos nunca se afastam muito da terra firme.

— Mas não vi terra nenhuma, nem ilhas, nem praias.

— Então quer dizer que estão seguindo navios. — Le Bon largou a tigela com uma careta de nojo e procurou o cachimbo. — Não o nosso. São gaivotas demais para se alimentar só dos restos que jogamos na água.

— Navios? Que navios?

A resposta veio pouco depois, de um gajeiro agarrado à verga do sobre da grande.

— Veleiro à vista à frente, capitão! Nor-nordeste, eu diria... Aliás, são dois... três... quatro... é uma frota inteira!

— Consegue ver de que bandeira?

— Parece a da Espanha!

Callois correu para a amurada e apontou a luneta.

— Deve ser a frota do almirante Andrés de Ochoa y Zárate. Ronda por estas águas. Galeões de guerra, com centenas de canhões

a bordo. Veja o senhor mesmo. — Passou o instrumento a Lorencillo.
— O que eu faço, capitão? Ordeno a guinada?

O outro mal olhou pela luneta. Fitou o imediato, surpreso.

— Ficou louco? — Logo depois, Lorencillo começou a vociferar:
— Todos os homens para o convés! Gajeiros, para cima! Bombardeiros
às suas peças! Bucaneiros na proa! Vamos combater, canalha de um
diabo! Vamos voltar a combater a sério!

A tripulação ficou galvanizada. Subiram pelas escadas de corda
em grupos, para desfraldar as velas. Do ventre do bergantim subiu
o tremor das bolas e barris de pólvora rolados pelos corredores. Le
Bon guardou o cachimbo no bolso e procurou uma espada de abordagem. Os fuzileiros ajeitaram os tripés na amurada.

— Onde estão os tambores? — gritou Lorencillo. — Onde está
a bandeira?

A *Jolie Rouge* esvoaçou no mastro principal, preta e truculenta.
Impelido pelo velame cheio de vento, motivado pela cadência rápida
da percussão, o *Neptune*, inclinado e rangendo, singrou balançando
rumo a um inimigo ainda distante.

# Índice

| | |
|---|---|
| 5 | Convocado a contragosto |
| 12 | No porão |
| 19 | Vida a bordo |
| 26 | Uma perseguição |
| 32 | Noite de espera |
| 39 | Atacar! |
| 45 | Os prisioneiros ingleses |
| 51 | Uma festa no mar |
| 58 | Notícias de terra firme |
| 65 | Longe de Tortuga |
| 71 | A Isla de los Pinos |
| 78 | Cercados |
| 85 | O veleiro flamengo |
| 92 | Surpresa noturna |
| 99 | Curaçao |
| 106 | Os indesejáveis |
| 113 | Devolvidos ao mar |
| 120 | Venda de carne |
| 127 | Navegando ainda |
| 133 | Retorno sob escolta |
| 140 | A ilha dos ladrões |
| 146 | O homem de preto |
| 152 | Esbórnia |
| 159 | Um confronto público |
| 165 | Como repartir as mulheres |

| | |
|---|---|
| 172 | Diante do homem de preto |
| 178 | Dias de tédio |
| 184 | Um matrimônio |
| 191 | Prontos para zarpar |
| 198 | Adeus, Tortuga |
| 205 | Desembarque em La Vaca |
| 212 | Rebelião aberta |
| 219 | Golpe sorrateiro |
| 226 | Champotón |
| 233 | Marcha em terra |
| 240 | El Cerro de la Eminencia |
| 246 | Campeche ensanguentada |
| 253 | Provocações |
| 260 | Uma vitória duvidosa |
| 267 | Cabeça após cabeça |
| 273 | Nova partida |
| 280 | O crime de Rogério de Campos |
| 287 | Jantando com o demônio |
| 294 | Presságios |
| 299 | O adeus de Lorencillo |
| 306 | A goleta desaparecida |
| 311 | Batalha final |
| 317 | A tempestade |
| 323 | Golpes de espada |
| 328 | A liberdade |

TÍTULO ORIGINAL Tortuga
AUTOR Valerio Evangelisti

Copyright © 2008 Arnoldo Mondadori Editore S.p.A., Milão.
Copyright © 2021 Mondadori Libri S.p.A., Milão.

TRADUÇÃO Michele Vartuli
REVISÃO Alyne Azuma
DIAGRAMAÇÃO Natalia Bae
REVISÃO DE PROVA Henrique Torres
CAPA Gustavo Piqueira | Casa Rex
DESENHO DA CAPA Luciano Feijão
DIREÇÃO EDITORIAL Rogério de Campos
ASSISTÊNCIA EDITORIAL Luiza Gomyde (estágio)

Questro libro è stato tradotto grazie ad un contributo alla traduzione assegnato dal Ministero degli Affari Esteri e della Cooperazione Internazionale Italiano.

Obra traduzida com a contribuição do Ministério das Relações Exteriores e da Cooperação Internacional da Itália.

Todos os direitos reservados.

Dados Internacionais de Catalogação na Publicação – CIP

F924 Evangelisti, Valerio
   Tortuga / Valerio Evangelisti. Tradução de Michele Vartuli. – São Paulo: Veneta, 2021.
   336 p.

   *Título original: Tortuga*

   ISBN 978-65-86691-63-4

   1. Literatura Italiana. 2. Romance. 3. Pirataria. 4. História de Piratas. 5. Ilha de Tortuga. I. Título. II. Vartuli, Michele, Tradutor.

CDU 821.131.1
CDD 850

Catalogação elaborada por Regina Simão Paulino – CRB 6/1154

1ª edição
2021

**Editora Veneta**
R. Araújo, 124, 1º andar – 01220-020 – São Paulo, SP – Brasil
www.veneta.com.br | +55 11 3211-1233 | contato@veneta.com.br